आईने, सपने और वसन्तसेना

(कहानी-संग्रह)

आईने, सपने और वसन्तसेना

रवि बुले

वाणी प्रकाशन ग्रुप

भारतीय ज्ञानपीठ

वाणी प्रकाशन : भारतीय ज्ञानपीठ की पुस्तकों के एकमात्र प्रकाशक एवं वितरक

लोकोदय ग्रन्थमाला : ग्रन्थांक 924

सजिल्द पहला संस्करण : 2008
सजिल्द दूसरा संस्करण : 2008
सजिल्द तीसरा संस्करण : 2025

वाणी प्रकाशन : भारतीय ज्ञानपीठ की पुस्तकों के एकमात्र प्रकाशक एवं वितरक

वाणी प्रकाशन

4695, 21-ए, दरियागंज, नयी दिल्ली-110 002
दूरभाष : 011-23273167, 23275710
ईमेल : sales@vaniprakashan.in
www.vaniprakashan.com

ISBN : 978-93-7112-626-7

मूल्य : ₹ 325

आईने, सपने और वसन्तसेना

(कहानी संग्रह)

रवि बुले

AAINE, SAPANE AUR VASANTSENA

(Short Stories)
by Ravi Buleiy

आवरण-चित्र : राधेश्याम अग्रवाल
मुद्रक : आर. टेक ऑफसेट प्रिंटर्स, दिल्ली-110 032

दादा, आई, अवि,
कविता और सोनाली
के लिए

अनुक्रम

लापता नत्थू उर्फ दुनिया ना माने

कहते हैं कभी-कभी सूई के छेद में से हाथी भी निकल जाता है पर पूँछ अटक जाती है। इस कहानी को लिखते हुए भी कुछ ऐसा ही हुआ। मैंने सोचा कि छेद में से जब पूँछ उधर नहीं निकल पा रही है, तो हाथी को फिर से इधर ही खींच लूँ। लेकिन कड़ी मेहनत-मशक्कत के बाद भी मैं हाथी को सूई के छेद से आर-पार न कर सका। न उस तरफ न इस तरफ। बावजूद इसके कि पूँछ मेरे हाथ में थी। अन्तत: मैंने यथास्थिति को बने रहने दिया। और उसे जस-का-तस रख रहा हूँ। जो बातें हैं यानी कहानी, वह मेरे दोस्त नत्थू की आधी खाली और आधी भरी डायरी के कुछ पन्ने हैं। ये पन्ने उसके लापता होने के पश्चात् मेरे हाथ लगे। इन्हें थोड़े सम्पादन और तरतीब की आवश्यकता थी। बस उतनी ही छेड़छाड़ मैंने उनसे की। कहानी शुरू होने से पहले अपने इस दखल के लिए नत्थू और सुधी पाठकों से क्षमा माँगते हुए, यह कहानी मैं दोनों को समर्पित करता हूँ। आगे जो लिखा है, उसमें मेरा कुछ नहीं। सब नत्थू का है। मैं तो माध्यम मात्र हूँ, अकिंचन। 'अथ श्री नत्थू कथा'...

विडम्बना 'निक नेम' की

दरअसल मैं कुछ भी बोलना नहीं चाहता था। इस पूरे प्रकरण में किसी भी तरह मैं शामिल नहीं था। न इसमें शामिल होने की मेरी इच्छा ही थी। वैसे भी अँग्रेजी के इस कथन में मेरी अटूट आस्था है— 'टू स्पीक इज़ सिल्वर बट द साइलेंस इज़ गोल्ड।' मुझे जबरन घसीटा गया और अपनी अन्तरात्मा की आवाज को अनसुना कर आखिरकार मुझे बोलना पड़ा। जीवन में पहली बार मैं अपने नाम के प्रति चैतन्य हुआ— 'नाथूराम गाँधी'। अपने साथियों— बबलू, गुड्डू, बंटी, मुन्ना, हैप्पी को जैसे उनके 'निक नेम' से मैं जानता हूँ, वैसे ही इस प्रकरण से पहले सब मुझे 'नत्थू' नाम से जानते थे। और मुझे कभी खयाल ही नहीं आया कि मेरा असली नाम क्या है! यहाँ तक कि स्कूल और कॉलेज की पढ़ाई के दौरान भी, जहाँ रजिस्टर में मेरा नाम नाथूराम गाँधी दर्ज होता था, मैं अपने नाम में छुपी 'विडम्बना' को पहचान नहीं सका। मुझे विश्वास है कि मेरे अध्यापक और सहपाठी भी इसे कभी

जान नहीं पाये होंगे!

हम बोलेंगे तो बोलेगा कि बोलता है

इस पूरे प्रकरण की शुरुआत जुलाई 1998 में हुई। हमारे छत्रपति शिवाजी नगर में यह खबर आयी कि मुम्बई में एक मराठी नाटक 'मी नाथूराम गोडसे बोलतोय' के मंचन को लेकर देश की संसद में हो-हल्ला हो रहा है। लेकिन छत्रपति शिवाजी नगर में जो घटा, वह संसद के हल्ले से ज्यादा ही था।

'मी नाथूराम गोडसे बोलतोय' को जब महाराष्ट्र सरकार ने खामोश कर दिया, तो छत्रपति शिवाजी नगर में सन्नाटा छा गया। चलता-फिरता चहकता वातावरण मुर्दा हो गया। नगर के चौराहे पर स्थित अखिल भारतीय युवक कांग्रेस के एक कमरेवाले दफ्तर में रोज की हँसी-ठिठोली की जगह चुप्पी लहराने लगी।

अधिकृत तौर पर काँग्रेसी दफ्तर कहलाने वाली यह जगह नगर के भाजपाइयों, जनसंघियों, समाजवादियों, गाँधीवादियों और अवसरवादियों का 'अड्डा' है। इसी कमरे से पूरे नगर की राजनीतिक, सामाजिक और सांस्कृतिक गतिविधियाँ संचालित होती हैं। यहाँ से देश की सरकार और संसद के कामकाज पर कड़ी निगरानी रखी जाती है। प्रत्येक राजनीतिक दल और सरकार के हर कदम की सूक्ष्म जाँच-पड़ताल की जाती है। सब मिलकर इस बात का विवेचन करते हैं कि किस दल की कौन-सी चाल के देश की राजनीति पर क्या 'साइड इफेक्ट्स' होंगे! यहाँ गाँधी और हेडगेवार की तस्वीरें अगल-बगल लगी रहती हैं। यद्यपि चुनाव के दौरान सिर्फ गाँधी की तस्वीर रह जाती है क्योंकि किसी भी वक्त बाहर से बड़े कांग्रेसी नेता के आने की आशंका बनी रहती है।

"राजन, होटल वाले से चाय लाने को बोल आ", कमरे में लहराती हुई चुप्पी को चीरता हुआ सदाशिवराव का स्वर उभरा। युवक काँग्रेस की छत्रपति शिवाजी नगर इकाई के वे पिछले आठ वर्षों से अध्यक्ष हैं।

"यूँ तो आप मँगाते नहीं हैं। आज आपकी खुशी का कारण साफ समझ में आ रहा है", अत्रे ने कहा, "दो दिनों से नाटक 'बैन' करने को आपकी पार्टी वाले जो बोम मार रहे थे, उससे सरकार के भी कान पक गये। आपको तो खुश होना ही चाहिए।" अत्रे पहले आरएसएस में थे लेकिन भाजपा के सत्ता में आने के बाद उन्होंने पाला बदल लिया।

"हमारा विरोध नाटक से था। कोई भी सरकार होती, उसे मानना ही पड़ता। वैसे भी इस मुद्दे पर आपकी सरकार और पार्टी के बहुत सारे लोग अन्दर ही अन्दर हमसे सहमत थे," सदाशिवराव ने हँसकर कहा, "आपको परेशान नहीं होना

चाहिए, नाटक 'बैन' कर देने से भाजपा की कट्टरपन्थी छवि कुछ धुँधली पड़ेगी, जिसका आप लोगों को लाभ मिलेगा, और उन लोगों के मुँह को लगाम लगेगी जो कहते-फिरते हैं कि भाजपा संघ के दिखाने के दाँत हैं या भाजपा संघ की कठपुतली है!''

''यदि हमारा ही फायदा होना था, तो इतना हल्ला क्यों मचाया आपकी पार्टी वालों ने! चलने देते नाटक। बनने देते हमारी छवि कट्टरपन्थी। करने देते लोगों को आलोचना,'' अत्रे ने आपनी उत्तेजना सँभालते हुए कहा।

''कुछ भी हो, हम राष्ट्रपिता का अपमान सहन नहीं कर सकते,'' सदाशिवराव ने दो टूक जवाब दिया।

''आप लोग कब तक गाँधी की लाठी का सहारा लेकर चलते रहेंगे,'' समर्थभाऊ ने हस्तक्षेप किया। बोले, ''शताब्दी पहले काँग्रेस एक खास उद्देश्य के लिए बनी थी और उद्देश्य पूरा होने के बाद खत्म हो चुकी है। आपकी काँग्रेस उसका 'क्लोन' है। आप लोग देशवासियों को ज्यादा समय तक भरमा नहीं सकते। यह देश हमेशा से ही हिन्दुओं का रहा है और आगे भी सिर्फ उन्हीं का रहेगा। अब समय आ चुका है कि जो हिन्दू-हित की बात करेगा, वही देश पर राज करेगा।''

''अच्छा, तो आप बताएँगे कि गोडसे के नाटक में कौन-सा हिन्दू-हित छुपा था?'' नारायण ने यकायक सवाल दागा, ''गाँधी को बदनाम करके आप क्या साबित करना चाहते हैं?''

''आपकी बात गलत है। गाँधी की बदनामी हम नहीं चाहते। हम भी मानते हैं कि गाँधी एक महान इनसान थे— महात्मा, लेकिन इससे ऐसा तो कोई कारण नहीं बनता कि हम गाँधी की पुनर्व्याख्या नहीं कर सकते! अपने समय के हीरो 'हिटलर' को जर्मनों ने आज नकार दिया। लेनिन आज रूस वालों के लिए वो 'लेनिन' नहीं है, जो कभी था। गाँधी ने जो कुछ किया उसके कारण और परिणाम हम क्यों जाँच-परख नहीं सकते?'' समर्थभाऊ ने अपने केश-रहित सिर पर हाथ फेरा और गहरी साँस लेने-छोड़ने के बाद बोलना जारी रखा, ''वास्तव में सत्ता पाने के लिए काँग्रेस ने गाँधी को राष्ट्रपिता घोषित कर दिया और उन पर होने वाली सारी राजनीतिक चर्चाओं को ठंडे बस्ते में डाल दिया। अभी तक वह गाँधी और उनके आदर्शों के नाम पर ही देश पर राज कर रही थी। जनता-जनार्दन अब जागरूक हो चुकी है, जल्दी ही परिवर्तन आएगा।''

''परिवर्तन से आपका मतलब है हिन्दू राज!'' सदाशिवराव बोले।

''नहीं, राम-राज,'' समर्थभाऊ ने मुस्कुराकर जवाब दिया।

''यह तो गाँधी का सपना था। आप लोगों ने उनके सपने पर भी कब्जा कर लिया। नाम कुछ भी दें, आपके शासन में आएगा तो हिन्दू राज ही। राम-राज का

सपना तो कांग्रेस ही सच में बदल सकती है,'' सदाशिवराव ने तकिये को टेका लगाया और पाँव पसार दिये।

अत्रे को यह अच्छा नहीं लगा। मुँह बिचकाकर वह थोड़ा बायें खिसक गये और आँखें चौड़ी करके कहने लगे, ''तो इसका मतलब है कि गाँधी के राम-राज और हमारे राम-राज में आप फर्क मानते हैं!''

''बिलकुल मानते हैं... और फर्क तो होगा ही क्योंकि दोनों के राम में भी तो फर्क है! गाँधी के राम उनके हृदय में बसते हैं और आपके मुँह में राम और हृदय में नाथूराम है,'' यह कहकर सदाशिवराव ने जोर का ठहाका लगाया। नारायण, सदानन्द, राजन और सब काँग्रेसियों ने उनका साथ दिया। संघियों और भाजपाइयों के फूल-से चेहरे मुरझा गये।

झूमते हुए सदानन्द गाने लगा, ''दे दी हमें आजादी बिना खड्ग बिना ढाल... साबरमती के सन्त तूने कर दिया कमाल... रघुपति राघव राजाराम...''

सदाशिवराव ने उसे डाँटकर चुप करा दिया। वे मन्द-मन्द मुस्कुरा रहे थे। चाय आ चुकी थी। सबने अपना-अपना गिलास लिया और खत्म किया। कमरे में खामोशी छायी रही। थोड़ी देर माहौल मातमी बना रहा, फिर धीरे-से ताश निकल आये, फिटने लगे। कुछ ही मिनटों में सब सामान्य हो गया, जैसे कोई बात नहीं हुई।

बात निकलेगी तो फिर दूर तलक जाएगी

एक सप्ताह बीत गया। युवक काँग्रेस के दफ्तर में सबकी दिनचर्या हमेशा की तरह थी। नाटक पर कोई विवाद-विषाद नहीं हुआ। चर्चा भी नहीं छिड़ी। सोमवार को सब जाने लगे, तो सदाशिवराव ने मुझे रोक लिया।

''आजकल होल्कर के घर रोज मीटिंग हो रही है। अत्रे, समर्थभाऊ, नाईक, पारिख, जोशी— सब रात को वहाँ इकट्ठा होते हैं। पता करके तो बता कि क्या चल रहा है,'' सदाशिवराव बोले, ''मुझे लगता है कि कोई खिचड़ी पक रही है।''

रात को जब 'मैं घूमते हुए इधर निकल आया' कहते हुए होल्कर के घर पहुँचा, तो किसी को कोई आश्चर्य नहीं हुआ। इसका कारण सिर्फ इतना था कि इन बड़ों के बीच अभी तक मेरी कोई 'राजनीतिक साख' नहीं है। सदाशिवराव ने जिन-जिन लोगों का नाम लिया था, वे सभी उपस्थित थे।

वहाँ नारायण को देखकर मुझे जरूर आश्चर्य हुआ। वह घोषित काँग्रेसी है। नारायण मेरे साथ पढ़ा था, लेकिन राजनीति में उसे अपना कैरियर नजर आता था। शुरू में वह शाखा में जाता था और हमेशा ''नमस्ते सदा वत्सले...'' गुनगुनाता था।

बाद में वहाँ कोई स्कोप न पाकर काँग्रेस सेवादल में भर्ती हो गया। मुझे देखकर नारायण का मुँह बन गया। मैं चुपचाप एक जगह पर बैठा रहा।

अत्रे भन्नाये हुए सरकार पर बरस रहे थे, ''हमारी सरकार होकर भी हमें ही अपनी बात कहने से रोक रही है, यह ठीक नहीं।'' अत्रे के अनुसार इस देश में अभी तक सही मायनों में लोकतन्त्र नहीं आया है। वे अभिव्यक्ति की स्वतन्त्रता के कट्टर समर्थक हैं। उनका मानना है कि गाँधी का माहात्म्य अपनी जगह सही है, परन्तु गोडसे को भी महान मानने वाले लोग हमारे यहाँ हैं। हम गोडसे को अपराधी नहीं 'शहीद' मानते हैं, ऐसा क्यों नहीं कह सकते? सरकार को चाहिए कि यदि कोई गोडसे की बातों और उद्देश्यों को स्पष्ट करना चाहे, तो उसे ऐसा करने दे। इस विषय पर 'पब्लिक डायलॉग' होना चाहिए कि जब गाँधी की प्रतिमाएँ स्थापित की जा सकती हैं, तो गोडसे की क्यों नहीं! वह हिन्दू महासभा का हीरो है।

जोशी ने अत्रे के कन्धे पर हाथ रखकर उन्हें सब्र से काम लेने को कहा।

वहाँ जो भी बातें हुईं, वे मेरी समझ से अत्यधिक क्रान्तिकारी थीं। मुझे एहसास हुआ कि अँग्रेजों के राज में आजादी के दीवाने किस तरह छुप-छुपकर योजनाएँ बनाते होंगे। होल्कर के घर में जो बातें हुईं, उनका कुल निचोड़ यह था कि अगले महीने छत्रपति शिवाजी नगर में दस दिनों तक चलनेवाले गणेशोत्सव में 'मी नाथूराम गोडसे बोलतोय' के हिन्दी संस्करण 'मैं नाथूराम गोडसे बोल रहा हूँ' का मंचन होगा।

जिन दिनों मुम्बई में इस नाटक का मंचन हो रहा था, होल्कर वहीं थे। उन्होंने नाटक देखा भी। होल्कर के शब्दों में यह नाटक 'उच्च कोटि की विचारोत्तेजक रंगमंचीय परिकल्पना' है। उन्होंने नाटक का ब्रोशर और नाटक पर मुम्बई के अखबारों की टिप्पणियाँ सँभालकर रखी थीं। होल्कर की साहित्य और रंगमंच में गहरी रुचि है, इसलिए उन्होंने तय किया कि वे अपनी स्मरणशक्ति के आधार पर नाटक को यथारूप लिखने का प्रयत्न करेंगे और मंचन तो उनके निर्देशन में होगा ही!

अपनी योजना सभी को समझाकर होल्कर ने नारायण से पूछा, ''तुम्हारा क्या ख्याल है हमारी योजना के बारे में... ?''

नारायण ने कनखियों से मेरी ओर देखा, फिर बोला, ''यह तो विचारधारा से जुड़ी बात है होल्कर साहब। कोई गोडसे को मानता है... कोई गाँधी को। हमारी पार्टी गाँधी के सिद्धान्तों को मानती है।''

''...और तुम!'' पाठक ने शरारत से पूछा।

''हम भी वही मानेंगे, जो पार्टी मानेगी,'' नारायण हँसते हुए बोला, ''यह भी कोई पूछने-कहने की बात है!''

बात री बात तेरे मन में घात

सदाशिवराव को जब मैंने बताया कि विरोधी पार्टी वाले गणेशोत्सव पर 'मैं नाथूराम गोडसे बोल रहा हूँ' के मंचन की तैयारी कर रहे हैं, तो एक पल को उनके पैरों तले की जमीन गुम हो गयी। नारायण भी होल्कर के घर में था, सुनकर सदाशिवराव के तन-मन में मानो आग लग गयी। भितरघात!

सदाशिवराव असमंजस में थे कि क्या करें। साथी काँग्रेसियों से भी बात की लेकिन कोई हल नहीं निकला। दो दिन गुजर गये। तीसरे दिन सदाशिवराव ने मुझे बुलाया, "नत्थू, तुम्हें हमारी मदद करनी पड़ेगी।" मैंने चरणों में बिछ जाने वाले अन्दाज में कहा, "मैं आपके किसी भी काम आ सका, तो मुझे खुशी होगी।" सदाशिवराव का कहा टालने की हिम्मत छत्रपति शिवाजी नगर के किसी नौजवान में नहीं है। 'मनी एंड मसल पावर' के जलजले की प्रतिमूर्ति हैं सदाशिवराव।

"तुमने आर्ट्स में एम.ए. किया है और आर्ट्स में इतिहास भी आता है, है न!" विश्वास और संशय के मिले-जुले स्वर में उन्होंने कहा।

"आर्ट्स में इतिहास तो आता है पर उसमें बी.ए. होता है, एम.ए. नहीं," साहस बटोरकर मैंने सदाशिवराव की गलती सुधारी।

"जो भी है, तुमने इतिहास तो पढ़ा है न" सदाशिवराव ने मेरी आँखों में आँखें डालकर कहना जारी रखा, "तुम महात्मा गाँधी पर एक नाटक लिखो, जिसमें उनके सिद्धान्त हों, जैसे गोडसे के नाटक में उसके सिद्धान्त हैं। लिखो कि क्यों गाँधी ने अहिंसा का मार्ग अपनाया, क्यों सत्याग्रह किया... देश को आजाद कराने के लिए उन्होंने कितनी मेहनत की... लिखो..." इसके आगे कुछ और कहने को सदाशिवराव शब्द ढूँढ़ने लगे। असफल हो जाने पर खिड़की के रास्ते उन्होंने नजरों को आकाश में टाँग दिया।

मैं असमंजस में पड़ गया। हमारी पिछली सात पुश्तों में किसी ने नाटक लिखने का क्या, पढ़ने या देखने तक का विचार नहीं किया। लोग अक्सर मुझसे पूछते हैं कि क्या मेरे परिवार का गाँधी से कोई रिश्ता है? दूर का ही सही! यदि है, तो मुझे उन पर लिखना चाहिए। मेरी लिखी किताब खूब बिकेगी। मैं उनसे सिर्फ इतना कहता हूँ कि इस सम्बन्ध में निर्णायक रूप ने कुछ भी नहीं कह सकता, केवल इतना जानता हूँ कि हम गाँधी हैं और जिनके पुरखे गन्धक बेचा करते थे, वे आगे चलकर गाँधी कहलाये।

"तो तुम नाटक लिखकर कब दोगे?" मुझे खामोशी ओढ़े देखकर सदाशिवराव ने पूछा।

"नाटक खेलने की बात होती, तो मैं कुछ सोचता भी राव जी ...लेकिन, मैं

नाटक ˜ ख नहीं सकता,'' मैंने मजबूरी जतायी, ''मैं गाँधी के बारे में ऐसा कुछ भी नहीं जानता कि नाटक लिख सकूँ। नाटक लिखने के लिए बहुत सारी बातें जाननी पड़ती हैं... फिर उनको लिखना भी तो आना चाहिए!''

''गाँधी होकर गाँधी के बारे में नहीं लिख सकते। शर्म नहीं आती ऐसा कहते हुए,'' सदाशिवराव ने डाँटा।

''शुरू-शुरू में हर काम मुश्किल लगता है,'' सदाशिवराव का स्वर यकायक बदल गया, ''पहले मुझे भी लगता था कि मैं राजनीति नहीं कर सकता... पर अब देखो, है कोई माई का लाल जो मुझे चैलेंज कर सके! गोडसे के नाटक का मुँहतोड़ जवाब हम गाँधी के नाटक से देंगे ...ऐसा सनसनीखेज नाटक करेंगे कि लोग गोडसे का नाटक भूल जाएँगे।''

मैं समझ नहीं सका कि गाँधी के किसी भी नाटक में सनसनीखेज क्या हो सकता है!

''...और इस बार मैं चुनाव जीता कि मंडल ऑफिस में तेरी नौकरी पक्की। नगर विकास कमेटी में भी तुझे लूँगा,'' सदाशिवराव मुस्कुराये, ''तू मेरा इतना काम कर दे, बस!''

सदाशिवराव ने वो मायावी फन्दा फेंका, जिसमें मैं क्या मेरे जैसा कोई भी जरूरतमन्द पढ़ा-लिखा फँस जाए।

''राजनीति में आजकल ईमानदार और बुद्धिमान लोग नहीं आ रहे हैं, जिनकी वास्तव में देश को बहुत जरूरत है... गैं तुझे आगे बढ़ाऊँगा,'' सदाशिवराव क। बोलना जारी था... लेकिन मैं दूसरे गणित में उलझ चुका था।

काल, तुझसे होड़ है मेरी

मैंने दिमाग पर जोर देकर अपनी स्मृति को खँगालना शुरू किया। स्टूडेंट लाइफ में क्या कभी मैंने गाँधी पर चिन्तन किया था? शायद उसी का कोई सूत्र हाथ आ जाय।

कुछ देर बाद सीनियर क्लास के एक अध्यापक की बातें याद आयीं। वे कुछ इस तरह से थीं— महात्मा गाँधी उस भारत का प्रतिनिधित्व करते हैं, जहाँ विभिन्न धर्मों का सह-अस्तित्व है। इसलिए जो लोग भारत को बहुसंख्यक (हिन्दू) लोगों का राष्ट्र मानते हैं, वे कभी गाँधी की बातों से सहमत नहीं हो सकते। खास तौर पर तब, जबकि गाँधी ने 'विभाजन' को स्वीकृति दी और धर्म के आधार पर हुए बँटवारे को स्वीकार किया। तब इन लोगों द्वारा गाँधी को भारत के दुश्मन के रूप में देखा गया था। यही कारण है कि गाँधी की हत्या करने वाला गोडसे, जो दूसरों के

लिए अपराधी है, इन लोगों के लिए शहीद बन गया।

मुझे लगा कि नाटक लिखने के लिए यह नाकाफी है। मैंने दिमाग पर और जोर दिया। रिचर्ड एडनबरो की ऑस्कर अॅवार्ड विजेता फिल्म 'गाँधी' याद आयी, जिसे मैंने तीन बार देखा था। मुझे बहुत राहत मिली। मैंने सोचा कि इससे मुझे नाटक लिखने में काफी मदद मिलेगी। विचारों में उलझे हुए मुझे 'गाँधी' फिल्म का वह दृश्य याद आया, जिसमें नेहरू से गाँधी कहते हैं, "नेहरू, तुम मान जाओ, जिन्ना को प्रधानमन्त्री बन जाने दो।" ...और नेहरू के चेहरे पर जो भाव लहराते हैं, वे किसी धीरोदात्त नायक के मुखमंडल पर शोभा नहीं पाते।

मैंने इस दृश्य पर बहुत चिन्तन किया—

मुझे लगा कि यदि नेहरू अपनी छुपी हुई राजनीतिक महत्त्वाकांक्षा का पोषण नहीं करते, तो इस देश को खून से सनी हुई, जख्मी और विभाजित आजादी नहीं मिलती।

मुझे लगा कि नेहरू और गाँधी में गम्भीर मतभेद थे और गाँधी इन्हें मिटाने का निरन्तर प्रयास करते रहे, परन्तु अन्त तक असफल रहे। इसीलिए वे उन लोगों के साथ आजादी के जश्न में शामिल नहीं हुए, जिन्होंने अपने स्वार्थों की बागवानी के लिए विभाजित जमीन का एक टुकड़ा हासिल किया था। देश के करोड़ों लोगों को स्वराज देने के लिए स्वतन्त्रता प्राप्त नहीं की थी।

मुझे लगा कि गाँधी उस नदी की तरह थे, जो अपने निर्मल-शिखर-स्रोत से मैदान में उतर तो आती है, परन्तु फिर उन लोगों को रोक नहीं पाती, जो उस पर बाँध बनाते हैं, उससे व्यापार करते हैं, उसे मैला करते हैं। नदी को नदी नहीं रहने देते...।

मुझे लगा कि गाँधी की हत्या इसी बात की परिणति थी कि गाँधी वह नहीं रह गये थे, जो शिखर से चले थे। इसके लिए वे स्वयं दोषी नहीं थे, जैसे नदी मैली हो जाने के लिए स्वयं दोषी नहीं होती। गोडसे की गाँधी में श्रद्धा रही होगी, गोडसे ने गाँधी के चरण स्पर्श किये होंगे, माना जा सकता है, लेकिन हत्या सबसे अमानवीय, घृणित और बर्बर तर्क है, उससे सहमत नहीं हुआ जा सकता।

मुझे लगा कि गाँधी को लेकर अब तक जो भी बहस हुई— गाँधी (पिता) विरुद्ध गाँधी (पुत्र), गाँधी विरुद्ध अम्बेडकर, गाँधी विरुद्ध गोडसे, उनसे गाँधी के नजरिये और उनकी हत्या के कारणों को उतना नहीं समझा जा सकता, जितना गाँधी और नेहरू के बीच मतभेदों और तनावों का खुलासा होने पर समझ में आ सकता है। इतिहास में गाँधी और नेहरू अलग-अलग विचारवान व्यक्तित्व होते हुए भी, एक-दूसरे में उलझे हुए हैं। गाँधी को यदि उनके व्यक्तित्व के साथ न्याय दिलाना है, तो हमें उन्हें नेहरू से बिलकुल अलग रखकर, वस्तुपरक ढंग से देखना होगा।

साथ ही उन भावनात्मक और संवेदनशील रिश्तों को अलग करना होगा, जो गाँधी के नेहरू से थे। गाँधी के पुनर्मूल्यांकन की जितनी जरूरत है, उतनी जरूरत नेहरू के पुनर्मूल्यांकन की भी है। जिस तरह गाँधी अपने सत्याग्रह और अहिंसा के सिद्धान्तों में पूर्णत: व्यक्त नहीं होते, उसी तरह नेहरू भी अपने समाजवादी लोकतन्त्र और पंचशील के सिद्धान्तों में पूर्णत: व्यक्त नहीं होते।

मैंने कभी एक साथ इतनी बातें नहीं सोची थीं, इसीलिए मुझे स्वयं पर आश्चर्य हुआ। मुझे महसूस हुआ कि मैं नाटक लिख सकता हूँ— गाँधी विरुद्ध नेहरू!

लेकिन सदाशिवराव को ऐसे नाटक की जरूरत थी, जिसमें गोडसे के आरोपों की न केवल सफाई बल्कि धुलाई की जा सके! मुझे अपने जीवन का पहला रचनात्मक आइडिया ड्रॉप करना पड़ा। मुझे अत्यन्त विषाद हुआ। क्या किसी नवोदित रचनाकार के साथ ऐसी 'ट्रेजडी' हुई होगी! रचनाकार पर बाजार का दबाव इसी को कहते हैं! मेरी इच्छा हुई कि लेखन कार्य का श्रीगणेश करने से पहले ही लेखकीय अभिलाषा को विसर्जित कर दूँ... और लिखूँ अपने 'न लिखने का कारण।' और चीख-चीखकर कहूँ दुनिया से कि देखो बाजार के दबाव के चलते एक लेखक जन्म लेते-लेते रह गया! (भ्रूणहत्या और गर्भपात मुझे हिंसक शब्द लगते हैं, इनसे जुगुप्सा का भाव पैदा होता है और उबकाई आती है।)

काफी ऊहापोह के बाद अन्ततः मैंने तय किया कि मैं लिखूँगा। सदाशिवराव के लिए नहीं, बल्कि इसलिए कि नौकरी पायी जा सके... और वैसा लिखूँगा, जैसा सदाशिवराव कहते हैं।

भगवान झूठ न बुलवाए

तीन दिनों तक लगातार मैं अपनी वैयक्तिक प्रज्ञा से विस्मित रहा। जाने कब से मैं अपनी प्रतिभा को विस्मृत किये था।

नाटक पूरा हो गया। नाम दिया— 'मैं महात्मा गाँधी बोल रहा हूँ।'

पहले तो लगा कि गाँधी अपने मुँह से खुद को 'महात्मा' कहें, अच्छा नहीं है। फिर खयाल आया कि यह बिलकुल समयानुकूल है। यह बाजार और विज्ञापन का युग है। हम उसके अंग हैं। हम पर भी बाजार के नियम लागू होते हैं। अत: अपनी तारीफ हम स्वयं नहीं करेंगे, तो कौन करेगा। दूसरा तो बुरा कहने को कमर कसे ही है! महात्मा गाँधी के लिए यह 'करो या मरो ' और 'अभी नहीं तो कभी नहीं' की कठिन घड़ी है।

सदाशिवराव ने नाटक पढ़कर मेरे हाथ चूमे और कहा, ''काश, तुम लड़की होते...''

मैं लड़की की अदा में लजा गया। मैंने कहा, "मेरी नौकरी तो पक्की हुई न राव साहब!"

मेरी बात सुने बगैर वे भाषण देने के अन्दाज में बोले, "मैं हमेशा कहता हूँ कि प्रतिभाएँ इस देश में अटी पड़ी हैं। 'एक ढूँढ़ो हजार मिलती हैं / दूर ढूँढ़ो पास मिलती हैं,' असली जरूरत है उन्हें पहचानने की। तराशने की। यह देश आज सोने की चिड़िया नहीं रहा तो क्या, ये प्रतिभाएँ उस चिड़िया के सुनहरे बच्चे हैं...!"

सदाशिवराव की बात सुनने वाला वहाँ कोई नहीं था। वे मेरी प्रशंसा करते रहे। उनकी इच्छानुसार मैंने नाटक को सनसनीखेज बना दिया था। ऐसा प्रतीकात्मक प्रयोग किया, जो आज तक किसी नाटककार और फिल्मकार के दिमाग में नहीं आया होगा। इतिहासकार ने तो इसकी कल्पना तक नहीं की होगी।

नाटक में मैंने गाँधी को नाथूराम गोडसे की गोलियों से नहीं मरने दिया। गाँधी विरुद्ध गोडसे— यह किस्सा ही खत्म। न रहेगा बाँस न बजेगी बाँसुरी!

मोटे तौर पर नाटक का अन्तिम दृश्य इस प्रकार था :

सुबह का समय। चारों ओर शान्ति।

पाँच-छह वर्ष का एक बालक मंच पर प्रवेश करता है, मध्य प्रदेश पाठ्यपुस्तक निगम की पहली कक्षा की पुस्तक से कवितापाठ करता हुआ :

"माँ खादी की चादर दे दे, मैं गाँधी बन जाऊँ।
सब मित्रों के बीच बैठकर, रघुपति राघव गाऊँ।
छोटी-सी धोती पहनूँगा, खादी की चादर ओढ़ूँगा।
घड़ी कमर में लटकाऊँगा, सैर सवेरे कर आऊँगा।
मुझे रुई की पोनी दे दे, तकली खूब चलाऊँ।
माँ खादी की चादर दे दे, मैं गाँधी बन जाऊँ।"

जैसे ही कवितापाठ पूर्ण होता है, एक व्यक्ति उस बालक पर तीन गोलियाँ दागता हुआ भाग जाता है। बालक 'हे गाँधी ...!' कहता हुआ तत्काल प्राण त्याग देता है। तभी गाँधी आते हैं और उस मृत बालक का सिर अपनी गोद में रखकर विलाप करते हैं (इस दृश्य में निर्देशक को यह छूट है कि वह चाहे तो मंच के आकार और अपनी सुविधानुसार भीड़ इकट्ठी कर सकता है। लेकिन गाँधी उस भीड़ में कहीं खो न जाएँ इसका ध्यान रखना होगा। —लेखक यानी नत्थू)। विलाप के साथ गाँधी अत्यन्त कारुणिक ढंग से सत्य, अहिंसा, प्रेम और शान्ति के पक्ष में अपने विचारों को एक-एक कर दर्शकों के सामने प्रस्तुत करते हैं। (यदि मंच पर लोग उपस्थित हैं, तो निर्देशक उनसे हुंकारे भरवाकर गाँधी के वचनामृतों की पुष्टि भी करवा सकता है। हुंकारों को संवादों की श्रेणी में रखा जाएगा— लेखक यानी नत्थू)। अन्ततः अपना प्रिय भजन 'वैष्णवजन तो तैणे कहिए जे पीर पराई जाणैं रे...'

गाते हुए गाँधी उस बालक के शव पर प्राणोत्सर्ग कर देते हैं। उनकी आत्मा दिव्य ज्योति की तरह शरीर त्यागकर मंच के कोने में रखी, देवों के देव महादेव शंकर की प्रतिमा में विलीन हो जाती है। महादेव शंकर के अवतार थे गाँधी! इस बात की जानकारी देश के मुट्ठी भर लोगों को भी नहीं है।

भगवान शंकर मंच पर प्रकट होते हैं और भारत को दैहिक, दैविक, भौतिक आपदाओं से सदा मुक्त और सुखी रहने का आशीर्वाद देते हैं। इसके बाद भगवान गणेश आकर अपने पिता की स्तुति करते हैं और अन्त में बहुत सारे भक्तगण मंच पर "गणपति बप्पा मोरया..." का जयघोष करते हुए उनकी आरती उतारते हैं।

परदा गिरता है।

सदाशिवराव की खुशी ठिकाने पर नहीं थी। वे बोले, "यह नाटक इतिहास को भी चुनौती देने की क्षमता रखता है। हिन्दूवादी शक्ति के हाथों धर्मनिरपेक्ष राष्ट्र को हुई अपूरणीय क्षति का इतिहास मिटाने के लिए हम जब भी इतिहास का पुनर्लेखन करेंगे, यह नाटक उसका ठोस आधार होगा। हम इतिहास से गोडसे का नामो-निशान मिटा देंगे।"

"सदियों रहा है दुश्मन दौरे-जहाँ हमारा,
कुछ बात है कि हस्ती मिटती नहीं हमारी..."

इकबाल की ये पंक्तियाँ हमेशा की तरह सदाशिवराव ने काँग्रेस के सन्दर्भ में गुनगुनायीं और आदत के अनुसार खिड़की से आकाश को निहारते हुए कहीं खो गये।

हमसे बढ़कर कौन?

छत्रपति शिवाजी नगर के इतिहास में पहली बार मतभेद इतने गहराये कि किसी मुद्दे पर लोग स्पष्टतः दो धड़ों में बँट गये। वैचारिक विभाजन इतना साफ था कि एक दल बना 0% गोडसे, 100% गाँधी और दूसरा बना 0% गाँधी, 100% गोडसे। यह विभाजन ठीक 1947 में हुए देश के बँटवारे की तरह था। जमीन में दरारें नहीं पड़ीं, लेकिन दिल दूध की तरह फट गये। शुरू में कुछ लोग तटस्थ थे लेकिन जैसे-जैसे मामला गरमाया, उन्हें बोध हुआ, जो तटस्थ हैं समय लिखेगा उनका भी अपराध! वे फुर्ती से इधर-उधर हो गये।

छत्रपति शिवाजी नगर दिन में अब जाने कितनी बार नारों से गूँज जाता। कहीं से आवाज उठती, 'जब तक सूरज-चाँद रहेगा/गाँधी तेरा नाम रहेगा!'

क्षणभर के सन्नाटे को चीरता हुआ दूसरा गगनभेदी स्वर विपरीत दिशा से उठता, 'जब तक सूरज-चाँद रहेगा / तब तक नाथूराम रहेगा!'

अमरता के ये नारे पूरी तबीयत से उछलने के बावजूद आसमान में सुराख नहीं

कर पाते और नश्वरता को प्राप्त होते। आसमान नारा लगाने वालों को नजर भरकर देखता और मुस्कुरा उठता।

अगस्त आ चुका था। गणेशोत्सव प्रारम्भ होने में मात्र एक पखवाड़े से कुछ ही ज्यादा समय शेष रह गया था। दोनों दल पूरे जोर-शोर से नाटकों की तैयारी में लगे थे। प्रतिदिन सुबह फिल्म 'टक्कर' के गीत से छत्रपति शिवाजी नगर का कोना-कोना गूँज उठता, 'देवा ओ देवा... गणपति देवा... तुमसे बढ़कर कौन?...' और फिर 'हमसे बढ़कर कौन?' के अन्दाज में रिहर्सल शुरू हो जाती। अशोक कुमार से आमिर खान तक... अभिनय के सोपानों पर शोधपूर्ण चर्चा होती कि किस दृश्य में किसके जैसी एक्टिंग करके 'वाह! क्या सीन है' वाला प्रभाव लाया जा सकता है।

फाइनल काउंटडाउन जैसे ही शुरू हुआ यानी जब मात्र दस दिन बाकी रह गये, तभी 'मैं नाथूराम गोडसे बोल रहा हूँ' मंचित करनेवालों पर मानो गाज गिर पड़ी। (सदाशिवराव ने इसे महादेव शंकर के तीसरे नेत्र का प्रकोप माना)।

नाथूराम गोडसे का अभिनय कर रहे सदानन्द की नौकरी रेलवे में लग गयी! कॉल लेटर में उसे तीन दिनों के भीतर नौकरी ज्वाइन करने का आदेश था। शहर में नहीं, बल्कि शहर से आठ सौ किलोमीटर दूर पुणे में। सदानन्द के पैर जमीन पर नहीं पड़ रहे थे। उधर, होल्कर और उनके साथी धरती माता से फट जाने की प्रार्थना करते हुए, उसमें समा जाने की अभिलाषा व्यक्त कर रहे थे। उनके चेहरों पर ऐसा मातम छाया था, मानो उनका कोई सगा इस मृत्युलोक से स्वर्गलोक को कूच कर गया! किसी ने भी सदानन्द को नौकरी पाने की बधाई नहीं दी। सदानन्द उन्हें अपनी खबर देकर धीरे से खिसक लिया।

सदाशिवराव ने सदानन्द को नौकरी पाने पर हार्दिक बधाई दी और सबको मिठाई खिलायी। सदानन्द के घर उन्होंने एक किलो काजूकतली का 'गिफ्टपैक' अलग से भिजवाया।

हम आपके हैं वो

होल्कर, समर्थभाऊ और नारायण शाम को मेरे घर पधारे। यह अचरज में डाल देने वाली बात थी। मैं समझ गया, 'जब वक्त पड़े बाँका, तो गधे को कहो काका।' नारायण ने उन्हें बता दिया होगा कि मैं स्कूल और कॉलेज के वार्षिकोत्सव में मंच पर अपनी अभिनय-प्रतिभा के रंग बिखेरता रहा हूँ। कॉलेज में एक वर्ष 'ड्रामाफेयर' पुरस्कार के लिए मेरा नामांकन भी हुआ था, लेकिन सदानन्द ने 'पॉलिटिक्स' करके बाजी मार ली थी। ''हमें मालूम है कि सदाशिवराव को तुमने नाटक लिखकर दिया है और उसने तुम्हें नौकरी लगवाने का भरोसा दिलाया है। मगर इस बार वह मंडल में नहीं जीतने वाला। वह अपने लोगों से दगा कर रहा है और तुम देखना इस चुनाव

में सब उसकी कढ़ी पतली कर देंगे,'' होल्कर ने सख्त आवाज में कहा। फिर नर्म होते हुए बोले, ''जहाँ तक तुम्हारी नौकरी का प्रश्न है, उसके लिए मैंने समर्थभाऊ से कह रखा था। ये बातें न भी होतीं, तो चुनाव जीतकर हम तुम्हारी नौकरी लगवाते ही।''

''... और तुम चाहे इस घड़ी हमारी सहायता करो या न करो, मैं स्टाम्प पर तुम्हें लिखकर दे सकता हूँ कि अगले सत्र में तुम्हारी नौकरी पक्की। मेरे असिस्टेंट का पद पिछले दो वर्षों से खाली है। कोई समझदार लड़का नहीं मिल रहा था'', समर्थभाऊ ने विश्वास दिलाने वाले लहजे में कहा। मेरे लिए धर्मसंकट के इससे कठिन क्षण आज तक नहीं आये। यदि इन्हें 'हाँ' कह दूँ, तो सदाशिवराव को क्या मुँह दिखाऊँगा? लेकिन इन्हें 'नहीं' किस मुँह से कहूँ! फिर दो नावों के सवार को कौन समझदार कहेगा। ज्ञानीजन कह गये हैं 'एकै साधे सब सधै, सब साधे सब जाय'। मेरा विश्वास मजबूत हुआ कि नियति हमेशा मेरे साथ क्रूर मजाक करती है। मैंने क्या बिगाड़ा है उसका! कोई कह सकता है मेरे दोनों हाथों में लड्डू हैं, पर मेरा दिल जानता है कि सामने कुआँ, पीछे खाई है! और बीच के रास्ते पर बढ़ना तलवार की धार पर चलने से कम नहीं है।

नियति अपने शिकार को ऐसे ही घेरती है। बलिदानी बाली, राजा शिबि, दानवीर कर्ण के उदाहरण हमारे सामने हैं— ''मेहमाँ जो हमारा होता है, वो जान से प्यारा होता...।'' घर आये याचक को खाली हाथ लौटाना हमारे संस्कारों में नहीं है। जीवन वही सम्माननीय है, जो मरते दम तक दीन-दुखियों के काम आ जाए। होल्कर, समर्थभाऊ और नारायण की हालत पर मुझे तरस आ गया।

''मुझे नौकरी की परवाह नहीं। मैं आपके साथ काम करूँगा। जो इनसान दूसरों के काम न आ सके, उसका जीना ही बेकार है,'' जीवन में पहली बार मेरे मुँह से राजनीतिक शब्द निकले। अपने नैतिक पतन पर थोड़ा पश्चाताप हुआ, किन्तु फूटा बोल और छूटा तीर कब लौटता है?

''हमें तुमसे यही उम्मीद थी।'' यह कहते हुए होल्कर के चेहरे पर सौ वाट के बल्ब जैसी रौनक हो गयी।

नारायण ने मुझे नाटक की स्क्रिप्ट दी और सुबह होल्कर के घर पहुँचने को कहा। समर्थभाऊ ने इस बात की ओर भी ध्यान दिलाया कि तैयारी के लिए समय बहुत ही कम रह गया है। नाटक सफल होगा या असफल, यह सिर्फ मुझ पर निर्भर करता है। जाते-जाते उन्होंने मेरी पीठ ठोकी और बोले, ''बैस्ट आफ लक।''

अगले दिन होल्कर के घर जो बात मुझे मालूम हुई, उससे मेरा कलेजा मानो उछलकर हलक में अटक गया। यह होती है राजनीति!

नारायण ने बताया कि सदानन्द यदि यूँ अध-बीच में 'गच्चा' न देता, तो वे लोग 15 अगस्त को ही नाटक का मंचन कर देते यानी सिर्फ चार दिनों बाद ही! तैयारी उसी दिन के लिए चल रही थी। गणेशोत्सव पर नाटक के मंचन का प्रचार मात्र था। यदि सब योजनानुसार हो जाता, तो सदाशिवराव के पास गाँधी की तस्वीर के सामने बुक्का-फाड़-विलाप के सिवा कोई रास्ता नहीं बचता। लेकिन विधि के विधान को कौन चुनौती दे सकता है! तय हुआ कि गणेशोत्सव पर ही नाटक का मंचन होगा।

तेरा क्या होगा नत्थू

नाथूराम गोडसे की भूमिका निबाहते हुए मैंने पाया कि मैं अकल्पनीय ऊर्जा से भर जाता हूँ। मेरी साँसें गर्म हो जाती हैं। मेरे हृदय की धड़कनें तेज हो जाती हैं। मेरी आँखें हीरे की तरह चमकने लगती हैं। मेरी आवाज कुछ भारी किन्तु मीठी और ओजस्वी हो जाती है। मेरी भुजाओं में पंखों-सा कुछ फड़फड़ाता है। संवाद अदायगी की तीव्रता से मेरी छाती, मस्त हवा से खटखटाते कपाटों-सी बजने लगती है। इन सबका संयुक्त परिणाम यह होता कि मेरी आवाज सीधे दिल से निकलती लगती! धीरे-धीरे मेरा जादू लोगों पर छाने लगता... 'मैं नाथूराम गोडसे बोल रहा हूँ।'

जैसे ही तालियों की गड़गड़ाहट मेरे कानों में पड़ती, मैं असली दुनिया में लौट आता। उस मीठी थकान के साथ, जो किसी मिशन के पूरा होने पर सैनिक की प्रसन्नता में छुपी होती है।

"सचमुच तुम सदानन्द से बेहतर हो," सुनते ही कॉलेज में 'ड्रामाफेयर पुरस्कार' न जीत पाने की मेरी पीड़ा मन्द पड़ जाती। सच्चे निर्णायक तो दर्शक हैं, ट्राफियाँ थोड़े ही!

"मुझे लगता है कि इस महत्त्वपूर्ण नाटक में अभिनय करने के लिए ही तुमने जन्म लिया है। तुम्हारा नाम और जीवन दोनों सार्थक हो रहे हैं। बहुत किस्मत वाले हो तुम... नत्थू! सच कहूँ तो मुझे कभी-कभी तुमसे ईर्ष्या होने लगती है..." नारायण ये बातें मुझसे अकसर कहता। मैं उसकी बातों का कोई निश्चित अर्थ नहीं लगा पाता।

सदाशिवराव ने एक बच्चे के हाथों मेरे नाम सन्देश भेजा, "तुम भी घर के भेदी निकले, विभीषण! जिधर मुँह काला किया है, उधर ही रहना। अब मुझे अपनी सूरत मत दिखाना।" —सदा तुम्हारा, सदाशिवराव। शब्दों के बीच जो पीड़ा और प्रेम छुपा था, उसे पढ़कर मेरी आँखों में आँसू आ गये। एक पल को लगा कि भागकर सदाशिवराव के पास जाऊँ और उसके चरणों में पड़कर माफी माँग लूँ।

होल्कर को इनकार कर दूँ। कोई और नाथूराम ढूँढ़ लें।

दोनों ही बातें असम्भव थीं।

अन्ततः वह दिन आ गया, जिसे नियति ने मेरे लिए तय कर रखा था, जबकि आधी दुनिया सोने जा रही थी और आधी दुनिया नींद से जागकर अलसा रही थी, छत्रपति शिवाजी नगर का हॉल खचाखच भरा था। मंच के बीचों-बीच मैं खड़ा था। प्रकाश का एक वृत्त मुझे घेरे था, बाकी सब ओर अँधेरा ही अँधेरा था।

पहली घंटी बजी। मैंने दो कदम दर्शकों की ओर बढ़ाये और कड़क आवाज में कहा, ''मैं नाथूराम...''

यकायक माइक बन्द हो गया। बिजली गुल!

पुलिस मंच की छाती पर खड़ी थी। हॉल में बैठे लोगों को जैसे साँप सूँघ गया। सुई-पटक-सन्नाटा!

''...गोडसे'' मेरे गले में अटककर फड़फड़ाने लगा।

बाकी जो बचा

नत्थू की डायरी के पन्ने ऊपर ही समाप्त हो जाते हैं। इसलिए अब इस अकिंचन को पाठकों से सीधी बात करनी पड़ रही है।

नियति ने नत्थू के नाटक के लिए जो दिन तय कर रखा था, उस दिन से मेरा मित्र नत्थू लापता है। मंच की छाती पर खड़ी पुलिस भी नहीं जानती कि नत्थू कहाँ है। उसे जमीन खा गयी या आसमान निगल गया। नत्थू के इस तरह गायब हो जाने की छत्रपति शिवाजी नगर में तरह-तरह की कहानियाँ गढ़ चुकी हैं। ढंगी-बेढंगी अफवाहें हैं। कुछ का मानना है कि नत्थू को 'किडनैप' कर लिया गया है। कुछ कहते हैं कि वह खुद ही 'अंडरग्राउंड' हो गया है। एक न एक दिन वह ढेर सारी ताकत लेकर लौटेगा और हिटलर की तरह देश पर राज करेगा। किसी-किसी का यह भी खयाल है कि वह साधु बन गया है।

उसके घरवालों ने कई शहरों में यह इश्तहारी पोस्टर छपाकर बँटवाये और चिपकवाये— ''प्यारे नत्थू, तुम जहाँ भी हो घर लौट आओ। तुम्हारी माँ रो-रोकर बीमार पड़ चुकी है। तुम नहीं लौटे, तो वह जिन्दा नहीं बचेगी।'' लेकिन अभी नत्थू घर नहीं लौटा है। कोई नहीं जानता कि वह लौटेगा या नहीं।

जहाँ तक नत्थू की डायरी के मेरे पास होने का सवाल है, वह एक अलग घटना से जुड़ा है।

नत्थू के लापता होने के कई दिनों बाद छत्रपति शिवाजी नगर से लगे छोटे जंगल से एक शाम कुछ बच्चे भागे-भागे घबराये-से लौटे। हाँफते हुए बच्चों ने यह कहकर हल्ला मचा दिया कि उन्होंने जंगल के एक पेड़ पर नत्थू की लाश को

लटकते हुए देखा है। उसके गले में फन्दा था। उसके बदन पर कोई कपड़ा नहीं था। सिर्फ जाँघिया था। वह भी घुटनों के नीचे तक सरका हुआ। उसके 'पीछे' से खून बह रहा था। पैरों और जाँघिये पर खून सूख गया था। उस पर बहुत सारी मक्खियाँ बैठी थीं। ढेर सारी भिनभिना रही थीं। नत्थू की लाश पेड़ से लटकी हुई, हवा में धीरे-धीरे हिल रही थी। यह देखकर बच्चे डर गये थे और भागे-भागे आये थे।

बच्चों की बातें सुनकर लोग सकते में आ गये। दो कांस्टेबलों और थाना इंचार्ज के साथ भारी भीड़ उस जगह पर गयी, जो बच्चों ने बतायी थी। लेकिन वहाँ कुछ नहीं था। न लाश। न बतायी गयी जगह के आस-पास खून के निशान। भीड़ और पुलिस वाले निराश होकर लौट आये। बच्चों से पूछा गया कि कहीं यह उनकी शरारत तो नहीं थी। लेकिन बच्चे अपनी बात पर अड़े रहे। आखिर में तय हुआ कि बच्चों को धोखा हुआ है। उन्हें आगे से जंगल में न जाने की हिदायतें दी गयीं।

दूसरे दिन मैं अकेला उस जगह पर गया जहाँ बच्चे, पुलिस और भीड़ गयी थी। वहाँ वैसा कुछ नहीं था, जैसा बच्चों ने बताया था। काफी देर तक यहाँ-वहाँ भटकने पर झाड़ी में मुझे डायरी दिखी। यह नत्थू की डायरी थी। जिस पर हरे रंग का कवर था। कुछ पलों के लिए मैं स्तब्ध रह गया।

लेकिन आस-पास सिवा सन्नाटे के कुछ न था। यह डायरी यहाँ कैसे आयी? इसका कोई जवाब मेरे पास नहीं था। बच्चों की बात पर मुझे यकीन हो गया। वहाँ से लौटने पर बच्चों की, नत्थू की लाश के 'पीछे' से खून निकलने वाली बात पर भी मेरा विश्वास पुख्ता हुआ क्योंकि डायरी में नत्थू ने अपनी प्रेमिका को सम्बोधित करते हुए एक जगह लिखा था, "...मैं तुम्हें धोखे में रखना नहीं चाहता। मोहल्ले के कई बड़े लोग बचपन से मुझे 'एक्सप्लॉइट' करते रहे हैं। मैं तुम्हारे काबिल नहीं हूँ..." वगैरह-वगैरह। नत्थू की डायरी में न तो प्रेमिका का नाम लिखा है और न ही उन बड़े लोगों का जिन्होंने बचपन से उसे 'एक्सप्लॉइट' किया। मेरी आँखों के सामने नत्थू का चॉकलेटी चेहरा तैर गया। गोरा-चिट्टा, तीखी नाक, बड़ी सुन्दर आँखें और सुर्ख लाल होंठ।

समय को उसकी घटनाओं के समानान्तर कोई नहीं लिख सकता, यानी गायब होने के बाद तक नत्थू जिन्दा था और डायरी लिख रहा था। डायरी को लेकर कई सवाल मेरे मन में थे। मसलन, नत्थू ने नाटक के मंच से गायब होने के बाद के एक क्षण का भी कोई जिक्र क्यों नहीं किया? क्या वह खुद गायब हो गया था या किसी ने उसे गायब कर दिया था? यदि उसे गायब कर दिया गया था, तो क्या वह डायरी लिखते पकड़ा गया था? क्या उसी का परिणाम था वह दृश्य, जो बच्चों ने देखा था? लेकिन उस दृश्य समेत नत्थू कहाँ लापता हो गया? यदि नत्थू अपनी डायरी को और आगे लिखता, तो क्या लिखता? क्या नत्थू के डायरी लिखने से किसी को

नुकसान था? क्या नत्थू की डायरी को कुछ लोग खोज रहे हैं?

जिस दिन मुझे यह डायरी मिली, उस रात नत्थू मेरे सपने में आया। वह नंगा था। जाँघिया उसके घुटनों से नीचे सरका हुआ था। नत्थू अपने हाथ जाँघों के बीच फँसाये था। उसका गोरा-चिट्टा रंग काला पड़ चुका था। तीखी नाक पिचक चुकी थी। उससे खून बह रहा था। बड़ी सुन्दर आँखें झाड़ी हुई राख-सी बुझी-बिखरी थीं। सुर्ख लाल होंठ पपड़ाये थे, जैसे कई दिनों से पानी न छुआ हो। वह रो रहा था। वह रोते-रोते बमुश्किल बोल पा रहा था। उसने मुझसे इतनी-सी इच्छा जाहिर की कि मैं उसकी विडम्बनापूर्ण करुण कहानी दूसरों तक पहुँचा दूँ। मैंने उसे विश्वास दिलाया, लेकिन कहानी को ठीक ढंग से लिखने के लिए अपने सवालों का जवाब भी चाहा। मैंने उससे कहा कि इन सवालों के जवाब के बगैर कहानी अधूरी लगेगी और कोई भी इस पर भरोसा नहीं करेगा। लेकिन वह सिर्फ इतना कहकर उठा कि जब तक तुम मेरी कहानी नहीं लिख दोगे, मैं इसी तरह तुम्हारे सपने में आता रहूँगा। दुनिया माने या ना माने यह तुम्हारे सोचने की बात नहीं है। फिर वह मुड़कर जाने लगा। उसके 'पीछे' से खून निकल रहा था।

नत्थू का यह सपना मुझे कई महीनों से रोज आ रहा है। किसी भी दिन इसकी तीव्रता कम नहीं हुई। नत्थू ने कहा था कि उसकी कहानी जिस दिन पूरी कर दूँगा, वह सपने में आना बन्द कर देगा। लेकिन मैं सोचता हूँ कि अब भी नत्थू कम से कम एक बार मेरे सपने में आए और मेरे सवालों का जवाब दे दे। मैं उनका जिक्र किसी से नहीं करूँगा।

□

हीरो : एक लव स्टोरी

कहानी का हीरो बनने का सपना कौन नहीं देखता! हर आदमी को लगता है कि उसकी जिन्दगी एक गजब की कहानी है। वह कहानी का हीरो है। यदि उसकी कहानी छपकर आ गयी, तो तहलका मच जाएगा। दुनिया अपने दाँतों से नाखून कुतरते-कुतरते उँगलियाँ तक चबा लेगी। वह किसी लेखक को ढूँढ़ता है। कहानी के लेखक को। लेकिन सच तो लिखने वाले जानते हैं। कहानी लिखना इतना मुश्किल काम है कि दुनिया वाले इसे काम ही नहीं मानते! जबकि ज्यादातर जिन्दगियों की कहानियाँ फ्लॉप होती हैं। कोई पूछता नहीं उन्हें। वही दुखड़े। वही रोना। वही घिसे-पिटे दृश्य। वही अन्त। ऐसे में एक अच्छी कहानी लिखना! खुदा खैर करे। इन्हीं सारी बातों के बीच मेरे सबसे पक्के दोस्त सैफू के दिल में 'कभी-कभी' की तरह खयाल आया, मेरी कहानी में हीरो बनने का। इस बार वह गम्भीर था। उसे जब से मैंने यह 'स्टोरी' बतायी थी, वह इसमें हीरो बनने के लिए बावला था। चूँकि हमारी दोस्ती उतनी पुरानी है कि जब हम आपस में चड्डियाँ बदल लिया करते थे, इसीलिए उसकी इच्छा का मेरे लिए क्या महत्त्व होगा, यह सहज ही समझा जा सकता है। पूरी गम्भीरता के साथ जब सैफू का इस कहानी में हीरो बनना तय हो गया, तो मैंने उससे कहानी के 'मुहूर्त' पर पहुँच जाने को कहा। ठीक समय पर। ताकि कहानी 'हिट' हो सके। कहानी के हीरो के तौर पर सैफू को 'साइन' करने का प्रश्न ही नहीं उठता था। कारण, हमारी दोस्ती और एक-दूसरे पर विश्वास।

आखिर वह समय आ ही गया, जब मुझे इस कहानी को शुरू करना था। लेकिन सैफू गायब! मुहूर्त सरपट घोड़े की तरह भागा जा रहा था, अपने पीछे गर्दो-गुबार छोड़कर। मुहूर्त निकल गया, तो कहानी का सत्यानाश निश्चित है। कोई सम्पादक-प्रकाशक छुएगा भी नहीं इसे। बिना लिफाफा खोले और पढ़े ही लौटा देगा। यदि किसी गरीब-गुरबे सम्पादक ने कहानी छाप भी दी, तो पाठक रद्दी न्यूजप्रिंट और दो-चार सौ के सर्कुलेशन वाली पत्रिका में इसे भला पढ़ेंगे भी! इससे पहले कि मुहूर्त का सरपट घोड़ा अपने ही गर्दो-गुबार में गुम हो जाए, मैंने फैसला

किया खुद ही हीरो बन जाने का। अपनी कहानी का खुद ही हीरो! किसी भी कहानीकार के लिए आग के दरिया में छलाँग लगाने के समान है यह कहना कि वही अपनी कहानी का हीरो है। लेकिन मेरी मजबूरी है। सैफू आया नहीं और मुहूर्त को मैं हाथ लगे बटेर की तरह निकल जाने देना नहीं चाहता। अत: प्रिय पाठक, आपसे निवेदन है कि कहानी का हीरो मुझे मानकर इसका रसास्वादन करें। भूल जाएँ सैफू को। जो आदमी वक्त की कद्र नहीं करता, वक्त उसके साथ कभी वफा नहीं करता। सैफू के हाथ से हीरो बनने का सुनहरा मौका निकल चुका है और देखिएगा एक दिन उसे इसकी भारी कीमत चुकानी पड़ेगी। वह पछताएगा। खैर। उसके साथ दुर्भाग्य से हुई इस तुच्छ दुर्घटना को भूलकर, आइए हम-आप कहानी की रोचक दुनिया में प्रवेश करें।

प्लीज, जस्ट अ मिनट।

कहानी चूँकि एक अकेले शख्स के बस की बात नहीं, इसीलिए मैं इसकी 'स्टारकास्ट' को स्पष्ट कर दूँ। मुख्य भूमिका में मैं हूँ और है प्रीतो। जिस इमारत में रहता हूँ, वहीं ऊपर रहने वाली। सहयोगी भूमिकाओं में हैं, मेरी माँ और पिता। त्यागी जी यानि प्रीतो के पिता। गेस्ट एपीयरेंस है श्रीमती सहाय का, जिन्हें मैं कभी 'आंटी' नहीं कह पाता हूँ।

चलें, सीढ़ियाँ शुरू हो चुकी हैं

नागिन-सी लहराती हुई जब प्रीतो चढ़ती, तो सीढ़ियाँ ऊपर को जातीं और गिलहरी-सी फुदकती हुई जब वह उतरती, तो सीढ़ियाँ नीचे को आतीं।

उसे सीढ़ियों पर ऐसे देखना मेरे मन को उतना ही रोमांचक और आकर्षक लगता, जितना अपने चेहरे पर उगती हुई नयी-नयी मूँछ और दाढ़ी को आईने में गौर से निहारना। जब कभी प्रीतो का स्कर्ट हवा में थोड़ा लहरा जाता, तो उसकी गोरी टाँगें घुटनों से ऊपर तक उघड़ जातीं। सपने और सच के दरमियान अन्धकार का एक संक्षिप्त विस्तार आँखों के आगे फैल जाता। उसमें बिजली कौंधती, गुलाबी बिजली! वह बिजली मेरी आँखों में समा जाती। आँखें बन्द किये मैं देर तक थरथराता रहता। कच्ची टहनी-सा! आँखें खोलने में मुझे डर लगता। मुझे लगता कि मैं पसीने-पसीने हो रहा हूँ। लेकिन पसीना नहीं आता। फिर शर्म का हल्का-सा एहसास मन में सिर उठाता। चोर नजरों से मैं देखता कि घर में किसी ने मुझे पकड़ तो नहीं लिया। जब मैं खुद को अकेला पाता, तो आश्वस्त होता। दिल को एक ठंडी राहत मिलती। यद्यपि एक-दो बार प्रीतो मेरे 'तीरे-नजर' से आहत हो चुकी थी, लेकिन उसने जाहिर नहीं होने दिया। उसकी यह सहनशक्ति मेरे लिए 'ग्रीन

सिगनल' थी।

घर भर की आँख बचाकर मैं उसे सीढ़ियों से उतरते और चढ़ते देख लेता। इसके अलावा वह कभी दिखाई नहीं पड़ती। 'एजाज एसेट्स' की पाँचवीं मंजिल पर रहने के बावजूद वह एक साँस में सीढ़ियों को नाप लेती। एक पल को भी उसके अभ्यस्त और सुडौल पैर नहीं डगमगाते। उसकी रफ्तार मुझे आकर्षित करती। जब वह सीढ़ियों पर दिखाई देती, तो सीढ़ियाँ भी जीवित लगतीं। धड़कती! साँसें लेती हुई। बाकी सारे समय सीढ़ियाँ मुर्दे की तरह शान्त पड़ी रहतीं और उस पर चढ़ने-उतरने वाले कीड़ों-मकोड़ों की मानिन्द लगते। इतने ढीले, सुस्त और रेंगते हुए कि कभी-कभी तो मुझे उनसे घिन होने लगती।

सीढ़ियों के पार स्वर्ग

एक शाम को मेरी आँखों के आगे फिर अन्धकार का संक्षिप्त विस्तार फैला और पल भर को बिजली चमकी। गुलाबी बिजली! जब वह सीढ़ियाँ चढ़ रही थी, तभी स्कर्ट लहराया और उसकी पिंडलियों से भी ऊपर तक का गोरा चिकना अक्स अपनी जगह से आजाद होकर मेरी आँखों में जज्ब हो गया। उसे जैसे इसका पता लग गया। वह एक पल को ठहरी। मुझे देखा। ...और रफ्तार से गुम हो गयी। नर्म और थरथराता अक्स... मुझे देर तक कँपकँपाता रहा। किताब-कॉपी मेरे सामने खुले पड़े थे, पर मैं उन्हें देख तक नहीं पा रहा था। मेरी आँखों के सामने रेशमी-गुलाबी परदा नाचता रहा। इस परदे में वक्त के साथ मेरी लुका-छुपी देर तक चलती रही। उस पार क्या है? यह देखने की मैं कोशिश करता रहा। तभी डोरबेल वाली चिड़िया चहचहायी, तो मैंने उठकर दरवाजा खोला। ...सन्न रह गया। सामने प्रीतो खड़ी थी। फोक प्रिंट वाली कुरती और सलवार पहने हुए। माथे पर बड़ी-सी गोल-लाल टीकी। बालों के बीच निकली माँग के दोनों तरफ उसकी चोटियाँ लटक रही थीं। दायीं चोटी से एक गुलाब झाँक रहा था। सादे होठों पर फीकी मुसकान। मेरा मुँह खुला का खुला रह गया।

इस बीच रसोई से माँ निकल आयी। झनझनाती हुई देह को लिये मैं अन्दर चला आया। दिल की धड़कनें मुझे साफ सुनाई दे रही थीं। अब क्या होगा...! दिमाग से टूटकर शब्द दिल पर गिर रहे थे। पल भर में काली आशंका के बादल घुमड़ आये और बरसने भी लगे। शिकायत...! गये आज काम से! मार के आगे भूत भी भागते हैं। फिर मेरी क्या औकात! मन ही मन शपथ ली कि आज बच जाऊँ तो स्कूल की प्रार्थना सभा में होने वाली 'छात्र प्रतिज्ञा' सही-सही बोलूँगा, 'भारत हमारा देश है। हम सब भारतवासी आपस में भाई-बहन हैं...।' इस बात पर पश्चाताप किया कि क्यों आज तक सिर्फ माँ-जायी बहनों के अलावा किसी और

को बहन नहीं कहा... और अभी उम्र भी क्या है? पढ़-लिख कर 'नवाब' बन गये, तो फिर उम्र पड़ी है ऐश करने को!!

अभी से ऐसी ओछी हरकतें! मैंने अपनी आत्मा को धिक्कारा। माँ और पिता जी ने बचपन से सिखाया कि बड़ों का आदर करो। हमउम्र लड़कों को भाई और लड़कियों को बहन मानो। उनकी सीख आज कलंकित हो गयी! परिणाम के भय से मेरा रोम-रोम काँप उठा।

प्रीतो से बातें करके माँ सीधे रसोई में चली गयीं। अनिष्ट की आशंका से मेरी छठी इन्द्री फड़फड़ायी। किताब मेरे हाथ में थी। मगर मैं अपने मन के पन्ने कभी पीछे, कभी आगे पलट रहा था। कई पुरानी सीखों को दोहराया और भविष्य के लिए नयी चेतावनियाँ दर्ज कीं। जैसे ही पिता जी ने घर में कदम रखा, शरीर से मन गायब हो गया। अबाबीलों-सी बेचैन कल्पनाएँ खोखले दिमाग की दीवारों से रह-रह कर टकरा रही थीं। कहीं पढ़ी हुई पंक्ति याद आयी, 'यातना की कल्पना, कष्ट से ज्यादा यातनादायी होती।' मैं इसी पंक्ति को जी रहा था। मन तो गया ही था, शरीर भी साथ छोड़ने लगा। ...सुन्न पड़ रहा था।

थोड़ी देर बाद माँ ने आकर कहा कि तैयार हो जाओ। कपड़े बदल लो। प्रीतो ने अपने जन्मदिन पर बुलाया है। पिताजी ने इजाजत दे दी है।

पहले-पहल तो मेरे कुछ समझ नहीं पड़ा। लेकिन धीरे-धीरे महसूस हुआ कि आकाश के घटाटोप अन्धकार को परास्त करते हुए, मैं रश्मिरथि सूर्य की तरह जगत में पुनः प्रवेश कर रहा हूँ। दिशाएँ मेरी जय-जयकार कर रही हैं। कोर्स में पढ़ाई जा रही कविवर ह. रा. बच्चन की कविता 'आ रही रवि की सवारी...' मेरे कानों में गूँजने लगी। (इस कविता की गूँज के बीच मेरे साहित्य-अनुराग ने पहली किलकारी ली!) मुझे लगा जैसे यह मेरा पुनर्जन्म है।

'कनफेशन' के बाद मन बहुत निर्मल और पावन था। नवजात शिशु-सा कोमल और निर्दोष! नरक की आग में मैंने खुद को जलाया, इसीलिए ईश्वर ने मेरे लिए स्वर्ग के द्वार खोले...!

नहीं, सपना नहीं

मेरी नजरें प्रीतो के चेहरे को छू रही थीं। उसके चेहरे का स्पर्श मखमली महसूस हो रहा था। वह मेरी आँखों में झाँककर दिल और जिगर का जायजा ले रही थी। मेरे घर के दरवाजे पर वह जितनी सादगीपूर्ण और घरेलू लग रही थी— सती सावित्री! अपने घर में ठीक उसके विपरीत थी। किसी विज्ञापन की हसीन मॉडल की तरह! उसके काले, घने, सुन्दर और लहरदार बाल पीठ पर फैले हुए थे, जिन्हें कंडीशनिंग शैम्पू ने दिलकश बना दिया था। होठों को उसने बड़ी लगन से

सजाया-सँवारा था। कत्थई रंग की अल्ट्राक्रीम लिपस्टिक के चारों ओर लिपलाइनर से सुरेख खिंची थी। जिसे आसानी से पकड़ा नहीं जा सकता। कानों में पहने, गनमैटल से बने सर्पाकार रिंग कन्धों को लगभग छूते हुए झूल रहे थे। सम्पूर्ण देखभाल करने वाले रिवाइटलाजिंग फेस पैक के इस्तेमाल से उसके चेहरे की त्वचा साफ, निखरी और स्वस्थ लग रही थी। 'ईगो फॉर वूमन' बॉडी स्प्रे से उसकी देह में चुम्बकीय शक्ति पैदा हो गयी थी। उसकी आँखों में जैसे अनकही चुनौती थी। ...और इन सबसे बढ़कर वह स्कर्ट से ऊपर ऑफशोल्डर ब्लाउज पहने हुए थी। उसकी बाँहें नंगी थीं और वक्ष रेखा के प्रथम बिन्दु तक सीना खुला हुआ था। किसी भी लड़की को इस तरह अब तक मैंने सिर्फ सिनेमा और टीवी में देखा था।

वह विशाल कमरा मेरे सामने आश्चर्यलोक की तरह खुला-पसरा था। झिलमिल रेशमी-अँधेरे में चारों ओर मोमबत्तियाँ...। सेंटर टेबल पर एक बहुत बड़ा और सुन्दर केक दिल की तरह धड़क रहा था! उस केक पर क्रीम के इक्कीस गुलाब खिले थे! सुनहरी क्रीम से लिखा था— 'लाइफ बिगेन्स एट ट्वेंटिवन'! एक मोमबत्ती केक के बीचोंबीच रखी हुई, रोशन थी। रोशनी की स्वर्णिम आभा से दिपदिपा रहे कमरे में सिर्फ हम दोनों थे। वह और मैं। 'मेड फॉर ईच अदर!' मुझे लगा कि किसी ख्वाब की ताबीर ऐसी ही होती है। रहस्यमयी और ऐन्द्रजालिक! फिर भी सहज और स्वाभाविक! एक गीत की मद्धम धुन पृष्ठभूमि में बजने लगी, धीरे-धीरे स्पष्ट हुई...। 'माइ हार्ट इज बीटिंग/कीप्स ऑन रिपीटिंग/आ'एम वेटिंग फॉर यू...' शब्दों की स्पष्टता के साथ-साथ कमरे का एकान्त पल-पल सघन होने लगा। हम करीब आ गये। फिर ठीक सामने! वैसे ही जैसे परस्पर आकर्षण में बँधे नायक-नायिका एक-दूसरे के सामने होते हैं! संगीत लहरियों ने सम्मोहन का अदृश्य जाल फैला दिया। अपने हाथों से मैंने गुलाब उसके बालों में लगाया। वह 'कातिलाना अन्दाज' में मुसकरायी। कहने-सुनने को कुछ बचा नहीं। ऐसा लगा, जैसे समय इसी एक पल में समा गया है। ...और पल भी— थमा हुआ।

गीत के जाने किस शब्द ने दिल को छुआ। पैरों में अनायास हरकत हुई। हम नाचने लगे। बिल्कुल अभिजात-अँग्रेजी अन्दाज में। नाचते हुए हम एक घेरे में घूम रहे थे। एक अनखिंची परिधि सहज ही तय हो गयी। हम नाच रहे थे। कमरा भी हमारे नाच में शामिल हो गया।

वह मुझसे ज्यादा कुशल थी। उसका अभ्यास मुझसे अधिक था।

मेरी रफ्तार कुछ तेज थी। भावनाओं का ज्वार मेरे भीतर लहरा रहा था।

उसके खुले हुए गोरे कन्धे बार-बार ध्यान आकर्षित कर रहे थे। वक्ष रेखा का प्रथम बिन्दु अपना आकार विस्तृत कर चुका था। मेरी इच्छा हुई कि उसके चिकने-गोरे कन्धों को चूम लूँ। तभी मेरे ज्ञानकोश में सुरक्षित एक पुस्तक का पृष्ठ खुला।

लाल स्याही से 'मार्क' किया हुआ एक वाक्य सबसे अलग चमक रहा था; 'किसेज व'र मेंट फॉर लिप्स, इट इज सिली टु वेस्ट दैम ऑन शोल्डर्स।' मैंने नादानी छोड़ कर अपने चुम्बनों का सही स्थल पर प्रयोग किया। पहले-पहल वह कुछ हिचकिचायी, फिर सहज हो गयी। नाचते हुए हमने जाने कितनी बार एक-दूसरे के होठों को चूमा। चुम्बनों ने नाच में प्राण फूँक दिये। नाच की गति और एकाग्रता बढ़ गयी। नाच से तेज मेरे दिल की धड़कनें थीं। एक दीर्घ चुम्बन के दौरान मेरा दिल धमाके के साथ फट जाने के कगार पर पहुँच गया। पर ऐसा हुआ नहीं। हम नाचते रहे...। कमरा भी हमारे साथ-साथ नाचता रहा...। चुम्बनों के बीच संगीत और नाच की गति पल-पल तेज होती चली गयी। तेज... और तेज... इतनी तेज कि जैसे प्रकाश की गति...! चारों ओर फिर प्रकाश ही प्रकाश था...। संगीत... नाच... और प्रकाश...। सब अपने चरमोत्कर्ष पर...!

एकाएक सारी मोमबत्तियाँ थककर पस्त हो गयीं। जो जहाँ मुस्तैद थी, वहीं अपना आखिरी निशान छोड़कर निढाल हो गयी।

संगीत, दिल की धड़कनों-सा किसी चुम्बकीय सन्नाटे में डूब गया।

नाचती हुई देह गुम हो गयी।

कमरे में अँधेरा छा गया। इसके अलावा कुछ बाकी नहीं रहा।

सिर्फ कुछ झीने-झीने गुलाबी अक्स रह-रहकर तैर रहे थे। ...अँधेरे में गुलाबी अक्स!

ये वक्त की हेरा-फेरी है

कैलेंडर की तारीखें समय से बदल रही थीं।

प्रीतो सीढ़ियों से उतरती, तो मुझे विश्वास होता कि सुबह हो गयी। प्रीतो सीढ़ियों पर चढ़ती, तो मेरे यकीन की साँझ तसल्ली से ढलती। बिना अवकाश वह सीढ़ियों पर दिखाई पड़ती। कभी-कभार उसका स्कर्ट...

एक दिन वह नहीं दिखी!

न सीढ़ियों से उतरते हुए और न सीढ़ियों पर चढ़ते हुए। दिन भर मैं बेचैन रहा। रात भर मुझे नींद नहीं आयी। मुझे लगा कि मेरे जीवन से कोई बहुत जरूरी चीज खो गयी है। दिल में रक्त का संचार करने वाली कोई धमनी मुझे गुम मालूम पड़ी!

वह कई दिनों के लिए गायब हो गयी।

सीढ़ियाँ अब मुर्दे की तरह शान्त पड़ी रहतीं। उनमें कभी कोई हलचल नहीं होती। मेरा दिल भी अब स्पन्दनहीन होकर, देह में अपनी जगह पर लटका रहता। मुझे लगता कि सीढ़ियों की साँसें लौटेंगी, तो मेरा दिल धड़केगा। हालत दिन-ब-दिन विचित्र होती जा रही थी। विचारों में तार्किक संगति का अभाव बढ़ता जा रहा

था। अब मेरी आँखें हमेशा खुली रहतीं, मुँदतीं नहीं। मैं खुली आँखों से जैसे सपने देखता। वह रफ्तार... वह स्कर्ट... सपने और सच के दरमियान अन्धकार का संक्षिप्त विस्तार... उसमें कौंधती गुलाबी बिजली...! मैं काँप जाता।

जीवन जैसे किसी जकड़बन्दी का शिकार हो गया। इसी अबूझ कैद में लगभग एक पखवाड़ा बीत गया।

वह नहीं दिखी। मैं सूनी सीढ़ियों को निहारता रहा।

एक रात को लघुशंका ने दबाव बनाया, तो मेरी नींद टूटी। पास के कमरे से माँ-पिता जी के बातें करने की आवाजें आ रही थीं। मैंने ध्यान नहीं दिया।

टॉयलेट से लौटकर मैं बिस्तर पर लेट गया। माँ की आवाज साफ सुनाई पड़ रही थी। मैं करवट बदलकर फिर सोने की कोशिश करने लगा। नींद आँखों में थी। तभी कुछ ऐसे शब्द कानों में पड़े कि नींद में झुरझुरी दौड़ गयी। एक सौ तीन नम्बर वाली श्रीमती सहाय ने दिन में जो बातें माँ को बतायी थीं, माँ वो बातें पिताजी से कह रही थीं। मैं ध्यान से सुनने लगा—

त्यागी जी की लड़की आज लौटकर आयी है। बम्बई में मिली। जब घर से भागी थी, तब पेट से थी। उसके कॉलेज का कोई लड़का है, वही ले गया था। रोज कॉलेज जाने के बहाने उसके साथ इधर-उधर गुलछर्रे उड़ाती थी। त्यागी जी को एक तो अपनी बीवी की मौत का गम और उस पर लड़की की ये काली करतूत! कुलटा कहीं की...। बेचारे करते भी तो क्या? पानी जैसा पैसा बहाया और पुलिस की जेब गर्म की। तब जाकर मामला रफा-दफा हुआ।

प्रीतो के आने की बात सुनकर मुझे अपना दिल सीढ़ियों की तरह धड़कता मालूम पड़ा। लगा कि हमेशा की तरह वह रफ्तार से उतर रही है...।

पूरी बिल्डिंग में श्रीमती सहाय की विश्वसनीयता सन्दिग्ध है। यह मैं जानता हूँ। सर्वविदित है कि जब वह 'पड़ोसी पुराण' का वाचन करती हैं, तो उनकी जुबान पर त्रेतायुगीन धोबी आकर विराजमान हो जाता है। वे अच्छे-अच्छों को डिगा देती हैं। मैंने प्रण किया कि मैं इन बातों पर विश्वास नहीं करूँगा। निर्णय में जल्दबाजी मेरी आदत नहीं है। लड़कियों के मामले में तो सावधानी और भी जरूरी है क्योंकि मनीषियों ने उनकी लाज 'टूटे से फिर ना जुड़े' की तर्ज पर मिट्टी के सकोरे से ले कर काँच के खिलौने तक, जाने कितने संकेतों द्वारा समझायी है।

माँ की आवाज अब भी आ रही थी। सहाय जी की मिसेज बता रही थीं कि प्रीतो ने बम्बई में अपना पेट साफ करा लिया। बच्चा पेट में ही मरकर 'पायजन' बन गया था। लड़की सूखकर बिल्कुल काँटा हो गयी है। ढंग से चला भी नहीं जाता। मिसेज सहाय ने उसे खुद अपनी आँखों से देखा। भगवान का शुक्र है कि बच गयी। नहीं तो त्यागी जी को उसकी लाश ही मिलती।

यह कहते हुए माँ का स्वर उदास हो गया। यह उदासी लड़की के भरी जवानी में मर जाने की आशंका से उपजी थी या उस कुलटा के बच जाने का दुख माँ को था— समझ नहीं आया।

इसके बाद पिताजी का स्वर उभरा, ''लड़के का कुछ पता चला! कौन था?''

माँ बोली, ''हाँ कोई है। सैफू...''

सुनते ही मुझे लगा कि किसी पहाड़ी की चोटी से सन्तुलन खोकर गिर पड़ा हूँ। लुढ़क रहा हूँ तेजी से। एक भारी-भरकम चट्टान मेरे पीछे चली आ रही है...। पूरी रफ्तार के साथ। उसकी गति मुझसे कहीं तेज है। वह किसी भी पल मुझे कुचलकर मिट्टी में मिला सकती है। लेकिन कृपा उस ईश्वर की, जिसकी आँखें सदा खुली रहती हैं। चट्टान के रास्ते में एक पत्थर आ गया, जिसने उसकी दिशा बदल दी और मुझे एक घनी-हरी मुलायम झाड़ी ने अपनी गोद में समो लिया। मैं उस चट्टान को गिरते हुए देखता रहा। नीचे सिर्फ अँधेरा था। सघन अँधेरा।

क्या बोलूँ, क्या बात करूँ

प्रिय पाठक, आपने कभी अपने लँगोटिया यार से धोखा खाया हो, तो आप जरूर समझ सकेंगे मेरे दर्द को। कहानी में सैफू के इस तरह सेंध लगा लेने से मैं सदमे में हूँ। ठगा हुआ महसूस कर रहा हूँ। मैंने तो पहले ही सैफू से इस कहानी का हीरो बन जाने को कहा था। फिर उसने ऐसा क्यों किया? यह ठीक है कि उसका दिमाग तेज है, वह स्मार्ट है और मैं कक्षा में बारह तक आते-आते तीन बार फेल हो चुका हूँ। लेकिन इससे क्या फर्क पड़ता है! प्रीतो उसकी क्लास में पढ़ती जरूर है, लेकिन प्यार वह मुझसे करती है।

चौंकिए मत...!!

यह बात मैं इस तरह खुलेआम कहना नहीं चाहता था। मैं नहीं चाहता था कि प्रीतो मेरे प्यार में बदनाम हो। इसीलिए मैंने उसके जन्मदिन पर हुई बातों को छुपा लिया था। परन्तु मेरे दिल में चोर नहीं था। आगे बताता ही। क्या कहानियाँ प्रेमी-प्रेमिका के मिलन के साथ समाप्त नहीं होतीं! विश्वास कीजिए, उस दिन तप्त-चुम्बनों वाले नृत्य के बीच प्रीतो ने मेरे बायें कान में फुसफुसाकर कहा था, ''आइ लव यू चन्दू...''

और एक बार नहीं, पूरे तीन बार, ''लव यू...लव यू...लव यू...चन्दू...चन्दू... चन्दू...''

मुझे मेरे प्यार की सौगन्ध। झूठ बोलूँ, तो कौवा काट ले। मैं आपके हाथों में एक सुन्दर प्रेम कहानी देना चाहता था। लेकिन बद-नीयत सैफू ने चोरी से घुसकर कहानी को खराब कर दिया है। इसके लिए मैं आपसे बेहद शर्मिन्दा हूँ। अब जबकि

बात बिगड़ ही गयी है, तो इसे अधूरी छोड़कर आपका गुनहगार बनना नहीं चाहता। माँ-पिताजी की उस रात वाली बातों के बाद में जो कुछ भी हुआ, वह आपके सामने ईमानदारी से रख रहा हूँ। अब जो है, वह कहानी नहीं हकीकत है।

दुनिया एक कड़वी दवा है

श्रीमती सहाय सही थीं!

यह मेरे लिए जोर का झटका था। मैं प्रीतो के कमरे में बैठा था सुबह। मेरे कन्धे पर उसका झुका हुआ सिर था। मेरी कमीज की बाँहें उसके आँसुओं से तर थीं। पश्चाताप में डूबी प्रीतो मुझसे नजरें मिलाने का साहस नहीं जुटा पा रही थी। लेकिन मैं भी अपने सपनों के टूट-बिखरने से स्तब्ध था। क्या कहूँ प्रीतो से? अब कहने को बाकी भी क्या था? मेरे मन में भीषण द्वन्द्व था। परन्तु मन प्रीतो के आँसुओं में न पिघलता, यह कैसे सम्भव था? वह टूट चुकी थी। बुरी तरह। दुनिया की तमाम भाषाओं में ऐसा कोई शब्द नहीं था, जो उसके जख्म पर मरहम का काम करता। उसे ढाढस बँधाता। तसल्ली देता। जीवन सिर्फ एक दुर्घटना से खत्म नहीं हो जाता। वह भी ऐसी दुर्घटना से, जो सावधानी हटने से नहीं घटी। धोखे से जिसे अंजाम दिया गया। जी हाँ, धोखे से!

अपनी दरकती हुई आवाज में प्रीतो ने मुझे बताया कि सैफू ने उसे धोखा दिया। जब प्रीतो के कॉलेज में पता चला कि उसने अपने जन्मदिन पर किसी को नहीं बुलाया। सिर्फ सैफू के दोस्त चन्दू को छोड़कर, तो क्लास के लड़कों और लड़कियों ने सैफू का खूब मजाक बनाया। उसे 'जोकर' तक कहा! तब सैफू ने शर्त बदी कि महीने भर में वह कॉलेज की सबसे खूबसूरत लड़की, प्रीतो को अपने जाल में फँसाकर दिखाएगा। शर्त भी "ट्रीट" लेने-देने की। इसके बाद उसने कभी अपनी तेज रफ्तार बाइक पर बन्दरों की तरह उछल-कूदकरके साँस रोक देनेवाले करतब प्रीतो के सामने शुरू किये, तो कभी वह प्रीतो को दोस्ती की आड़ में छोटे-छोटे गिफ्ट देने लगा। जिससे, उपहार देखकर प्रीतो को घर में भी उसकी याद आती रहे। पढ़ाई की टेबल पर रखने वाला फ्लावर पॉट। महँगी विदेशी कलम। शोकेस में रखने के लिए हमेशा सिर हिलाता छोटा-सा गुड्डा। इन सबसे बढ़कर एक डियोड्रेंट, जिसकी सुगन्ध से अगले स्नान तक आजाद होना नामुमकिन था। ऐसा कोई हथकंडा नहीं था, जिसे सैफू ने नहीं आजमाया। लेकिन जब देखा कि प्रीतो दोस्ती की दहलीज से पैर बाहर नहीं निकाल रही और समय बीत रहा है। तो उसने आखिरी दाँव चला। धमकी!

प्यार में जान देने की धमकी!

जहर की बोतल लेकर वह कॉलेज आया। उसने प्रीतो से कहा कि यदि उसे सच्चे प्यार में विश्वास नहीं है, तो वह सबके सामने जहर पीकर जान दे देगा। काफी हंगामे के बाद आखिर में जब सैफू ने बोतल मुँह से लगा ली, तो प्रीतो हार गयी। सबके सामने उसने सैफू के प्यार को कुबूल कर लिया। सैफू ने प्रीतो को गले लगाकर सामने खड़े दोस्तों को आँख मारी और अँगूठा दिखाया–थम्स अप! वह शर्त जीत गया। उसने शानदार 'ट्रीट'' ली और सबके सामने जहरवाली बोतल खोलकर गटक गया। उसके जहर पीने पर हैरान दोस्तों को उसने बताया कि कोल्ड ड्रिंक था! उसकी चालाकी पर सब और हैरान हुए। हो सकता था कि सैफू और उसके दोस्तों के इस जश्न में प्रीतो पीछे के दरवाजे से पहुँच जाती। उसे सच्चाई का पता लग जाता। लेकिन भाग्य सैफू के साथ था। प्रीतो के साथ नहीं। हा! प्रारब्ध...

प्रीतो प्रेम की कच्ची डोर से बँधी सैफू की ओर खिंचती चली गयी। अन्ततः सैफू ने अपने दिये सारे उपहारों के बदले प्रीतो से सबसे मूल्यवान 'तोहफा' हासिल कर लिया।

इस बारे में प्रीतो का कहना है कि सैफू उससे सचमुच प्यार करने लगा था। तभी वह इतना आगे बढ़ी। सुनकर एक बार मेरा मन हुआ कि कहूँ, ''मूर्ख...'' लेकिन प्रीतो की मानसिक हालत को देखकर चुप रह गया। प्रीतो का कहना है कि जब सैफू को उसने 'मम्मी–पापा बनने वाली बात' बतायी, तो वह मारे खुशी के उछल पड़ा। लेकिन वह अपने घर में यह खुशखबरी देने को राजी नहीं हुआ। उसने कहा कि यह सुनकर उसकी माँ को हार्ट–अटैक आ जाएगा। एक बार पहले आ चुका है। फिर उसने योजना बनायी कि मुम्बई भाग चलें। वहाँ उसका दोस्त है। वहीं शादी करेंगे और कुछ महीनों बाद 'बेबी' को लेकर वापस लौट आएँगे। 'बेबी' को देखकर घर वाले नाराज नहीं होंगे। थोड़े–बहुत विरोध और आँसू बहाने के बाद प्रीतो तैयार हो गयी। बकौल प्रीतो, ''मरती क्या न करती...''

प्रीतो को लेकर सैफू मुम्बई भाग गया। दोनों उसके दोस्त के घर पहुँचे। कुछ घंटों बाद सैफू शादी का इन्तजाम करने के लिए जाने की बात कहकर दोस्त के साथ निकला और फिर वे वापस नहीं लौटे। घबरायी हुई प्रीतो ने तीन दिनों तक इन्तजार करने के बाद फाँसी लगा लेने का निश्चय कर लिया। तभी उसे ढूँढ़ते हुए त्यागी जी पुलिस को लेकर वहाँ पहुँच गये। आगे क्या हुआ, श्रीमती सहाय से बेहतर कौन बयान कर सकता था!

जमाना खराब है

कैलेंडर की जाने कितनी तारीखें प्रीतो के आँसुओं से धुलती चली गयीं। लेकिन आँसू थमने का नाम ही नहीं ले रहे थे। प्रीतो से पूरी सहानुभूति रखने पर भी

मैं क्या कर सकता था! मैं जानता था कि वह यन्त्रणा के कितने भयानक दौर से गुजर रही है। मैं पूरी तरह से उसके साथ था। यह कहने की बात नहीं सच्चा प्यार किसी टुच्ची दुर्घटना से टूट नहीं सकता। जो टूट जाए वह प्यार ही क्या! सच्चा प्यार तो दो आत्माओं का मिलन होता है। देह का थोड़े! मेरे दिल में प्रीतो के लिए प्रीत बरकरार थी। प्यार, इश्क और मोहब्बत... चाहे जो कह लें। ऊपर वाला ऐसों-वैसों को यह नेमत नहीं बख्शता। किसी-किसी को देता है। लेकिन ऐसे कड़े वक्त में ये बातें प्रीतो से कहनी कैसे सम्भव होतीं? यह मुझसे छुपा नहीं था कि प्रीतो का मन उससे रह-रह कर एक ही सवाल कर रहा है— अब कौन अपनाएगा तुझे? यह सब जान कर। दुनिया "बदचलन" कहेगी। थू-थू करेगी। सोचकर प्रीतो रो-रो पड़ रही थी। मैं उसे हर तरह से समझा-बुझाकर मायूस हो चुका था। मैं भगवान से प्रार्थना कर रहा था कि प्रीतो एक बार मेरी आँखों में आँखें डालकर देखे, उसे वही निश्छल प्यार दिखाई पड़ेगा। हीरे-सा चमकता हुआ। हीरा, जो सदा के लिए होता है।

...और दैवी प्रेरणा से प्रीतो ने मेरी आँखों में झाँका। वही हुआ जो मैं सोच रहा था।

"चन्द...ऊ..." कहते हुए प्रीतो जोरों से फूट-फूटकर रो पड़ी। मेरे सीने से लग कर। उसके दिल का गुबार आखिरी बार आँखों के रास्ते निकल रहा था। अन्तत: हमने तय किया कि जो हुआ उसे भूल जाएँगे। जिन्दगी में कभी याद नहीं करेंगे। सब कुछ नये सिरे से शुरू होगा। नया जीवन... नया प्रेम...। संयोग से यह 1. ली सदी की आखिरी तारीख थी। अगला दिन नयी सदी ला रहा था...।

सचमुच हम भूल गये जो कुछ भी हुआ था। जीवन नया आकार ले रहा था। मुझे अब सीढ़ियों पर उतरती-चढ़ती प्रीतो को देखकर दिल को तसल्ली नहीं देनी पड़ती थी। शहर के तमाम रेस्तराँ और बाग-बगीचे हमारे प्रेम के गवाह बनते रहे। मैं स्कूल की क्लास 'गोल' करता और वह कॉलेज की। शाम को हम कॉलोनी की पहली सड़क तक साथ आते और फिर वह आगे निकल जाती। मैं पीछे से घर पहुँचता।

एक दिन जब हम लौट रहे थे, तभी सैफू सामने से आता दिखा। प्रीतो ने मेरा हाथ पकड़ लिया। कसकर। सैफू हमारे पास आकर खड़ा हो गया। उसने प्रीतो से बात करने की इच्छा जाहिर की। लेकिन प्रीतो ने मुँह फेर लिया। उसने तरह-तरह से प्रीतो से निवेदन किये। साथ चलने के। प्रीतो टस से मस नहीं हुई। आखिर में उसने बताया कि वह अपने दोस्त के साथ 'लोकल ट्रेन' में धर लिया गया था। बिना टिकट। कोई जमानत लेने वाला नहीं था, इसीलिए दोनों को तीन महीने की जेल काटनी पड़ी। सैफू की बातें सुनकर मेरा दिल घबरा रहा था। कहीं प्रीतो...। लेकिन अपनी जलती हुई निगाहें सैफू पर डालते हुए प्रीतो ने उसके चेहरे पर थूक दिया!

बोली "अब कोई चालाकी काम नहीं आएगी... तुम्हारा खेल मुझे पता लग चुका है सैफू... तुमने शर्त लगायी थी...।"

प्रीतो की प्रतिक्रिया से मेरे दिल को बहुत राहत मिली। मैं आशंका से निवृत्त हो गया। सैफू का चेहरा देखने लायक था। बेहद लाचार, कमजोर और कुंठित चेहरा। लेकिन उसने एक कुटिल मुसकान मेरी तरफ फेंकी। उसके चेहरे पर अपने किये का पछतावा नहीं था। गले में पड़े मफलर से उसने चेहरे पर पड़े थूक को पोंछा और प्रीतो से "फिर मिलूँगा..." कहकर बाइक पर फर्राटे से निकल गया। उसके आखिरी शब्दों से घबराकर प्रीतो ने मेरा हाथ और कसकर जकड़ लिया। उसकी हथेली पर आये पसीने को मैंने महसूस किया। वह बोली, "सैफू कुछ भी कर सकता है चन्दू..."

उसके डर को समझते हुए मैंने कहा, "मैं हूँ ना...!" लेकिन इस कहने का क्या मतलब था, मैं खुद भी नहीं समझ सका। उस दिन हम साथ-साथ लौटे। घर तक। किसी ने हमें देखा नहीं।

सैफू के डर से प्रीतो ने कॉलेज जाना, यहाँ तक कि घर से निकलना तक बन्द कर दिया। हम मौका देखकर कभी-कभी छत पर मिल लिया करते।

लव मैरिज यानी प्यार आखिर प्यार होता है

अपनी जिदगी के हालात को देखते हुए मैं शादी की कल्पना भी नहीं कर सकता था। तभी एक शाम प्रीतो ने मुझे चौंका दिया। यह कहकर कि क्या हम जल्दी शादी नहीं कर सकते! मुझे हँसी आ गयी। वह गम्भीर थी। जो कुछ भी हुआ, वह प्रीतो को घुन की तरह खाये जा रहा था। वह भुला नहीं पा रही थी। लेकिन उसकी बात ने मेरे भीतर रोमांच पैदा कर दिया। मैंने कोहनी से उसे टल्ला मारा और कहा, 'हम दो, हमारे नौ दो ग्यारह...' वह शर्माती हुई हँस पड़ी। अगले ही पल फिर गम्भीर हो गयी। मैंने उसे अपनी स्थिति समझायी। घर में। समाज में। मेरी हैसियत है कितनी! इस पर हमारे घर में प्यार की बात पर ही आग भड़क जाएगी। ...और लव मैरिज...!! लेकिन प्रीतो को इससे कम पर कुछ भी मंजूर नहीं था। जबकि घर में कुछ कहने का साहस मुझमें नहीं था। चोरी-छुपे जो चल रहा था, उसमें क्या कसर बाकी रह रही थी? प्रीतो नाराज हो गयी। बड़ी मुश्किल से उसे मनाया। उसने एक और प्रस्ताव रखा। यदि वह अपने पिताजी से बात करे और फिर वे मेरे घर में, तो कैसा रहे!

मैंने ईश्वर को याद किया। सोचा, हो सकता है उसकी यही मर्जी हो। पर क्या यह सब इतना आसान है, जितना लग रहा है! जब प्रीतो साथ है, तो उतना कठिन

भी नहीं होगा! बहुत विचार किया। प्रीतो ने कहा कि मूड देखकर वह अपने पिताजी से बात करेगी। जितनी जल्दी हो सके, उतनी जल्दी। लेकिन मैंने कहा कि अपने पिताजी से बात करने से पहले मुझसे कम-से-कम एक बार बात जरूर कर लेना।

दो ही दिन बीते। रविवार था। पिताजी घर में थे। प्रीतो अपने पिता के साथ हमारे दरवाजे पर खड़ी थी! मुझे इतना मौका भी नहीं मिला कि किसी बहाने बाहर निकल जाऊँ। मैं अपने कमरे में बन्द हो गया। स्टडी टेबल पर सिर पटककर पत्थर बन गया।

इतनी जल्दी क्या पड़ी थी प्रीतो को! मैं भागा तो नहीं जा रहा था। कम-से-कम एक बार बात...। पर अब सब बेकार। घर से निकाला जाना निश्चित है। कहाँ ठौर मिलेगा...! दर-दर की ठोकरें खानी पड़ेंगी। प्यार में बर्बादी के सिवा और कुछ हासिल नहीं होने वाला। खत्म हो गयी जिन्दगी चन्दू...। मैं लगभग सन्निपात की स्थिति में बड़बड़ा रहा था। जाने क्या-क्या...।

तभी माँ की आवाज आयी, "चन्दू, दरवाजा खोल..."

मेरे पैर इस तरह जड़ हो गये मानो अपना ही जनाजा उठाने के लिए बुलाया गया हूँ। दरवाजा खोलकर निकला, तो देखा कि पिताजी त्यागी जी से हँस-हँसकर बातें कर रहे हैं। प्रीतो सिर झुकाये, लजाते हुए बैठी है। माँ आशीर्वाद की मुद्रा में उसके सिर पर हाथ रखे हुए है। दोनों बहनें माँ के पास खड़ी हैं। टेबल पर रखा है मिठाई का डिब्बा!

हाथ पकड़कर मुझे खींचते हुए माँ बोली, "बधाई दो प्रीतो को... उसका ब्याह पक्का हो गया है..."

मेरे दिल में कटार भुँक गयी...। खच्च...!

माँ ने हाथ नहीं पकड़ा होता, तो अध-कटे पेड़ की तरह चरमराकर वहीं गिर पड़ता।

"बधाई... प्रीतो..."

अब क्या कहना

रात के सन्नाटे में माँ-पिता जी के कमरे में जीरो वाट का बल्ब टिमटिमा रहा था। माँ की आवाज आ रही थी, "बड़ा भला लड़का है... शरीफ खानदान से है... सहाय जी की मिसेज बता रही थीं कि कल ही अपनी माँ के साथ आया था। जो हो गया, उस पर बहुत पछता रहा था। त्यागी जी के पैरों में गिरकर उसने माफी माँगी...। प्रीतो के भी पाँव छूने को तैयार था! बेचारा... ! खाना-पीना सब छोड़ बैठा था, प्रीतो के प्यार में...। बाप है नहीं...। घर का इकलौता चिराग है। कैसे

बुझने देगी माँ... ? थोड़ी नाराज थी। लेकिन प्रीतो को देखकर उसकी रही-सही शिकायतें दूर हो गयीं। सोने के चार कंगन पहनाकर गयी है... !! बच्चों का भी मन रखना पड़ता है... । समय देखो, कैसा आ पड़ा है... और ये उमर भी तो निगोड़ी! कैसे, कब, कहाँ पाँव फिसल जाएँ नादानी में... ? अब क्या कहना, उस लड़के की जगह अपना चन्दू ही होता तो... !!!''

□

हिल स्टेशन पर औरत

गेस्ट हाउस में मुझे डेरा जमाये हुए एक हफ्ता गुजरने को था। शहर से अपने रंग समेटकर बसन्त जा चुका था, लेकिन इस हिल स्टेशन पर अब भी उसकी छाप बाकी थी। पथरीली पहाड़ियाँ नर्म दुशाले ओढ़े हुए थीं और पत्तों से लदे पेड़ तेज हवा में प्रकृति का संगीत बिखेर रहे थे। झाड़ियों में छोटे-छोटे फूल टँके हुए थे। दो-चार दिनों में बारिश की हल्की फुहारें पड़कर माहौल की ताजगी को बढ़ा देती थीं। गर्मी, शिकारी चील की तरह ऊँचे आसमान में मँडराती रहती। नीचे नहीं आती। उसके मौज को दरकिनार किये लोगों पर उसकी पैनी नजरें होतीं, लेकिन कोई उसकी परवाह नहीं करता।

मैं रोज सुबह जल्दी उठकर पहाड़ियों पर सैर के लिए निकल जाता और कुछ नोट्स लेकर अपने कमरे में लौट आता। दिन में अपना काम निपटाकर मैं अक्सर खिड़की के पास खड़ा हो जाता और असहाय चील को देखता रहता। मैं सोचता कि मेरा उससे कोई रिश्ता है और मुझे शहर में न पाकर वह तलाश करती हुई यहाँ तक आ पहुँची है। मुझे लगता कि वह अभी तेजी से लहराती आएगी और एक झपट्टे में मुझे दबोचकर उड़ जाएगी। वह शिकारी है! मुझे डर लगता। फिर भी मैं उसके साथ यह काल्पनिक खेल खेलता और रोमांच से सिहर उठता। सूरज ढलने के साथ वह आकाश से गायब हो जाती। मैं अजीब-सी ठंडी राहत पहुँचाने वाली शान्ति में डूब जाता।

गेस्ट हाउस हिल स्टेशन के चहल-पहल वाले हिस्से से जरा हटकर था। सन्नाटे में लिपटा हुआ। बहुत कम लोग यहाँ आते। आने वालों में भी ज्यादातर नवविवाहित युगल या फिर निरा एकान्त चाहने वाले प्रेमी-प्रेमिका होते। खुद मुझे भी ऐसी ही जगह की जरूरत थी, जहाँ मैं बगैर किसी बाधा के अपना उपन्यास पूरा कर सकूँ। जिस गति और सन्तोष से मैं अपना काम कर पा रहा था, उससे साबित था कि गेस्ट हाउस और वहाँ का सन्नाटा सही जगह थे। चूँकि मैं हर बरस गर्मियों में इस हिल स्टेशन पर चला आता हूँ, इसलिए जानता हूँ कि पिछले बरस तक यह भव्य इमारत एक घर थी, 'गेस्ट हाउस' नहीं। इस बार जब टैक्सीवाला खुद ही

यहाँ छोड़ गया, तो मुझे आश्चर्य हुआ। उसने बताया कि दो बरस पहले इस भव्य इमारत के मालिक का देहान्त हो गया। कुछ समय तो उसकी पत्नी अकेली रही, फिर उसने इसे घर से गेस्ट हाउस में तब्दील कर दिया। वह अब भी यहीं रहती है, किसी कमरे में। गेस्ट हाउस का काम नौकर देखते हैं। मुझे सिर्फ अपने काम के लिए अच्छी जगह में दिलचस्पी थी, सो मुझे मिल गयी।

गेस्ट हाउस के सामने बड़ा और खूबसूरत बगीचा था। ऊपर की मंजिल से बगीचे की घास हरी-मखमली चादर की तरह दिखाई पड़ती थी और उसमें बनी क्यारियों में तरह-तरह के फूल खिले थे। इनमें कई तो ऐसे थे जिनके नाम भी मैं नहीं जानता था या जिन्हें पहली बार देखा था। बगीचे के आगे सड़क से आठ-दस फर्लांग दूर ढलुआँ जमीन पर छोटा जंगल शुरू होता था-और फिर चट्टानें और पहाड़ियाँ। एक-दूसरे से सटी हुईं। दम साधे हुए।

एक सुबह जब मैं पहाड़ियों से लौट रहा था, तो गेस्ट हाउस के दरवाजे से एक औरत को बाहर आते देखा। दूधिया-केसरिया रंग का गाउन पहने हुए। खुले हुए तरतीबवार बाल, नींद के बाद का तरोताजा चेहरा, तनाव रहित ढीला बदन किसी को भी आकर्षित करने के लिए काफी था। उसके साथ एक झबरीला और डरावना कुत्ता था, जिसकी जंजीर औरत के दायें हाथ में थी। मुझे देखकर कुत्ता मेरी तरफ बढ़ा। मैं जहाँ था, वहीं ठहर गया। औरत ने जंजीर को कसकर पकड़ा और अँग्रेजी में बोली, ''नो-नो... टाइगर... स्टॉप देअर...'' कुत्ते ने आज्ञा का पालन किया और अपनी मालकिन के चेहरे की ओर देखने लगा। औरत ने मुझ पर भरपूर नजर डाली। मैंने कदम बढ़ाये, तो धीरे-से बोली, ''सॉरी...''

''ओके। इट्स ऑल राइट'' मैंने कहा, मगर तब तक वह आगे बढ़ गयी। मालूम नहीं उसने सुना या नहीं। कुत्ते ने पलटकर मेरी तरफ देखा और मालकिन के साथ हो लिया।

दोपहर की चमक कम पड़ने लगी थी। अपना काम पूरा करके मैं राइटिंग टेबल से उठा और नहाने की तैयारी करने लगा। अपने को कपड़ों से आजाद करके मैंने फ्रिज से बीयर की बोतल निकाली और उसके दो घूँट गले में डालकर सिगरेट जलायी। सुबह से बैठकर लिखते हुए जो थकान मुझ पर परत की तरह जम गयी थी, वह बीयर और सिगरेट से टूटने लगी। मैं दीवार पर लगे आदमकद आईने के सामने जाकर खड़ा हो गया और अपने आप को गौर से देखने लगा। दरअसल मैं थकान की परत को चटकते टूटकर गिरते देखना चाह रहा था... और सचमुच थकान धीरे-धीरे दरक रही थी। उसके पार मैं एक बार फिर से खुद को देख पा रहा था। मैं वापस उस कमरे और दुनिया में लौटने लगा था। मैं फिर से जन्म ले रहा था। खुद को जन्म दे रहा था! कोई पीड़ा नहीं थी। मैं अपने होने को देख रहा था। जैसे

अंडे का खोल धीरे-धीरे हिलकर चटक जाए। एक पपड़ी गिरी, फिर दूसरी... और थोड़ी देर में एक अछूता-नन्हा पंछी इस दुनिया में अनजाने ही कदम रख दे। अपनी निर्दोष नजरों से आस-पास देखे और फिर अपने को। ऐसे ही मैं भी खुद को देख रहा था। एकाएक लगा कि मेरे अलावा भी कोई और है। मैं कमरे में अकेला नहीं हूँ। तभी फिर से आईने पर नजर पड़ी। पीछे की मंजिल पर बालकनी में खड़ा कोई मुझे देख रहा था। मेरे कमरे की खिड़की खुली हुई थी। मैंने आईने में ध्यान से देखा। बालकनी में वही औरत खड़ी थी, जो दरवाजे पर अपने कुत्ते के साथ मिली थी। उसकी नजरें खिड़की से होती हुई मेरी पीठ पर थीं। मुझे महसूस हुआ मानो दो बिच्छू मेरी पीठ पर ऊपर से नीचे तक रेंग रहे हैं। खेल रहे हैं। उनके नोकदार पैरों की चुभन में पीड़ा और आनन्द दोनों थे। एक बार मेरे मन में आया कि खिड़की बन्द कर दूँ। फिर लगा कि ऐसा करना ठीक नहीं होगा। मैं सावधान हो गया। अपनी ओर से मैंने ऐसी कोई हरकत नहीं की, जो असहज लगे और वह औरत जान जाए कि मैंने उसकी चोरी पकड़ ली है। वैसे उसे आईने में स्पष्ट देख पाना मुश्किल था, लेकिन मैं सिगरेट खत्म करके बीयर को पूरा पी जाने तक आईने में खुद को और उस औरत को निहारता रहा। फिर बाथरूम में घुस गया।

नहाकर लौटा, तो बालकनी खाली दिखी। दरवाजे पर टँगा परदा लहरा रहा था। हवा जब कमरे के अंदर जाती, तो परदा नाव की पाल-सा फूलकर झूल जाता। मैं थोड़ी देर खिड़की के करीब ही खड़ा रहा और फिर बाहर जाने के लिए तैयार हो गया। सूरज ढल जाने के करीब था। सुहाने मौसम में अपने कमरे में बन्द रहना मुझे समझदारी नहीं लगी। अपने बैग में मैंने बीयर की एक बोतल रखी और बाहर निकल पड़ा। आसमान बिल्कुल साफ था, लेकिन नीला रंग दिन भर की तपिश से बैंगनी हो चुका था। इक्का-दुक्का लोग सड़क पर टहल रहे थे। जंगल से गुजरते हुए कुछ जोड़े मुझे पेड़ों के नीचे एक-दूसरे की बाँहों में समाये या अपने साथी की गोद में सिर रखे हुए दिखाई दिये। पूरी दुनिया से बेखबर। अपने सपनों में डूबे हुए। मैं वहाँ से खामोश गुजरता हुआ पहाड़ियों पर चला आया और एक ऊँची चट्टान पर बैठ गया। पंछियों की चहचहाहट से सारा वातावरण गूज रहा था। धीरे-धीरे शान्त हो गया। रात की रिमझिम खामोशी में पूरा जंगल और पहाड़ियाँ भीग रहे थे। मैं अँधेरे को अपने बहुत करीब पा रहा था— वह मेरी देह में उतरने लगा था। मैं शाम से ही बेचैनी महसूस कर रहा था। आईने में दिखाई पड़ी दो आँखें देह को भेदती हुई मेरे भीतर गहरे उतर गयी थीं— मैं उन्हें देख रहा था। पीठ पर दो बिच्छुओं के रेंगने का अहसास अब भी बना हुआ था। हल्की-मीठी-खुरदुरी चुभन रह-रहकर उभर रही थी।

ऐसा मेरे साथ पहले कभी नहीं हुआ। वास्तव में मैं उन आदमियों में नहीं हूँ,

जिनकी जिन्दगी में प्रेम-प्रसंगों के बहुत से 'लफड़े' हुआ करते हैं या फिर जिनके जिस्म कई औरतों के जिस्मों का स्वाद जानते हैं। मैंने अपनी जिन्दगी में सिर्फ एक साँवली लड़की से प्रेम किया और उसमें भी असफल रहा। यह सोचकर मैं अक्सर उदास हो जाता हूँ।

मुझे क्या हो रहा है? मैंने अपने आप से ही सवाल किया लेकिन कोई जवाब नहीं मिला। मैंने बीयर खोल ली। झटके से खुली बोतल से झाग मेरे हाथों को भिगोता हुआ चट्टान पर बिखरता गया... पूरे गोल चाँद की तरह। कुछ पल तो वह ठहरा रहा, लेकिन फिर अपने बढ़ते आकार को सह नहीं पाया और नीचे लुढ़क गया। चट्टान पर उसका गीला अक्स छूट गया। उसको छूना मुझे अच्छा लगा। आसमान को देखा, तो वहाँ चाँद अपनी जगह पर स्थिर था। मैंने सोचा, काश यह गिर जाए! शीतल चाँद, सर्द हवा और ठंडी बीयर से बदन में झुरझुरी दौड़ गयी। बेचैनी छिटक गयी। दूर कहीं 'कैम्प फायर' आयोजित था। तेज बजते संगीत की एक मस्तानी धुन बहुत हल्के-हल्के मुझे घेर रही थी। धीरे-धीरे मैं उसमें कैद हो गया... समय का ध्यान नहीं रहा। खयाल नहीं आता कि बीयर कब खत्म हो गयी और कब तक मैं अपने को भूला रहा। हवा के एक जोरदार झोंके ने जब पेड़ों को झकझोर दिया, तो मेरे आस-पास का संगीतमय घेरा टूटा। मुझे अपना और समय का भान हुआ। मैं मायावी लोक से बाहर आ गया। बोतल को वहीं छोड़कर मैं चट्टान से नीचे उतरा और वापस गेस्ट हाउस के लिए चल दिया। चलते हुए अभी ठीक से सँभला भी नहीं था कि बड़ी-सी चट्टान पर एक छाया नजर आयी। पल भर के लिए मैं काँप गया। इस वक्त रात में! मैंने सोचा शायद मेरा वहम है, पर गौर से देखा तो वही औरत थी। इस बार उसकी पीठ मेरी तरफ थी, मगर खुली हुई नहीं। मैंने तेजी से अपने कदम बढ़ाये और अपने कमरे में जाकर दम लिया।

सुबह मेरी नींद देर से खुली। मन खाली था। कुछ देर तकिये में मुँह दिये लेटा रहा, फिर उठकर बालकनी में आ गया। मौराग रोज की अपेक्षा कुछ भारी था। धूप बिल्कुल नहीं थी। बादल नीचे झुके हुए थे। हवा ठहरी हुई थी। बगीचे में एक बिल्ली अपने बदन को सिकोड़े हुए घास पर पड़ी थी। शायद पालतू थी। मैं अन्दर आ गया। लिखने को आज कुछ नहीं था। बाहर घूम आने के विचार से मैं जल्दी तैयार हो गया और नीचे उतरने लगा। सीढ़ियों पर अचानक उस औरत से सामना हो गया। मुझे देखते ही वह बोली "आप मिस्टर विनायक हैं!"

"जी हाँ," मैंने कहा।

"मैं आपके पास ही आ रही थी... चलिए बगीचे में बैठते हैं," उसने प्रस्ताव रखा। बगैर कुछ कहे मैं उसके साथ हो लिया। आज वह जीन्स की कसी हुई पैंट और हल्का हरा ढीला शर्ट पहने हुए थी। मैंने अनुमान लगाया कि उसकी उम्र तीस

से पैंतीस वर्ष के बीच होनी चाहिए। फिर मैंने इनके बीच की संख्या को चुना-तैंतीस और तय किया कि यही सही है। उसने कुर्सी मेरी तरफ बढ़ायी और एक कुर्सी खींचकर वह सामने बैठ गयी। उसके बैठते ही मुर्दा-सी लगने वाली बिल्ली के शरीर में बिजली-सी-हरकत हुई और वह दौड़कर औरत के पैरों तक आकर फिर निढाल हो गयी। औरत ने उसकी ओर कोई ध्यान नहीं दिया। मैं बिल्ली को देखता रहा।

''कल आप मुझे पहाड़ियों पर देखकर भी क्यों चले आये?'' उसके इस सवाल ने मुझे चौंका दिया। मुझे इसकी आशा नहीं थी। इच्छा तो हुई कि कहूँ—उस अँधेरे एकान्त में किसी सभ्य महिला को जाने की क्या जरूरत और फिर एक सभ्य आदमी अँधेरे एकान्त में बैठी महिला के पास भला क्योंकर जाएगा?

कुछ सँभलकर मैंने कहा, ''मेरा आप से कोई परिचय नहीं। मैं आपको जानता नहीं। तब कैसे...?''

''नहीं आप डरते हैं,'' उसने कहा और खुलकर हँस पड़ी।

उसकी इस बात का मतलब मेरी समझ में नहीं आया। किसी अजनबी ने मुझसे पहली बार इस तरह बातचीत का सिलसिला शुरू किया। मुझे अजीब लगा।

''आपने अपने बारे में कुछ नहीं बताया,'' मैंने थोड़ा ठहरकर कहा।

''क्या जानना चाहेंगे? नाम? कौन हूँ? कहाँ रहती हूँ? मेरा इतिहास? मेरा वर्तमान?'' प्रश्नों की बौछार करती हुई वह फिर हँस पड़ी।

उसकी हँसी में शामिल हो पाना मुझे मुश्किल लग रहा था। शायद वह जबर्दस्ती हँस रही थी या फिर बचपन से उसे यह आदत बीमारी की तरह लगी हुई थी। इसका कोई इलाज नहीं, मैंने सोचा। सुबह से जो मन खाली था, उस पर यह बेवजह हँसी चस्पाँ होने लगी। अपने भीतर मैंने अच्छा महसूस नहीं किया। तुरन्त उठ जाने का मन हुआ। मगर संकोचवश बैठा रहा। औरत ने झुककर बिल्ली को उठाया और गोद में रख लिया। बिल्ली थोड़ा-सा कुनमुनायी और अपनी छोटी-छोटी गोल आँखें खोलकर मेरी ओर देखने लगी। औरत बिल्ली की रोयेंदार देह पर हाथ फेरती रही। बिल्ली ने सिकुड़कर आँखें मूँद लीं। बिल्ली का स्पर्श औरत को सुख दे रहा है, यह उसके चेहरे से जाहिर था। वह उस सुख में डूब गयी। कुछ देर बाद अपने अहसास से उबरते हुए वह बोली, ''आप कहीं जा रहे थे?''

''हाँ, यूँ ही घूम आने का मन था,'' मैंने कहा।

''ऐतराज न हो, तो मैं भी आपके साथ चलूँ?'' उसने कहा।

''इसमें ऐतराज क्या?'' न चाहते हुए भी मैंने कहा।

''तो फिर चलिए... मैं कार लिये लेती हूँ। हम झील तक चलेंगे,'' कहते हुए वह खड़ी हो गयी। बिल्ली उसकी गोद से कूद पड़ी, जैसे वह पहले से ही

सावधान थी।

मैं गेट से बाहर निकल आया और उसका इन्तजार करने लगा। थोड़ी देर में वह कार ड्राइव करते हुए आ गयी और दरवाजा खोल दिया। मैं बैठ गया। सड़कें सुनसान थीं। पीछे छूटते पेड़ों को देखते हुए मैं रफ्तार का अनुमान लगा रहा था, जो औसत से काफी तेज थी। मैंने उसे इतनी रफ्तार से गाड़ी चलाने के लिए मना नहीं किया और विंडस्क्रीन से नजारे देखता रहा। उसका पूरा ध्यान ड्राइविंग पर था। मुझे समझने में वक्त नहीं लगा कि वह होशियार चालक है। हिल स्टेशन के आखिरी छोर पर थी झील। मगर कार की रफ्तार देखते हुए मुझे सिर्फ आधे घंटे में ही वहाँ पहुँच जाने की उम्मीद थी। लगभग आधा रास्ता तय कर चुकने के बाद कार की रफ्तार कुछ कम होते देखकर मैंने उसकी ओर चेहरा घुमाया। उसने अपने पर्स की तरफ इशारा किया, जो हम दोनों के बीच रखा हुआ था। मैंने पर्स खोला, तो उसमें बहुत सारी चीजों के साथ सिगरेट केस भी था। मैं समझ गया। मैंने सिगरेट निकालकर उसकी तरफ बढ़ा दी। उसने सड़क से नजरें हटाकर मेरे चेहरे पर गड़ा दीं। मुझे गलती का अहसास हुआ। कार ड्राइव करते हुए वह सिगरेट नहीं जला सकती थी। मैंने लाइटर निकालकर सिगरेट सुलगायी और उसकी तरफ बढ़ा दी। सिगरेट लेकर वह मुसकरायी। यह मेरे प्रति उसका आभार था।

''आप बहुत कम बोलते हैं,'' लम्बा कश खींचकर धुएँ के बादल बनाते हुए वह बोली।

''बेवजह बोलना मुझे अच्छा नहीं लगता...'' मैंने कहा।

वह कुछ नहीं बोली। मेरी बात शायद उसे चुभ गयी। रास्ते भर वह चुप्पी साधे रही। मुझे लगा एक अनावश्यक तनाव हमारे बीच खिंच गया। मैंने कार के दरवाजे पर लगा शीशा नीचे कर दिया। हवा तेजी से अन्दर आयी, तो मैंने राहत महसूस की। करीब-दस मिनट बाद कार झील के पास 'पार्किंग' में खड़ी थी। हम बाहर आ गये। वहाँ भीड़ तो नहीं थी, फिर भी काफी संख्या में लोग थे। झील के किनारे बैठे हुए, खड़े हुए। बहुत सारे लोगों के बीच मुझे असुविधा होती है, इसीलिए मैं उस तरफ बढ़ गया जहाँ लोग नहीं के बराबर थे। वह भी मेरे पीछे-पीछे आ गयी। इस बार मैं आगे रहकर बोला, ''आपको मेरी बात शायद बुरी लग गयी।''

''नहीं। हर व्यक्ति का अपना स्वभाव होता है और वह उससे बाहर नहीं आना चाहता। यह मैं अच्छी तरह समझती हूँ,'' उसका स्वर सहज था।

''यह जगह मुझे बहुत अच्छी लगती है। जब कभी मैं अपने आप को बहुत उदास और बुझा-बुझा महसूस करती हूँ, तो यहीं आ जाती हूँ। यह झील मेरे बचपन की सहेली है,'' उसकी आवाज में गम्भीरता थी।

उसने अपने सैंडिल खोले और पास ही एक चट्टान पर जाकर बैठ गयी। अपने पैरों को पानी में डुबोकर खेलने लगी। मैं उसे देख रहा था। तभी वह मुड़ी और बच्चे की तरह चहकी, "अरे! आप वहीं क्यों खड़े हैं? आइए यहाँ... कितना अच्छा लगता है झील के साथ।"

मैंने कदम बढ़ाये और एक जगह सन्तुलन खोकर गिरते-गिरते बचा। वह खिलखिलाकर हँस पड़ी। इस बार मुझे उसकी हँसी बुरी नहीं लगी— बहुत सहज थी। मैं भी मुस्कुरा पड़ा। उसके पास पहुँचा, तो थोड़ा खिसककर उसने मेरे बैठने लायक जगह बना दी। मैंने जूते खोलकर चट्टान पर ही रख दिये। वह झील के पानी से खेलने में मग्न हो गयी।

कुछ देर बाद वह खोयी-खोयी-सी उठी और पास की एक छोटी चट्टान पर उतर गयी। अपनी जीन्स को घुटनों तक चढ़ाकर उसने पैर पानी में डुबो दिये। उसकी गोरी पिंडलियों की चमक मेरी आँखों में समा गयी। पानी में डूबे हुए उसके पैरों की अँगुलियाँ छोटी-छोटी मछलियों का-सा आभास दे रही थीं। वह खुद अपने पैरों को तैरते हुए देख रही थी। पानी की बूँदें उसके घुटनों तक चमक रही थीं। उसने सिर उठाकर मेरी तरफ देखा और बोली, "एक बात बताऊँ..."

"हाँ," अपनी जगह पर जमे हुए मैंने कहा।

"यह झील देख रहे हैं न आप, 'अमृत झील' ...इसमें डूबकर कई लोग मरते भी हैं। कोई आठ बरस पहले मेरे प्रेमी ने यहाँ आत्महत्या कर ली थी। बहुत कमजोर आदमी था वह। मेरी शादी किसी और से हो रही है, यह बात सहन नहीं कर सका... एक औरत के पीछे कितने तमाशे करता है आदमी!" डूबती हुई आवाज में बात खत्म करके वह अपने अन्दाज में हँस पड़ी।

"मुझे चाहता था...," वह बुदबुदायी, जैसे अपने से ही कह रही हो।

उसकी बात से मेरे मन में अच्छी प्रतिक्रिया नहीं हुई। मुझे लगा वह पत्थर-दिल है। पानी से उसका खेलना जारी था। अपने प्रेमी को याद करते हुए वह पल भर भी संवेदनशील हुई हो, ऐसा मुझे नहीं लगा। पानी में डूबी हुई एक चट्टान पर वह खड़ी हो गयी। घुटनों तक चढ़ी उसकी जीन्स गीली होने लगी। वह इससे बेखबर थी।

"आप भी उससे प्रेम करती थीं?" मैंने पूछा।

"हाँ, हम कॉलेज में एक ही क्लास में पढ़ते थे," उसने मुझे देखे बगैर कहा। फिर बोली, "वह हमारी तरह अमीर नहीं था। पढ़ाई के बाद उसे कैरियर बनाना था। यह जानकर भी हमने साथ जीने और साथ मरने का वादा किया था। इसी झील की कसम खायी थी। फिर एक दिन जब मैंने उसे बताया कि घरवालों ने मेरी शादी कहीं और तय कर दी है, तो वह फूट-फूटकर रोया। मैं भी रोयी। वह बोला— मैं

तुम्हारे बिना जी नहीं सकूँगा। मैं उसके साथ कहीं भी भाग जाने को तैयार थी, मगर इसके लिए वह राजी नहीं था। मेरे बार-बार कहने पर भी वह नहीं माना। तभी मुझे उससे नफरत हो गयी। मैंने कमजोर और कायर आदमी से प्यार किया। दूसरे दिन मुझे पता चला कि उसने झील में डूबकर अपनी जान दे दी। मेरे लिए। अपने 'स्यूसाइड नोट' में उसने सिर्फ इतना लिखा कि मैं अब और जीना नहीं चाहता...'' कहते-कहते उसकी आवाज में ठंडापन आ गया। मैं झील में डूबे उसके पैरों को देख रहा था। मुझे लगा कि वह आगे बढ़ती रही, तो झील के भीतर से कोई तैरता हुआ आएगा और उसे खींच लेगा। वह भी इस झील की हो जाएगी।

वह झील पर झुकी और अँजुली से पानी भरकर पीने लगी।

''इस झील का पानी मीठा है। आप भी पीकर देखिए,'' हाथों को पानी में डुबोये हुए वह बोली।

मैं उसके पास चला गया और पानी पीने लगा। अचानक उसने बहुत सारा पानी मुझ पर उलीच दिया। यह अप्रत्याशित था। मैं भीग गया। अपनी चालाकी पर वह जोर-जोर से हँसने लगी। मुझे समझ नहीं पड़ा कि मैं क्या करूँ। एक पल में वह गम्भीर हो जाती है और दूसरे ही पल खिल जाती। ऐसे लोग अपनी जिन्दगी में मैंने कम देखे हैं। उसकी इस शरारत पर मैं सिर्फ मुस्कुरा दिया। बदन से चिपकी शर्ट को मैंने ढीला किया। वह मुझे देख रही थी। मैंने गौर किया, ये वही आँखें थीं जिन्होंने कल मुझे बेचैन कर दिया था। और अब फिर... मैंने अपने आप को सँभालते हुए कहा, ''हमें लौटना चाहिए।''

मैंने अपने जूते उठाये और बाहर निकल आया। वह कुछ नहीं बोली। एक बार फिर झुककर उसने झील का पानी पीया, जैसे बहुत प्यासी हो। छोटे-छोटे कदम रखते हुए वह बेमन से किनारे आयी। सैंडिल उसने नहीं पहने। वे उसके हाथों में झूल रहे थे। उसने जींस अब भी घुटनों तक चढ़ा रखी थी। कार तक पहुँचकर उसने अपने कपड़ों को ठीक किया और बालों में कंघी फेरी। उसे कार चलाते देखकर स्पष्ट था कि वह खुश नहीं है। लौटना उसे अच्छा नहीं लग रहा। कार की गति धीमी थी। सूने रास्ते के बजाय इस बार उसने बाजार की तरफ रुख किया, तो मुझे आश्चर्य हुआ। मैंने उसे देखा, पर वह सामने ही देखती रही। 'शॉपिंग सर्किल' में पहुँचकर कार 'वूमेन्स एम्पोरियम' के सामने रुकी।

''आप यहीं ठहरिए, मैं अभी आती हूँ,'' कहते हुए उसने पिछली सीट पर पड़ा बैग उठाया और एम्पोरियम में चली गयी। दरबान ने झुककर सलाम किया। मैं ड्राइविंग सीट पर खिसक गया और खिड़की से सिर निकालकर बाहर देखने लगा। एम्पोरियम की 'शो विंडो' पर नजर डाली। आधुनिक महिलाओं की 'निजी' जरूरतों का सामान सजा था। पुरुषों को आकर्षित करने वाले रंगीन विज्ञापन भी

उसमें थे। कुछ देर मैं उन्हें देखता रहा और फिर अपनी सीट पर चला आया। इस खयाल से कि यदि वह मुझे इस तरह शो विंडो को घूरते देखेगी, तो क्या सोचेगी!

शाम होने को थी। बाजार में काफी शोर था। मैं 'हॉलीडे मूड' में ठहाका लगाते और लापरवाही से चलते लोगों को देखता रहा। इतनी भीड़ में भी सबके अपने-अपने घेरे थे। एक-दूसरे से सटे हुए और फिर भी सबसे अलग-थलग। मुझे लगा कि इस हिल स्टेशन की शाम रोज एक ही तरह की होती होगी। वही शोर, वही 'हॉलीडे मूड' वाले लोग, वही भीड़, वही घेरे; सटे हुए, पर अलग-थलग! यह एकरसता इस हिल स्टेशन के पोर-पोर में समा चुकी है, इसीलिए यहाँ के मौसम का मिजाज लगभग एक-सा रहता है। यहाँ ऋतुएँ भी पर्यटक की तरह आती हैं। शहर में कुछ और, ...यहाँ कुछ...!

कार का दरवाजा खुलने की आवाज सुनकर मैं पलटा। वह आ गयी थी। बैग उसने पीछे की सीट पर रखा और बोली, "आप इधर कुछ खाना पसन्द करेंगे?"

मैंने कहा, "मुझे भूख नहीं है। यदि आप कुछ खाना चाहें, तो ले सकती हैं।"

"भूख तो मुझे भी नहीं है," कहते हुए उसने कार स्टार्ट कर दी। थोड़ी देर में कार बाजार की भीड़ से निकलकर गेस्ट हाउस के रास्ते पर थी। अँधेरा छाने लगा था।

"आज आप मेरे साथ डिनर करेंगे, तो मुझे खुशी होगी," चुप्पी तोड़ते हुए वह बोली।

"मैं आपको निराश नहीं करूँगा," मैंने कहा। उसने मेरी तरफ देखा और मुस्कुरा दी। उसकी आँखों में चमक आ गयी। उसने कार की रफ्तार बढ़ा दी।

"नौ बजे मैं आपका इन्तजार करूँगी," गेस्ट हाउस के गेट पर कार रुकी, तो उसने कहा। मैं उतर पड़ा और बोला, "आपको इन्तजार नहीं करना पड़ेगा। मैं ठीक समय पर पहुँच जाऊँगा।" मैं अपने कमरे की ओर बढ़ चला। कुछ आगे जाकर मुड़ा, तो कार अब भी वहीं खड़ी थी और मुझे जाता हुआ देख रही थी।

"आप वक्त के बड़े पाबन्द है," दरवाजा खोलते हुए उसने कहा, "आइए।" वह मुस्कुरा रही थी। कमरे में कदम रखते ही मुझे अहसास हुआ कि मैं अपनी दुनिया से कट गया हूँ। हल्की रोशनी में कमरा झिलमिला रहा था। हर चीज जमीन से उठकर तैरती हुई लग रही थी। मुझे लगा जैसे यहाँ रखी हर चीज भारमुक्त है, मगर फिर भी किसी अनजान आकर्षण में बँधी हुई और अपनी जगह पर ही स्थिर!

"भीतर आ जाइए," उसकी आवाज सुनकर मैं अपने एहसास से उबरा और दूसरे कमरे में पहुँचा। वह सफेद रोशनी से भरा हुआ था। पिछले कमरे के ठीक विपरीत यहाँ लगता था कि चीजों से जबर्दस्ती करके उन्हें रखा गया है। यह उसका

निजी कमरा था।

''एक अर्से बाद यहाँ कोई आया है,'' कहते हुए उसने अपनी नजरें मुझ पर जमा दीं। मैं सोफे पर बैठ गया। वह भी मेरे पास ही बैठ गयी।

''कल जब आपको देखा, तो मुझे लगा कि काफी समय बाद किसी ने मेरे एकान्त को छुआ है। पिछले दो बरसों से न चाहकर भी मैं अकेलेपन को अपनी नियति मानने को मजबूर थी। परन्तु आज लग रहा है कि सब पहले जैसा हो रहा है... बदल रहा है,'' उसने कहा और हँस पड़ी। इस हँसी में उल्लास था।

मेरी इच्छा हुई साफ-साफ कह दूँ कि आप गलत समझ रही हैं। मेरे मन में वैसा कुछ नहीं हुआ, जैसा आपके मन में। मैं आपका एकान्त और अकेलापन कतई नहीं बाँट सकता। मेरी अपनी दुनिया है। मेरे अपने काम हैं। फिर लगा कि ऐसा कहना, मेरे बारे में अच्छा खयाल रखने वाली औरत से ठेठ स्वार्थी किस्म का व्यवहार होगा। मैं चुप रहा। वह उठी और फ्रिज खोलकर व्हिस्की की बोतल निकाल लायी। अलमारी से दो बहुत सुन्दर 'हाईबोल' निकाले, जो निश्चित रूप से विदेशी थे। मुझसे बगैर पूछे उसने पैग तैयार किये और बर्फ के क्यूब प्यालों में डाल दिये। मुझे हैरत हुई। मुलाकात के बाद अब तक उसके बातें करने के अन्दाज और व्यवहार से ऐसा लग रहा था कि एक अर्से से मैं उससे परिचित हूँ। फिर लगा कि सम्भव है वह आदमी की रग-रग से वाकिफ हो। वह समझदार है और उससे भी ज्यादा, चालाक! मुझे यहाँ नहीं आना चाहिए था।

''यह आपके स्वागत में...,'' मेरी ओर प्याला बढ़ाते हुए उसने कहा। उसकी आवाज में खनक थी। मैं खामोश रहा।

''मुझे यूँ शराब पीते देखकर आपको आश्चर्य हो रहा होगा, मगर मेरे पति ने ही मुझे यह सिखाया। आपसे सच कहूँ, तो वह आदमी मुझे कभी भी पसन्द नहीं था। अव्वल दर्जे का शराबी और फ्लर्ट। मुझसे शादी के पहले और बाद में भी, उसके कई लड़कियों से सम्बन्ध रहे। सब उसकी खूबसूरती और पैसों पर मरती रहीं। वह जिन्दगी भर उनसे मुहब्बत पाने के लिए तरसता रहा। उसकी नजर में मेरी कोई कीमत नहीं थी। मैं नाम के लिए उसकी बीवी थी और सिर्फ उन रातों की, जब उसे कोई साथ शराब पीने वाला या कोई लड़की नहीं मिलती। लेकिन अगली सुबह ही वह मुझसे ऐसे पेश आता मानो एक रात के लिए उसने मुझसे कोई सौदा किया था। कई बार वह सुबह उठते ही गालियों से मुझे तरह-तरह की संज्ञा देते हुए इतनी बेरहमी से पीटता कि जगह-जगह से मेरी देह उधड़ जाती। उस जानवर का मुकाबला करना मेरे लिए बहुत कठिन था...'' कहते-कहते उसके चेहरे पर तनाव की पारदर्शी परत खिंच गयी, जिसके पीछे घृणा को साफ पढ़ा जा सकता था।

''मैं ही जानती हूँ उसके साथ छह बरस कैसे गुजारे।'' एक गहरी साँस छोड़ते

हुए उसने कहा।

"...अरे! आप तो बैठे ही हैं। लीजिए न। मैंने आपको यहाँ अपनी दास्तान सुनाने नहीं बुलाया है। 'हाईबोल' देखकर मुझे पिछले दिनों की याद आ गयी। शराब के साथ मेरे पति को खूबसूरत 'गा' 'ब्लिट्स' और 'हाईबोल' इकट्ठा करने का शौक था। बहुत सारे तो मैंने तोड़ डाले...," कहकर वह जोर से हँसी। इस हँसी में नशा शामिल होने लगा था।

"आप मानें चाहे न मानें लेकिन यह सच है कि विचारों और सभ्यता के विकसित हो जाने के बाद भी आदमी अन्ततः यहाँ मानता है कि औरत उसकी जमीन है और वह उसका मनचाहा इस्तेमाल कर सकता है। आदमी आज भी औरत के जिस्म को एक पके हुए आम की तरह मानता है, जिसे पिलपिला करके ही उसका रस लिया जा सकता है। आधुनिक सभ्यता में रहने के बावजूद आदमी मन से आदिम युग का पशु ही है। न वह आगे बढ़ा है और न ही औरत को उसने अपने चंगुल से आजाद किया है। सिर्फ सभ्यता आगे बढ़ रही है," यह कहते हुए वह गम्भीर हो गयी। मुझे उसकी बात बहुत बौद्धिक किस्म की लगी, जिस पर लम्बी बहस की जा सकती है। मगर मैं किसी भी तरह इस बहस में भाग लेना नहीं चाहता था। उसे यह न लगे कि मैं उसकी उपेक्षा कर रहा हूँ इसलिए मैंने कहा, "आपकी बातें एक हद तक सही हो सकती हैं। लेकिन फिर भी उन्हें पूरा सत्य नहीं माना जा सकता।"

वह सामने की कुर्सी से उठकर मेरे पास आ गयी और झुककर बोली, "आप भी दूसरे आदमियों की तरह हैं। बिल्कुल डरपोक, जो एक झूठ छुपाने के लिए दूसरा झूठ बोलते हैं।" उसका तर्क अजीब था।

"इसका डरपोक होने से क्या सम्बन्ध?" मैंने कहा।

मेरे करीब होते हुए वह बोली, "बिल्कुल है। जो भी सच सुनने और सहने की हिम्मत नहीं रखता, वह डरपोक होता है। अपने झूठ को सच साबित करने के लिए वह अनगिनत झूठ बुन सकता है या फिर क्रूरता की किसी भी हद तक जा सकता है। वह क्रूरता चाहे स्वयं के प्रति हो या फिर दूसरे के प्रति। जैसे मेरा प्रेमी और मेरा पति।"

मुझे लगा कि यदि वह थोड़ी देर और ऐसे ही बोलती रही, तो मैं उससे सहमत हो जाऊँगा। मैंने प्याले की शराब खत्म कर दी।

उसने दोनों प्याले वापस भर दिये।

मैं अक्सर किसी भी काम की शुरुआत धीमे-धीमे करता हूँ। लेकिन फिर लय मिलते ही उसे तेज रफ्तार से खत्म करता हूँ। शराब पीते हुए भी ऐसा ही होता है। मुझे पसन्द नहीं कि नशे की एक तरंग आए, फिर-दूसरी... तीसरी... नशे का

विस्फोट मुझे आकर्षित करता है। वह हमेशा आस-पास की गैर जरूरी चीजों का अस्तित्व खत्म कर देता है। ऐसे में ही मेरे लिए अपने अस्तित्व के अनुभव का आनन्द उठा पाना सम्भव होता है। मैं कोशिश करता हूँ कि किसी के भी साथ शराब पीने से बचूँ क्योंकि दूसरे के साथ होने पर उसकी उपस्थिति को नकार पाना असम्भव हो जाता है। उस औरत के साथ होने से अब मुझे बेचैनी होने लगी थी। लेकिन वहाँ से उठ जाना मेजबान का अपमान करना था। सब कुछ मुझे पहले सोचना चाहिए था। पर इसका कोई अनुमान भी तो नहीं था।

मैंने कनखियों से उस पर नजर डाली। वह धीरे-धीरे चुस्कियाँ ले रही थी। उसका अन्दाज बिल्कुल आभिजात्य था। हल्का गुलाबीपन उसके गालों और ठुड्डी पर उतरने लगा था। माथे पर पसीने की बूँदें ओस-सी चमक रही थीं। उसका भरा हुआ चेहरा नम होने लगा था। अपने होठों पर उसने गहरे भूरे रंग की लिपस्टिक लगा रखी थी। गोरे चेहरे में गहरे भूरे होठ सहज ही अपनी ओर ध्यान खींचते थे। वह मेरी तरफ झुकी और अपना हाथ मेरे कन्धे पर रखकर बोली, ''आपको यहाँ आना शायद अच्छा नहीं लगा।''

''ऐसी कोई बात नहीं है,'' यह कहते हुए मुझे लगा कि वह आदमी का मन पढ़ना भी जानती है। जादूगरनी है!

''जब से आप मुझसे मिले हैं, चुप-चुप ही हैं। मैं ही लगातार बोलती रही हूँ। क्या आपको मैं अच्छी औरत नहीं लगी... ?'' उसने मेरी आँखों में आँखें डालकर अपनी बात कही। उसकी आँखों में कई सवाल दीयों की लौ-से जल रहे थे। मुझे लगा कि मेरा हर जवाब पतंगे की मानिन्द उन सवालों के तेज में राख हो जाएगा।

मैंने अपनी हथेली से उसकी पलकें ढँक दी और उसके गहरे भूरे होठों पर अपने होठ रख दिये। क्षणिक उत्तेजना में उसके होठ छोटी-सी मछली की तरह काँपे और फिर स्थिर हो गये। उसने कोई प्रतिक्रिया नहीं की। लगा कि समय जैसे ठहर गया है, दो होठों की सन्धियों के बीच। साँसों के अलावा सब कुछ अपनी जगह पर रुका हुआ था। तभी उसके हाथों से प्याला छूटकर फर्श पर गिर गया। टूटा नहीं। उसकी छनक से कमरे में चेतना लौटी।

उसने झुककर प्याले को उठा लिया और उसे अपनी आँखों के सामने घुमाते हुए मुझे देखने लगी।

''ऐसे क्या देख रही हैं,'' मैंने पूछा।

''आप वही आदमी हैं या कोई और...,'' उसने मुस्कुराते हुए कहा।

''क्या लगता है...''

''बिल्कुल दूसरे आदमी हैं,'' कहकर वह जोर से हँसी और दोनों प्यालों में व्हिस्की उँडेलने लगी।

"आप बड़े दिलचस्प और गहरे आदमी हैं। दूसरे आदमियों की तरह लगते जरूर हैं, पर हैं नहीं। आपको समझ पाना मुश्किल है। वैसे आपके बारे में कुछ नहीं जानती, मगर फिर भी आप मुझे अजनबी की तरह नहीं लगे। इसीलिए मैंने आपको यहाँ बुला लिया," मेरे हाथों में प्याला थमाकर उसने अपने लिए सिगरेट जलायी और सिगरेट केस मेरी तरफ बढ़ा दिया। मैंने सिगरेट निकाल ली। उसने अपनी सिगरेट मुझे दी। मैंने उससे अपनी सिगरेट सुलगायी। वह लम्बे कश खींच रही थी। हेयर बैंड निकालकर उसने बालों को कन्धों पर बिखेर दिया। मैं उसे देख रहा हूँ, इसका उसे कोई खयाल नहीं था। वह अपने भीतर कहीं खोयी हुई थी। मुझे लगा मानो वह किसी 'नो मैंस लैंड' में टहल रही है। उसे न अपनी सीमा का पता है और न ही मेरी उपस्थिति का। वह एक स्वतन्त्र व्यक्ति की तरह सहज लग रही थी। तनाव का कोई चिह्न उसके चेहरे पर नहीं था। उसकी बड़ी-बड़ी निर्मल आँखें बता रही थीं कि इस समय उसका मन शान्त है। इस शान्ति में सम्मोहन था। मैं भी उसमें जकड़ गया। कमरे की शान्ति 'पिन ड्रॉप साइलेंस' की तरह थी लेकिन उसमें ऐसा कुछ नहीं था जो मनहूस लगे। इस शान्ति में अजीब-सी ऊर्जा प्रवाहित हो रही थी, जिससे कमरे की एक-एक चीज किसी नयी चमक से चमचमा रही थी। मन और देह में यह ऊर्जा अनजानी झुरझुरी की तरह दौड़ रही थी। रोआँ-रोआँ रोमांचित था। आँखें अपने आप मुँद गयीं।

अपनी गर्दन में जब मैंने दो नंगी बाँहों को पाया, तो मेरी तन्द्रा टूटी। मैं उस शान्ति के सागर से उबर सका। मुझे लगा मैं किसी दूसरे किनारे पर आ लगा हूँ। वह अपने सुडौल जिस्म पर स्लेक्स का कसा हुआ स्लीवलैस ब्लाउज पहने सामने थी। ऊपर पहनी ढीली शर्ट पास ही पड़ी थी। मुझे सोफे पर टिकाकर वह मेरे बालों में ऊँगलियाँ फिराते हुए गहरी तन्मयता से निहार रही थी। उसकी आँखों में मुझे शिकारी चील का अक्स दिखाई दिया, लेकिन डर नहीं लगा। मुसकान मेरे होठों पर फैल गयी। वह भी मुस्कुरा दी। उसके चेहरे पर पल भर में शरारत के भाव आये और गायब हो गये। जाहिर था कि इस वक्त वह अपने होने को शिद्दत से महसूस कर रही है और आज यह भी जान रही है कि एक जुनून उस पर सवार है। अचानक मुझे लगा कि मेरी कमीज के बटन खोले जा रहे हैं। मैं पीछे खिसक गया।

"यह क्या कर रही हैं आप," मैंने कहा।

"वही, जो मन कर रहा है," उसकी आँखें चंचल हो गयीं और हाथ चपल। एक झटके से उसने मेरी कमीज खींचकर फेंक दी। कमरे का सन्नाटा मुखर हो गया। ऐसा लगा कि हर चीज जो अब तक सोयी हुई थी, जाग गयी है। हजारों आँखें हैरत से हमें घूर रही हैं।

उसकी बाँहों का घेरा मुझ पर कस गया। मुझे लगा कि उसे रोक पाना मुश्किल

है। और व्यर्थ भी। बाँध तोड़कर उफनती नदी की तरह वह मुझ पर छा गयी। चेतना के स्तर परिवर्तित हो गये। उत्तेजना से काँपती हुई देह लहरों के तीव्रतम आवेग में अनियन्त्रित होकर बहती रही। अपने होने का एहसास बाकी नहीं रहा। रोएँ-रोएँ से फूटते झरनों ने देह को नदी से एकाकार कर दिया। जिस्मों से टकराती साँसों का शोर कमरे में गूँज रहा था, फिर भी अखंड शान्ति का एक बिन्दु अपनी जगह पर अविचल था। आवेग मन्द पड़ा, तो दोनों जिस्मों ने उसी बिन्दु पर वापस अपने-अपने आकार पाये।

हम फर्श पर थे। आँखें बन्द किये वह अब भी अपने भीतर की दुनिया में डूबी हुई थी। उफनती नदी उसे तट पर लगाकर फिर उसकी देह में समा गयी थी। मगर खोयी नहीं थी। नदी के भँवर अब भी उसकी देह में मौजूद थे। वह उन्हीं में डूब-उतर रही थी। उसकी अनावृत देह इसकी गवाही दे रही थी। उसकी देह के फूल लहराती नदी में एक जगह पर ठहरे हुए, सुन्दर लग रहे थे। पहली बार मुझे अहसास हुआ कि सचमुच यह देह कमनीय है। उसका आकर्षण प्रेम के लिए बाध्य कर रहा था। उससे बचा नहीं जा सकता। मैंने करवट बदलकर उसके वक्ष को चूमा। उसकी मुँदी हुई आँखों के किनारे नम होकर चमकने लगे। मैंने अँगुली से छुआ, तो जैसे ठहरे हुए आँसुओं को राह मिल गयी। बूँद-बूँद गिरते आँसू उसके बिखरे बालों में गुम होते गये। उसकी पलकें काँप रही थीं। मैंने उसे बाँहों में भर लिया। उसने विरोध नहीं किया। आँखें खोलकर मेरी आँखों में झाँकने लगी। मैंने मुस्कुराकर उसके माथे का चुम्बन लिया। अनायास मेरे हाथ उसकी देह पर चंचल हो गये। उसने कोई प्रतिक्रिया नहीं की। निर्विकार बनी रही। अपनी धाराओं के आवेग से सीमाओं को तोड़ देने वाली उफनती नदी जैसे किसी अनजान दिशा में खो गयी। बहुत तलाश करने पर भी उसका बाकी निशान तक नहीं मिला। देह में दौड़ रही ऊर्जा के स्रोत सूख गये। कमरे में फैली शान्ति की सघनता कम हो गयी। चीजों की असामान्य चमक लुप्त हो गयी। सब कुछ अपनी जगह पर इस तरह स्थिर और सहज था, मानो कुछ हुआ ही नहीं। हर चीज एक-दूसरे से ऐसे बेगाना लग रही थी कि आपस में उनका कोई सम्बन्ध ही नहीं है। एक कमरे में जमी, पर अपनी जगह से उखड़ी हुई। मृत और बेकार। फर्श पर प्याले ऐसे पड़े थे कि अब उनमें कभी-शराब नहीं उँड़ेली जाएगी। खाली और उदास।

अचानक वह लहरायी और मेरे हाथों को अपनी देह से झटक दिया। बिजली की फुर्ती से मुझे धकेलती हुई वह लगभग चीखने के अन्दाज में बोली, "तुम जंगली भेड़िए... कसाई... मेरा मांस चाहते हो..." एक झटके से वह उठ खड़ी हुई और सोफे पर पड़ा कुशन मुझे दे मारा। उसकी आँखों से चिनगारियाँ छूटने लगीं। चेहरे पर घृणा उतर आयी। गुस्से में उसके होठ काँपने लगे। वह कुछ बुदबुदा रही

थी, मुझे सुनाई नहीं पड़ा। यह सब इतनी तेजी से घटा कि सोचने को पल भर भी नहीं मिला। यह मेरी कल्पना से बाहर था। मुझे भौंचक कर देने वाला।

मैंने उठकर उसे पकड़ना चाहा। वह पीछे खिसकी और चेतावनी भरे लहजे में बोली, ''छूना मत मुझे। तुम सारे आदमी एक-से होते हो... मांस के लालची भेड़िए...'' उसने गहरी साँस ली और आँखें सिकोड़ते हुए तीखे स्वर में कहने लगी, ''तुम्हें बस अपनी आग बुझाने को औरत चाहिए। मैं तुम्हारा खिलौना नहीं हूँ... कोई चीज नहीं हूँ... तुम्हारी जमीन नहीं हूँ मैं, समझे...''

वह लड़खड़ायी और सेंटर टेबल से टकराती हुई फर्श पर गिर पड़ी। ऐश-ट्रे उछलकर नीचे आ गया। सिगरेट के बुझे हुए टुकड़े और राख सब तरफ फैल गयी। उसका बोलना जारी था, ''कायर हो तुम। तुम्हारा प्यार सिर्फ दिखावा है, मुझे छलने के लिए। मैं अब धोखा नहीं खाऊँगी। चले जाओ यहाँ से।''

''गेट आऊट...,'' वह चिल्लायी और अपनी जगह पर निढाल हो गयी। उसे होश बाकी नहीं रहा।

कमरे में दम साधे हुए सन्नाटा छा गया। इस अप्रत्याशित घटना के बाद जैसे उसे कुछ और अप्रत्याशित घटने की प्रत्याशा हो। एक ऐसा तनाव कमरे में उपस्थित हो गया, जिसके गले में कोई घुटी हुई चीख नन्ही चिड़िया-सी फड़फड़ा रही हो। सन्नाटे के खोल के भीतर बहुत सारा शोर था, जो विस्फोट के साथ किसी भी क्षण फट सकता था। एक-एक चीज सहमी हुई थी। भय की परत सब पर जमी हुई थी। ऐसे में कोई उन्हें छू भर देता, तो वे चीखती हुई उछलकर दूर जा गिरतीं। कमरा लगभग हाँफते हुए गहरी साँसें ले रहा था। वह अपनी जगह मुर्दा-सी पड़ी थी। तभी पलँग के नीचे हलचल हुई और बिल्ली बाहर निकल आयी। चारों ओर नजरें घुमाकर उसने अगले दो पैर अपने शरीर से दूर फैलाये और पूरी ताकत से अपने पेट को फर्श तक झुका लिया। उसकी लम्बी पूँछ हवा में बिल्कुल सीधी और संयत तनी थी। उसकी मिची आँखें, खुला हुआ मुँह, लम्बी गुलाबी जीभ, नुकीले सफेद दाँत, खड़ी हुई मूँछें और फूला हुआ रोएँदार शरीर उसे भयानक बनाये दे रहे थे। किसी हमलावर की तरह वह आक्रमण के लिए तैयार हो रही थी। कुछ पल असमंजस में बीते और फिर उसका असामान्य आकार वाला शरीर सामान्य हो गया। वह अपनी मालकिन की निढाल देह के करीब पहुँची। कुछ देर तक एकटक निहारती रही, फिर अपनी जीभ उसकी निरावृत देह पर फिराने लगी। कोई प्रतिक्रिया न होने पर वह छाती को ढँकी बाँहों के बीच अपने लायक जगह बनाकर लेट गयी। जैसे इस कमरे में उसके लिए वही सही जगह हो।

जो कुछ भी हुआ, उसकी छाया मेरे मन में एक सपने के रहस्यमयी टुकड़े की

तरह आज भी ठहरी हुई है। स्याह-सफेद खंडों वाली 'क्रॉसवर्ड पजल' का-सा यह सपना हमेशा मुझे उलझन में डाल देता है। उसे समझने और सुलझाने की जितनी कोशिश मैं करता हूँ, पहेली उतनी ही जटिल होने लगती है। न तो उस सपने की शुरुआत तक मेरी पहुँच है और न उसका अन्त ही मेरी पकड़ में है। इसके बावजूद ; न चाहते हुए भी मैं उस सपने का हिस्सा हूँ।

उस पहेली का हिस्सा हूँ, जिसे मैं खुद भी हल नहीं कर सकता!

सुबह मेरे लिए और दिनों की तरह सामान्य ही आयी। मैं उन लोगों में से हूँ, जो नियमित दिनचर्या को एक सुविधायुक्त सीमा से अधिक ढील नहीं देते और सख्ती से खुद उसका पालन करते हैं। ऐसे लोग अपने जीवन में आने वाली अनावश्यक परेशानियों के लिए दरवाजे बन्द कर देते हैं और सामान्यतः सुखी रहते हैं।

मैं जिस उद्देश्य को लेकर हिल स्टेशन पर आया था, वह पूरा होने में करीब एक महीना और लगा। अपना काम करते हुए मैं उस औरत को भूल गया— ऐसा बिल्कुल नहीं था। मैंने अपने कमरे की खिड़की कभी बन्द नहीं की। रोज सुबह-शाम पास के जंगल और पहाड़ियों पर नोट्स लेने, टहलने जाता रहा। दो बार 'अमृतझील' की तरफ भी गया। कभी-कभी गेस्ट हाउस के बगीचे में भी मेरा बैठना हुआ। इतने अर्से में वह मुझे कहीं भी दिखाई नहीं पड़ी... न बालकनी में, न चट्टानों के बीच, न जंगल में, न सड़कों पर और न बगीचे में। मैं जब कभी बगीचे में जाता, वह बिल्ली मेरी कुर्सी के करीब आकर कुछ देर बैठी रहती और अपनी गोल-छोटी आँखों से मुझे निहारती हुई कुर्सी के चक्कर लगाकर वापस अपनी जगह पर पहुँचकर लेट जाती।

वापसी के दिन मैं गेस्ट हाउस के काउंटर पर हिसाब करने गया। सब कुछ ठीक हो जाने के बाद मेरे वहाँ से चलने के पहले मैनेजर ने मुझे लिफाफा दिया। यह उस औरत का खत था। इसमें उस दिन की घटना को लेकर उसने विस्तार से अपनी मनःस्थिति और व्यवहार के कारण लिखते हुए कई निजी और मेरे सामने न खुली हुई बातों का बयान किया था। उनका यह जिक्र करना उसके विश्वास को छलना होगा। मैं ऐसा नहीं कर सकता।

अन्त में पाठकों का सिर्फ एक बात को जानना जरूरी है। खत में उसके अन्तिम शब्द थे, "...लेकिन तुम लौटकर जरूर आना।"

□

पुरखों का घर

वे बहुत मनहूस दिन थे।

बर्फ की मानिन्द मन में जमे रहते थे और धीरे-धीरे गलते हुए पूरे घर को ठंडा, नम, गीला और उदास बनाये रखते थे। इस पिघलती हुई मनहूस ठंडी बर्फ से उठने वाली भुतहा सफेद भाप को भी हम महसूस करते थे। वह उठती थी और पूरे घर के वातावरण को बेचैन कर देने वाली उमस से भर देती थी। यह बेचैनी उस वक्त और बढ़ जाती थी, जब पिताजी का जिक्र छिड़ जाता था। उन्हें पुलिस पकड़कर ले जा चुकी थी। मालूम नहीं, पिताजी यह बात जानते थे या नहीं? उन दिनों नशे की हालत में वे अपने पर से नियन्त्रण खो बैठते थे और उन्हें वक्त और व्यक्ति की पहचान तक नहीं रह जाती थी। हमने उन्हें जाने के बाद कभी नहीं देखा। माँ जरूर उनसे दो-एक बार मिलने गयी थीं, परन्तु उसके बाद पता चला कि पिताजी का मानसिक सन्तुलन पूरी तरह बिगड़ गया और उन्हें जेल से अस्पताल भेज दिया गया है। वहाँ से फिर कभी उनकी कोई खबर नहीं आयी।

जब कभी पिताजी का जिक्र आता, घर में शराब की तीखी गन्ध का एहसास अपने आप पैदा हो जाता था। घर में फैली रहने वाली उमस में हल्का तेजाब-सा घुल जाता और हम भाई-बहन साँस लेने के लिए बाहर खुली हवा में निकल आते थे। लेकिन घर में हमेशा पसरी रहने वाली मनहूसियत भी साथ आती। वह हमारे शरीर से चिपकी रहती थी। ऐसा नहीं था कि हम पिताजी को याद नहीं करते थे। लेकिन पिताजी की याद के साथ कई बातें जुड़ी थीं। जिनमें से ज्यादातर सुनी हुई थीं और पिताजी को हमने जितना देखा था, उनमें कोई खुशनुमा पल हमारी स्मृति में नहीं था।

वे दिन थे जब गाँव में हमारे पुरखों की आखिरी सम्पत्ति ही बची थी। एक विशाल, मगर जर्जर पुश्तैनी मकान। कभी पूरा गाँव हमारे पुरखों का था। जमीन, खेती-बाड़ी-मवेशी, मकान और मजदूर तक। परन्तु धीरे-धीरे सब खत्म होता गया। पुश्तैनी मकान का एक बड़ा हिस्सा ढहने के करीब था। इसीलिए अपने आकार में घर सिमटकर काफी छोटा हो चुका था। जिसमें भी ज्यादातर अँधेरा छाया रहता था और घुटन महसूस होती थी। लेकिन आस-पास दूर-दूर तक खुली जगह

थी। पथरीली और ऊबड़-खाबड़ जमीन। इसी जमीन पर फैलती हुई, शहर की सीमा गाँव के करीब आ पहुँची थी। उस सीमा पर कुछ मकान भी बन गये थे। जो दूर से हमेशा सन्नाटे में डूबे लगते थे। उन धूसर रंग के मकानों से एक पीली आभा फूटती रहती थी और वहाँ का सारा वातावरण सदा एक पीली पारदर्शी परछाई से ढँका रहता था।

हम भाई-बहन कभी खेलते-खेलते उस तरफ निकल जाते, तो उस पीली परछाई में नहा उठते। आश्चर्य में डूबे हुए हम एक-दूसरे को इस तरह निहारते, जैसे अजनबी हों! उन मनहूस दिनों में ये अनोखे क्षण हमें रोमांच से भर देने वाले होते थे। जिन्हें ज्यादा से ज्यादा जीने के लिए हम बार-बार उस पीली परछाई में एक-दूसरे से अजनबी बन जाने का खेल खेलते। हमारे बीच वह पीली पारदर्शी परछाई परदे की तरह उतर आती थी। ...और हम अकेले हो जाते थे। अपने-अपने परदों में लिपटे हुए। परछाइयों में कैद! उस रंगीन-पारदर्शी कैद में जहाँ कुछ पलों का रोमांच होता था, वहीं थोड़ी देर में डर भी लगता था...!

तब हमें याद आती बड़के कक्का की।

वह दुनिया के किसी भी कोने में क्यों न रहें, हमारे याद करते ही तुरन्त हाजिर हो जाते थे। हम जोर से आवाज लगाते, ''कक्का...''

...और वह अपनी दोनों हथेलियों को जानवर के पंजों-सा अपने चेहरे के आगे सिकोड़कर 'भौ...' की गरजती हुई ध्वनि के साथ, सचमुच हमारे सामने गेंद की तरह उछलते हुए आकर खड़े हो जाते थे। हम कभी समझ नहीं पाते कि हमारे याद करते ही वह कैसे अचानक प्रकट हो जाते हैं! उस वक्त उनके मुँह से धीमी गुर्राहट निकलती रहती और आँखों में लाल रंग के डोरे तैरते रहते। तब कुछ ही पलों में उनका मुँह और आँखें, हवा से फूलते हुए गुब्बारे की तरह बढ़ने लगते... और अचानक एक झनझना देने वाली आवाज के साथ कक्का का चेहरा फट जाता! उस आवाज की लपलपाती धार से हमारे पीली परछाइयों वाले परदे कँपकँपाते हुए तार-तार हो जाते और गिरकर बिखर जाते।

एक पल को हमें उस आवाज और कक्का के चेहरे से डर लगता, लेकिन दूसरे ही पल हम खिलखिला पड़ते। कक्का के पिचककर लटक गये चेहरे में एक बार फिर से हवा भरने लगती और उनका मुसकुराता हुआ जाना-पहचाना चेहरा हमारे सामने आ जाता।

हमें लगता कि बड़के कक्का कोई जिन्न हैं।

बिना चिराग का जिन्ना।

हमारा विश्वास था कि कक्का एक ही समय में कई रूप धर सकते हैं और एक साथ कई जगहों पर उपस्थित रह सकते हैं।

गाँव के भी अनेक लोगों ने कक्का को एक साथ दो-दो या उससे भी ज्यादा जगहों पर देखा था। गाँव में अगर कोई हमारे घर आता और कक्का को हमारे बीच घोड़ा बना देखता, तो हैरत से भर जाता कि आते-आते तो उसने कक्का को खेत में बैल बना देखा था! कभी-कभी तो कोई जब यह बताने आता कि कक्का उसके घर में लकड़ी चीर रहे हैं, तो यह देखकर ठिठक जाता कि कक्का बच्चों की कुएँ में गिरी गेंद को निकालने के लिए कूद पड़े हैं और तभी वह यह भी देखता कि कक्का, "अम्मा... सब्जी काट दी..." कहते हुए रसोई से बाहर निकलकर जिन्न की तरह हाथ बाँधे खड़े हैं!!

"क्या हुक्म मेरे आका..."

देखने वाला हैरत में पड़कर उल्टे पाँव लौट जाता और यह देखकर और भी हैरान होता कि वह काम हो चुका है, जो उसने कक्का को सौंपा था।

कक्का सचमुच जिन्न थे!

गाँव में और कभी-कभी घर में भी यह बात होती थी।

पैदा होते ही कक्का अपनी माँ को खा गये थे। कक्का को जन्म देने के लिए उनकी माँ पूरा दिन और पूरी रात जोर लगाती रही और मारे दर्द के छटपटाती रही। तब कहीं जाकर कक्का पैदा हुए। उनके पैदा होते वक्त उनकी माँ इतनी जोर से चीखी थी कि गाँव भर के दीये बुझ गये थे! कक्का जब पैदा हुए थे, तभी उनके सामने के दो दाँत निकले हुए थे और उनके पुट्ठों के बीच छोटी-सी घुमावदार पूँछ उगी हुई थी। सुबह जिसने भी कक्का को देखा, उसके मुँह से एक ही बात निकली थी, "अपशकुन है...।"

दबी जबान में कुछ लोगों ने कक्का को मार डालने की भी बात कही। पूरे घर में मातम था और गाँव में आतंक।

कक्का को अगर किसी ने भर आँख देखा, तो वह थे हमारे बब्बा। कक्का उनकी पहली सन्तान थे। कक्का की माँ उनकी दूसरी पत्नी थीं। सब उनको छोटी जिज्जी कहकर बुलाते थे। लेकिन सिर्फ उनके मुँह पर। वह इतनी सुन्दर थीं कि किसी साधारण औरत के उतना सुन्दर होने की कल्पना तक नहीं की जा सकती। पीठ पीछे सब यही कहते कि छोटी जिज्जी जादू जानती हैं। जादूगरनी है! डायन!!

दाँतों और पूँछ के साथ पैदा होकर बड़के कक्का ने इस बात पर सचाई की मुहर भी लगा दी थी।

कोई औरत तो जिन्न नहीं पैदा कर सकती ना!!

बड़के कक्का को कभी किसी ने रोते हुए नहीं देखा। पैदा होकर भी वह नहीं रोये थे और माँ के मरने पर दो दिन तक जब दूध नहीं मिला, तब भी वह बस सबको टुकुर-टुकुर देखते रहे। न रोये, न हिचकी ली और न मरे। आखिर बब्बा ने

ही बकरी के दूध पर उन्हें पालना शुरू किया। बड़े होकर भी कक्का ने बकरी का दूध पीना नहीं छोड़ा।

हम भाई-बहन जब कभी उन्हें बकरी का दूध पीते देखते और जिद करते, "कक्का हमें भी..." तो कक्का बकरी को अपने कन्धों पर उठा लेते और उसके थन को हमारे मुँह के पास लाते। फिर अपनी हथेलियों में दबे थन पर अँगूठे का जोर डालते..., सर्र... की आवाज करती दूध की धार बारी-बारी से हमारे मुँह में आकर गिरती। खुद कक्का भी सीधे थन से दूध पीते थे। बब्बा ने उन्हें ऐसे ही दूध पीना सिखलाया था।

कक्का के पैदा होने पर अपशकुन जैसी कोई बात नहीं हुई थी। उल्टे, वह खुशी घर में आयी जिसका सपना देखना तक सबने छोड़ दिया था। अम्मा की कोख में अंकुर फूटा था! अम्मा बब्बा की पहली पत्नी थीं। बब्बा के घर में आये अम्मा को दस बरस के ऊपर हो गये थे, लेकिन कभी कोई ऐसा लक्षण नहीं दिखा था कि वह इस वंश की बेल को हरा रख सकती हैं! बब्बा कुल की इकलौती सन्तान थे, इसलिए सबको चिन्ता ज्यादा थी। पूजा-पाठ, मान-मन्नत से लेकर टोना-जादू सब आजमा लिया था बब्बा ने और अम्मा ने भी। पहले पाँच साल बीते, फिर छह और फिर सात...। इतने बरस तो बब्बा घर-गाँव की बड़ी-बूढ़ियों से जैसे-तैसे झक-झक करते रहे। दूसरी बहू लाने की बात टालते रहे। बिरादरी-रिश्ते के मर्दों की दबे होठों वाली हँसी की चुभन को सहते रहे। लेकिन आठवें बरस के बीतते न बीतते उनका भी धीरज जवाब दे गया। वह अक्सर घर और गाँव से गायब रहने लगे। ... और फिर एक दिन सबको चौंकाते हुए छोटी जिज्जी को लेकर हाजिर हो गये।

छोटी जिज्जी को जिसने देखा, बस अपलक देखता रह गया। इतनी सुन्दर तो कोई अप्सरा होवे या फिर परी!! गाँव भर के सामने उसी दिन बब्बा ने छोटी जिज्जी के संग सात फेरे ले लिये। छोटी जिज्जी कहाँ से आयीं? बब्बा उन्हें कहाँ से लाये? किसी को यह जानने का मौका न मिला।

लेकिन ब्याह के अगले ही दिन एक अजीबोगरीब बात हुई। एक काला कुत्ता गाँव की गली-गली और घर-घर की चौखट सूँघते-सूँघते हमारे पुश्तैनी मकान के आगे आकर रुका और दरवाजे को एकटक निहारता हुआ हाँफता रहा। उसे भगाया गया, तो भी वह नहीं भागा और जब रोटी डाली गयी, तो उसने उस तरफ देखा भी नहीं। कभी वह जोर-जोर से भौंकता और कभी आसमान की ओर सिर उठाकर अजीब ढंग से रोने लगता। कभी वह जोर से एक ही जगह पर उछलता और कभी गोल-गोल घूमते हुए रुककर अपने पंजों से जमीन को खोदने लगता। यह सब कुछ दिनभर तमाशे की तरह चलता रहा और सूरज की आखिरी किरण के साथ उस काले कुत्ते ने हल्की कूँ... कूँ... करते हुए दम तोड़ दिया।

यह अपशकुन था!

कक्का के जन्म से बहुत पहले यह अपशकुन हुआ था। लेकिन जाने कैसे वक्त के साथ यह अपशकुन बीता नहीं और इसकी काली छाया कक्का पर भी पड़ी। छुटपन में तो नहीं, लेकिन जैसे-जैसे हम बड़े होते गये; यह बात हमारी समझ में आती गयी।

गाँव और घर के लोगों के इस खयाल से हमें कभी तर्क करने की जरूरत महसूस नहीं हुई कि कक्का की आत्मा में कुत्ते की आत्मा का अंश है। यदि यह झूठ होता, तो क्यों जब भी हम कक्का को पुकारते, वह अपनी हथेलियों को जानवर के पंजों-सा अपने चेहरे के आगे सिकोड़कर, ''भौ...'' की ध्वनि करते हुए ही प्रकट होते? ...और फिर कुछ देर तक उनके मुँह से गुर्राहट निकलती रहती!!

यद्यपि तब कुछ पलों के लिए हमें कक्का से डर लगता था, परन्तु यह सब हमारे लिए अन्ततः खेल ही साबित होता था। ऐसा खेल, जो हमारे और कक्का के बीच चलता रहता। लेकिन तभी, जब हम लोग अकेले हों।

यदि अम्मा या माँ कभी कक्का को ऐसे भौंकते देख लेतीं, तो घर में हंगामा मच जाता था।

अम्मा खास तौर पर बुरी तरह से कक्का पर झुँझला जातीं और खूब डाँट लगातीं। अमूमन वह कक्का से बात तक नहीं करतीं। लेकिन जब डाँटने पर आतीं, तो कक्का को सुनाते-सुनाते उस ''डायन'' को कोसने लगतीं, जो खुद तो मर गयी परन्तु इस जिन्न को उनके परिवार से बाँध गयी! कोसते-कोसते अक्सर अम्मा आपा खो देतीं और अपनी बात इस पर खत्म करतीं कि डायन ने कुत्ते तक को अपना ''खसम'' बना लिया था...

अम्मा की यह बात हमें बहुत गन्दी लगती थी। यद्यपि तब हमें इसका मतलब समझ नहीं आता था। ''खसम'' शब्द तो हमें बेहद अजीब लगता था। हमें लगता था कि अम्मा ने जानबूझकर हमारे सामने बेशर्मी भरा कोई प्रसंग उघाड़ दिया है और जिसके अर्थ का कुछ-कुछ अनुमान लगाकर हम खी... खी... करके हँस पड़ते थे। अम्मा फिर हमें डाँटने लग जातीं...। हम लोग अम्मा के सामने से भाग निकलते और बाहर आकर जोर-जोर से हँसते हुए एक-दूसरे की आँखों में आँखें डालकर एक साथ बोलते, ''खसम...''

छोटी जिज्जी से बब्बा के ब्याह के अगले ही दिन जब वह काला कुत्ता हमारे विशाल पुश्तैनी मकान के सामने मरा था, तो गाँव में यह बात फैल गयी कि हो न हो छोटी जिज्जी 'सिद्ध डायन' है। कहते हैं कि सिद्ध डायन का डेरा गाँव से लगे हुए जंगल में था। गाँव के बहुत सारे लोग उसे दूर से देखने का दावा करते थे और कहते थे कि वह बहुत सुन्दर है। जो कोई भी उससे एक बार आँख मिला ले, तो

उसके सम्मोहन में फँस जाता है। वे यह भी बताते थे कि वह अक्सर अपने काले कुत्ते के साथ जंगल में घूमने निकलती है। गाँव में यह बात भी फैली थी कि वह काला कुत्ता असल में सिद्धा डायन का प्रेमी था, लेकिन किसी बात से नाराज होकर डायन ने उसे कुत्ता बनाकर रख छोड़ा था। लोगों ने अपनी स्मृति पर जोर देकर यह रहस्य खोज लिया कि जब से बब्बा ने घर और गाँव से गायब रहना शुरू किया था, तभी से सिद्धा डायन किसी को नहीं दिखी! ...और अब यह काला कुत्ता यहाँ आकर मरा!! जबकि ब्याह को एक दिन भी नहीं हुआ!!!

बब्बा ने छोटी जिज्जी के मामले में कभी जुबान नहीं खोली। उनके कानों में सारी बातें पहुँचती थीं। वह सुनते और चुप रहते थे। ब्याह के बाद करीब दो साल तक छोटी जिज्जी जिन्दा रहीं। बब्बा उनके कमरे में ही रहते। इस पर सबने एक राय बना ली थी कि छोटी जिज्जी ने उन्हें जादू-टोने से बाँध रखा है।

जब छोटी जिज्जी मरीं, तो सबने सोचा कि जादू टूटेगा। लेकिन ऐसा नहीं हुआ।

कक्का थे न!

कक्का जैसे भी थे, लेकिन उन लोगों को बब्बा का जवाब थे, जिनकी दबी हँसी की चुभन वह बरसों खामोशी से सहते रहे थे।

अम्मा गर्भवती हुईं, तो सबको लगा कि बब्बा के प्रेम की धारा अब दिशा बदलेगी। परन्तु वे गलत साबित हुए। कक्का के लिए बब्बा का स्नेह और बढ़ गया। इससे अम्मा बहुत आहत हुईं। जब नौ महीने पूरे हुए और अम्मा ने गुलाबी-गेहुँए रंग के स्वस्थ-सुन्दर बच्चे को जन्म दिया, तो कक्का को अपने संग लेकर बब्बा उन्हें देखने पहुँचे। सूतक की गन्ध से भरे कमरे में उन्होंने कदम रखा ही था कि अम्मा ने बच्चे को अपने आँचल से ढँक लिया और बोलीं, ''इस जिन्न की परछाईं मैं अपने लाल पर ना पड़ने दूँगी...''

सुनते ही बब्बा हतप्रभ रह गये। पल भर के लिए उनके शरीर की सारी धमनियाँ जम गयीं। उनके कदम जहाँ थे, वहीं ठहर गये। पत्थर की मूरत बन गये बब्बा के जिस्म में जब हरकत हुई, तो एक ठंडी नजर उन्होंने अम्मा पर डाली। फिर कक्का को गोद में लिये हुए दरवाजे की ओर मुड़ गये। अम्मा के होठ हिले जरूर, मगर ऐसे कि उनमें कोई जान ही ना हो। वह बब्बा को कक्का को गोद में लिये जाते हुए देखती रहीं...। सूतक की गन्ध से लिपटे बब्बा शान्त कदमों से चलते गये। उन्होंने पलटकर एक बार भी नहीं देखा। कक्का मुड़-मुड़कर अम्मा को देखते रहे। उन्हें समझ नहीं आया कि बब्बा और अम्मा के बीच आखिर क्या बात हुई? अपने जीवन में वह यह बात कभी समझ भी न सके।

कहते हैं कि बब्बा ने उस दिन के बाद कभी अम्मा के कमरे में पाँव नहीं रखा।

बब्बा जितने शान्त, सधे और धीमे कदमों से अम्मा के कमरे से बाहर आये थे, वक्त उतने ही उच्छृंखल, डगमग और तेज कदमों से हमारे घर के बीच से गुजरा। अम्मा ने जिस गुलाबी-गेहुँए बच्चे को जन्म दिया, वह हमारे पिताजी थे।

पुरखों की संचित सम्पत्ति इतनी थी कि बब्बा आने वाली दो पीढ़ियों के लिए निश्चिन्त रह सकते थे। परन्तु ऐसा हो न सका। उनका दूसरा ब्याह, बड़के कक्का का जन्म, छोटी जिज्जी की मृत्यु, फिर अम्मा का गर्भवती होना और पिताजी का जन्म ऐसी घटनाएँ थीं जिन्होंने उनके जीवन का सन्तुलन बिगाड़ दिया।

पिताजी का जन्म बब्बा के जीवन को असन्तुलित करने वाली बड़ी घटनाओं में अन्तिम थी, सम्भवतः इसीलिए बब्बा सदा पिताजी के मामलों में निःस्पृह बने रहे। उनका प्यार हमेशा कक्का पर रहा। हालाँकि पिताजी को हर सुविधा मिली, लेकिन अगर कुछ नहीं मिला, तो बब्बा का प्यार। पिताजी की पढ़ाई शहर में हुई और उन्हें गाँव से कभी लगाव नहीं रहा। उनकी शादी अम्मा ने जल्दी करा दी थी। पिताजी ने पढ़ाई पूरी की और शहर में ही रहने लगे। उन्होंने कोई नौकरी नहीं की। वे शहर में करते क्या थे? कहाँ-कैसे रहते थे? यह किसी को नहीं पता था। हाँ, इतना जरूर पता था कि वह शराब पीते हैं और खूब पीते हैं। अम्मा ने उन्हें कभी रोका-टोका नहीं। अपने प्यार के कारण या भीतर छुपे किसी डर के चलते, यह कहा नहीं जा सकता।

पिताजी गाँव आते थे, परन्तु ज्यादा ठहरते नहीं थे। पैसा लेते थे और चले जाते थे। वर्षों तक यह सिलसिला चलता रहा। अम्मा ने कई बार उनसे कहा कि अगर उन्हें शहर में ही रहना है, तो अपने परिवार को वहीं रख लें। परन्तु पिताजी कुछ नहीं कहते। लम्बे समय तक अम्मा और माँ इस आशंका में रहीं कि कहीं पिताजी ने शहर में कोई दूसरी औरत तो नहीं रख ली! लेकिन पिताजी से पूछने की हिम्मत दोनों में ही नहीं थी। पिताजी कभी घर लौटते भी, तो ज्यादा किसी से मिलते नहीं। उनका अपना कमरा था। जितने दिनों तक वह रहते, माँ उनके कमरे में रहतीं। पिताजी के आने पर माँ के चेहरे पर अनोखी चमक होती थी, परन्तु इसी चमक के नीचे उदासी की एक परत भी छुपी होती। माँ चाहतीं कि पिताजी हमेशा उन्हें अपने ही साथ रखें। शहर ले चलें। लेकिन कभी कह नहीं पातीं। उन्हें हमेशा यह एहसास बना रहता कि पिताजी पढ़े-लिखे हैं और वह ढंग से यह भी नहीं जानतीं कि स्कूल कैसा होता है? हालाँकि पिताजी काफी सख्त और बेपरवाह थे, लेकिन माँ से उनका बर्ताव हमेशा संयत रहता था।

अम्मा पिताजी से अक्सर कहतीं कि "जमीन और खेती के हिसाब देख लो बेटा..." लेकिन पिताजी की उनमें कोई रुचि नहीं रहती। साल-दर-साल बिना किसी हिसाब के बीत रहे थे। जमीन, खेती, मवेशी, मजदूर सब बिखरते जा रहे थे।

बब्बा को लकवा मार गया था और वह बिस्तर पर ही रहते थे। सिर्फ उनकी आँखें घूमती थीं, जबकि बाकी जिस्म कटे हुए काठ के टुकड़े-सा पड़ा रहता। किसी के लिए उनके मन को पढ़ पाना सम्भव नहीं था। अम्मा अपनी ओर से उनका खयाल रखतीं, मगर बब्बा की आँखें बता देती थीं कि वह उन्हें अपने पास नहीं चाहते। अम्मा के दिल को इससे चोट पहुँचती, लेकिन वह हट जातीं। बड़के कक्का चौबीसों घंटे बब्बा के पास ही रहते।

शहर लौटने से पहले अम्मा के कहने पर पिताजी एक बार बब्बा को देखने उनके कमरे में जाते। पिताजी सूनी निगाहों से बब्बा को कुछ पल देखते और चुपचाप कमरे से बाहर निकल जाते। कक्का कम ही पिताजी के सामने आते। अम्मा उन्हें पिताजी से दूर रखे रहती।

जैसे-जैसे वक्त गुजरता गया, घर में चीजें अपनी चमक खोने लगीं। सदा एक-सी रोशनी और उसका कभी न बदलने वाला रंग घर में पसरा रहता था। इस रोशनी का रंग कुछ मटमैला-सा मालूम पड़ता और इससे घर की चीजों का पुरानापन बेतरह बढ़ जाता था। कभी लगता था कि घर में किसी तरह के नयेपन के लिए जगह ही नहीं बची है। हर दिन सब कुछ और पुराना होता जाता था। घर में एक खास किस्म की बासी-सीली हुई गन्ध बसी थी और हर चीज उससे ही लिपटी हुई मालूम पड़ती थी। यह गन्ध कहीं और से नहीं आती थी। घर की चीजों से ही उठती थी और उन्हीं में लुप्त हो जाती थी। यह बासी-सीली गन्ध हर जगह एक समान होती थी। माँ के बालों और गोद में, अम्मा के कपड़ों में, बब्बा के हमेशा लगे रहने वाले बिस्तर में, बड़के कक्का की पगड़ी में, घर के पुराने बक्सों और अलमारियों में, बैठने वाली चौकियों में, खाट के नीचे, कच्चे फर्श के कोनों में, कमरों के बीच लगे छत को सहारा देने वाले लकड़ी के खम्भों में, दीवारों से उखड़कर गिरने वाली पीली मिट्टी में मिले सीमेंट की पपड़ियों में। सब जगह। इस गन्ध में हर पल कुछ मरता हुआ-सा जान पड़ता था। परन्तु सब इस गन्ध के अभ्यस्त थे। यदि इस पर ध्यान दिया जाए, तभी इसे महसूस किया जा सकता था।

इसके विपरीत कुछ बातों को महसूस करने के लिए किसी खास प्रयास की जरूरत नहीं थी। वे एकदम साफ थीं।

बब्बा का स्वास्थ्य लगातार गिर रहा था। अम्मा से उनकी दिल की अमिट दूरी बनी हुई थी। खेती में नुकसान बढ़ता जा रहा था। जमीनों पर या तो दूसरों का कब्जा हो रहा था या फिर वे कौड़ियों के दाम बिकती जा रही थीं। पिताजी शहर के हो कर रह गये थे। माँ उन्हीं के पास रहना चाहती थीं। अम्मा कहती थीं कि उनके लिए यह घर उसी दिन पराया-सा हो चुका था, जब बब्बा छोटी जिज्जी को ले आये थे। बड़के कक्का की दुनिया बब्बा के इर्द-गिर्द सिमटी हुई थी। जबकि लकवा

लगने के बाद बब्बा के लिए इस संसार के होने न होने के सारे अर्थ खत्म हो चुके थे।

इन बातों का असर घर पर स्पष्ट दिखने लगा था।

पुरखों का बनाया-बसाया घर धीरे-धीरे अपनी मृत्यु की तरफ बढ़ रहा था! हालाँकि यह बात सोचने-कहने में बहुत भयानक थी, परन्तु सभी अनजाने में इसी घटना की प्रतीक्षा में थे। घर की मृत्यु में सबकी मुक्ति थी और सब अवचेतन में अपनी मुक्ति की कामना से बँधे हुए थे।

इन सब बातों के बीच जाने कैसे यह बात आ गयी कि घर में जो कुछ हो रहा है या नहीं हो पा रहा है, वह छोटी जिज्जी की अदृश्य मौजूदगी के कारण है! घर में छोटी जिज्जी का असर अभी खत्म नहीं हुआ है। गुजर जाने के बरसों बाद भी वह यहाँ मौजूद हैं!

यह बात भी आयी कि छोटी जिज्जी की छाया कक्का पर बनी हुई है और इसीलिए उनमें जिन्न के लक्षण और तीव्रता से उभर आये हैं! कक्का बात-बात पर गुर्राने लगे थे। उनके हाथ हर पल अजीब ढंग से हिलते रहते। समझ नहीं पड़ता कि वह इन हाथों से सब कुछ समेट लेना चाहते हैं या फिर अपने पास की हर चीज को कहीं दूर ढकेल देना! कभी वे गुस्से में चीजों को उठाकर फेंक दिया करते। कभी कोई उन्हें पसन्द न आने वाली बात करता, तो वे उस पर झपट पड़ते। वे अक्सर खोये-खोये रहते और किसी से बात नहीं करते। कक्का ज्यादातर बीमार बब्बा की तीमारदारी में व्यस्त रहते। उनकी फिक्र में अगर कोई शामिल था, तो सिर्फ बब्बा।

लेकिन फिर एक ऐसी अबूझ बात हुई, जिसे कभी सुलझाया नहीं जा सका। लेकिन इस बात ने घर में तूफान ला दिया। सबने देखा कि कक्का ने अपने सारे कपड़े उतारकर फेंक दिये हैं और औरतों के कपड़े पहनकर बब्बा के पास बैठे हुए हैं। जाने कहाँ से वे सिंगार का सामान भी ले आये और बब्बा के पास बैठे अपना सिंगार कर रहे हैं!

धीरे-धीरे यह हर रोज की बात हो गयी...

सिंगार करके कक्का बब्बा के पास जा बैठते और उन्हें किसी नन्हे बच्चे की तरह दुलारने लगते थे। वह बब्बा का सिर गोद में रख लेते और कुछ गुनगुनाने लगते। कक्का को ऐसे देखकर बब्बा की आँखों में चमक-सी आ जाती थी और उनके मुर्दा-से जिस्म में हरारत पैदा होने लगती थी। जब अम्मा ने यह घटना देखी, तो उन्हें पक्का यकीन हो गया कि कक्का के जिस्म में छोटी जिज्जी की आत्मा ने प्रवेश कर लिया है! उन्होंने गाँव के लोगों को बुलाया और रो-रोकर यह दिखाया। रोते-रोते वह लगातार उस ''डायन'' को कोसती रहतीं, जो मरते हुए उनके पति

तक पर कब्जा किये हुए है। इसके बावजूद किसी की हिम्मत नहीं होती थी कि बड़के कक्का के पास जाए और उन्हें रोके। तन्त्र, टोना, भभूत, गंडा, गुनिया, ओझा... इन बातों से कोई फर्क न बीते कई बरसों में बड़के कक्का पर पड़ा था और न अब पड़ना था। अम्मा असहाय होकर कक्का को उस "डायन" के भेस में बब्बा को दुलारते देखती रहतीं! कक्का का बब्बा को यूँ दुलारना घंटों चलता रहता था और फिर वे औरतों वाले कपड़े उतारकर अपने कपड़े पहन लेते थे।

अम्मा कुछ दिनों तक यह देखती रहीं। फिर एक दिन यह दृश्य उनकी सहनशक्ति से बाहर हो गया। कक्का जब "डायन" के भेस में बब्बा को दुलार रहे थे कि वह कमरे में तेजी से घुसीं और धक्का मारकर कक्का को जमीन पर दे पटका। उन्होंने कक्का को ताबड़-तोड़ चप्पल से मारना शुरू किया और "डायन अब तो छोड़ दे मेरे खसम को..." कहते हुए धाड़-धाड़ रोने लगी। अम्मा रोती जा रही थीं। डायन को कोसती जा रही थीं। साथ में कक्का के बदन के कपड़ों को फाड़ती जा रही थीं। चप्पल से उन्हें मारती जा रही थीं। यह सब कुछ इतनी तेजी से, कुछ पलों में घटा कि किसी को समझ नहीं पड़ा। अचानक लगा कि अम्मा को कोई दौरा पड़ा है। वह पागलों की तरह बड़बड़ा रही थीं। उनकी आँखों में अजीब हिंसा थी, जिसमें भय और घृणा दोनों एक साथ शामिल थीं। उन्होंने कक्का के बदन पर पड़ा एक-एक कपड़ा तार-तार कर दिया था। कक्का अलफ नंगे उनके सामने खड़े थे! अम्मा को कक्का दिख रहे थे या फिर वह 'डायन', कह पाना मुश्किल था। दूसरों पर गुर्राने और झपटने वाले कक्का एकदम शान्त, बिना किसी प्रतिक्रिया के अम्मा को देख रहे थे। उनके नंगे बदन पर चप्पल की मार के छापे जगह-जगह बन गये थे। चप्पल टूटकर वहीं पास में पड़ी हुई थी। माँ और आस-पड़ोस की कुछ औरतों ने मिलकर अम्मा पर काबू पाया। वह लगातार 'डायन' को कोसे जा रही थीं। उनके चेहरे और माथे की नसें मारे तनाव के फूलकर उभर आयी थीं। अम्मा के चेहरे पर पानी के छींटे दिये गये। लेकिन वह एकाएक जोर से चीखीं, सबके हाथों से छिटककर हवा में उछलीं और जमीन पर गिरकर बेहोश हो गयीं।

घर में तनाव और गहरा हो गया। तार भेजकर पिताजी को शहर से बुलवाया गया। तीसरे दिन जब वह आये, तब तक अम्मा होश में आ चुकी थीं। उन्होंने रो-रोकर सारी बात पिताजी को सुनायीं। पिताजी सुनते रहे और फिर उन्होंने जाकर खिड़की में से बब्बा के कमरे में झाँका। कक्का, बब्बा के सिरहाने बैठे थे। उनके सिर पर हाथ फेरते हुए अपने अन्दाज में उनसे कुछ बातें कर रहे थे। उस घटना के बाद बड़के कक्का में एक अजीब-सी जिद पैदा हो गयी। उन्होंने खुद को बब्बा के साथ कमरे में बन्द कर लिया। न वे बाहर आते थे और न कोई अन्दर जा पा रहा था। दो दिनों से उन्होंने कुछ नहीं खाया था। न ही बब्बा के मुँह में अन्न का एक दाना

जा पाया था। कक्का पिंजरे में बन्द घायल पशु की तरह कुछ देर तक घूमते और फिर जाकर बब्बा के करीब बैठ जाते। उन्हें दुलारते और फिर उठकर कमरे के चक्कर लगाने लगते। उनके मुँह से लगातार गुर्राहट निकल रही थी। उनकी आँखें लगातार किसी शून्य में अटकी हुई थीं और लार टपक-टपककर छाती पर जमा हो रही थी। मक्खियाँ उनके शरीर से झुंड की झुंड चिपकी जा रही थीं। खास बात यह थी कि उस घटना के बाद बड़के कक्का ने बदन पर कोई कपड़ा नहीं पहना। वह नंगे ही थे!

काफी देर तक खिड़की के पास खड़े रहकर पिताजी, बब्बा और कक्का को निहारते रहे। अम्मा और माँ कमरे में बैठी थीं। घर में सन्नाटा पसरा था। पहले पिताजी ने बब्बा के कमरे का दरवाजा खुलवाने की कोशिश की, परन्तु फिर अचानक उनका मन बदला और उन्होंने फैसला सुनाया कि बब्बा और कक्का को अब न पानी दिया जाएगा और न खाना! कमरे का दरवाजा भी अब नहीं खुलेगा!! पिताजी के इस निर्णय से उपजी आशंका के कारण, घर में सदियों से सोयी मालूम पड़ने वाली चीजों में कम्पन पैदा हो गया। इस कम्पन में दबे पाँव मृत्यु की आहट थी।

अम्मा घंटों रोती रहीं और माँ ने पूरा साहस बटोरकर पिताजी को ऊँच-नीच समझाने की कोशिश की। पिताजी के हृदय में एक ठंडी हिंसा थी और अपने त्रासद अतीत से खुद को अलग कर लेने का यह उनका सोचा-समझा निर्णय था। जिसमें कोई दुःख नहीं था। न ही यह निर्णय भविष्य के किसी सुख के लिए था।

फिर सप्ताह भर के भीतर वही हुआ, जो पिताजी ने कहा था। वैसा ही हुआ, जैसी सबको आशंका थी। कोई हलचल नहीं हुई। कोई हल्ला नहीं हुआ। न किसी को शोक व्यापा। न किसी ने सान्त्वना दी। जीते-जी और मरने पर भी बब्बा आँखें खुली रखकर पिताजी को देखते रहे। उनकी आँखों में क्या लिखा था? पिताजी ने पढ़ने की कोशिश नहीं की। उनके देखते-देखते उनकी चिता को मुखाग्नि देकर वह श्मशान से घर आ गये। वहाँ क्षण भर भी नहीं ठहरे।

कुछ पलों को लगा था कि बब्बा के गुजरने के साथ पुरखों के बनाये-बसाये घर की भी मृत्यु हो गयी है। इस घर की मृत्यु के साथ वह मुक्ति आयी है, जिसकी सब मन ही मन प्रतीक्षा में थे। लेकिन ऐसा नहीं हुआ। घर अपनी मृत्यु को छकाता हुआ, बब्बा की अलमारियों में रखे कागजातों की राह दबे पाँव लौट आया।

बब्बा पूरी जायजाद बड़के कक्का के नाम कर गये थे!!

चूँकि कक्का इस लायक नहीं थे कि वह जायदाद को सँभाल सकें, इसलिए वसीयत में साफ लिखा था कि जब तक वे जीवित रहेंगे तब तक पिताजी इस जायदाद की देखभाल करेंगे और कक्का के न रहने के बाद आधी पिताजी को

मिलेगी और बाकी को धर्म के कामों के लिए मन्दिरों में दान कर दिया जाएगा।

यह विडम्बना थी कि मरकर भी बब्बा ने पिताजी को उनके त्रासद अतीत से मुक्त नहीं होने दिया। उल्टे एक ऐसे अटल भविष्य के सामने वह उन्हें खड़ा कर गये, जिसका सामना पिताजी को हर परिस्थिति में करना था। पिताजी के लिए अब सम्भव नहीं था कि वह निजी सुख-दुःख से परे कोई फैसला कर सकें। कम से कम कक्का के बारे में!

फिर पिताजी ने फैसला लिया..., जिसमें पहले की तरह ठंडी हिंसा नहीं बल्कि स्पष्ट क्रूरता थी। इस क्रूरता ने घर में सब कुछ उथल-पुथल कर दिया।

कुछ टुकड़े रोटी के और मटकी भर पानी! कक्का के नंगे शरीर को मोटी रस्सियों से बाँधकर उसी कमरे में बन्द रखा गया था, जहाँ वे बब्बा के साथ थे। कक्का किसी कैद जानवर की तरह एक ही जगह पर पड़े रहते। न हिलते, न डुलते। उनकी पथरायी हुई आँखों में न कोई तस्वीर उतरती थी और न कुछ उनमें दिखाई पड़ता था। लेकिन निर्जीव-से पड़े कक्का अचानक कभी-कभी जोरों से छटपटाने लगते और जानवरों की तरह गुर्राने लगते। उनके मुँह से कुछ अजीब शब्द निकलते थे, जिन्हें कोई नहीं समझ सकता था। उनके हाथ-पैरों की कसमसाहट के कारण रस्सी से उनकी चमड़ी छिलने लगी थी और उनमें से खून रिसने लगा था। कभी वह लुढ़कते हुए दीवारों से जा टकराते और बदन को रगड़ने लगते। उनका शरीर भी लहूलुहान होने लगा था। सिर्फ पानी और रोटी के कुछ टुकड़ों पर पल रहे कक्का में जाने कहाँ से ताकत आती थी? वह कभी जोर-जोर से चीखने लगते थे। इस चीखने में भौंकने और गुर्राने की मिली-जुली ध्वनि होती थी! इस चीख में कभी गुस्सा झलकता था और कभी दया की भीख। वह बीच-बीच में अपना सिर दीवार या जमीन पर पटकने लगते थे। रस्सियों से बँधे उनके शरीर में कई जगह अब खून बहकर जमा हो चुका था और मांस नजर आने लगा था। लेकिन कक्का के प्राण उनके शरीर में जाने कहाँ बसे थे!!

अम्मा कहती थीं कि यह जिन्न है। कभी नहीं मरेगा। वह पिताजी को समझातीं कि इसे कभी खुलने मत देना। कैद में पड़ा जिन्न यदि मुक्त हो जाए, तो जीते-जागते इनसान को प्रेत बनाकर छोड़ता है। वह गाँव में फैले जिन्नों के किस्से सुनाने लगतीं। पिताजी को कक्का के जिन्न होने की बात पर विश्वास नहीं था। वह अम्मा पर झल्ला पड़ते।

लेकिन अम्मा के मन में जिन्न का डर सचमुच घर करने लगा। वह आधी रात को उठकर बैठ जातीं और कहने लगतीं कि बब्बा ने उन्हें सपने में दर्शन दिये। वह उन्हें अपने पास बुला रहे हैं। वह यह भी कहतीं कि बब्बा के साथ यह जिन्न वहाँ भी है! यह दोनों जगह कैसे हो सकता है? अम्मा अपने आप ही बड़बड़ाने लगतीं।

वह तरह-तरह की पूजा-पाठ और मन्त्रोच्चारण करने लगी थीं। धीरे-धीरे सबको महसूस होने लगा कि उनके मन में जिन्न के अलावा किसी का खयाल नहीं रह गया है! पूजा करते-करते वह अचानक बेहोश हो जातीं और बेहोशी में उनका शरीर झटके खाने लगता। यह डर पैदा हो गया कि कहीं उनका मानसिक सन्तुलन न बिगड़ जाए। अपने अतीत, बब्बा, छोटी जिज्जी और कक्का के अलावा वह कोई बात नहीं करतीं।

अम्मा, माँ को एक-एक बारीक बात याद करके बतातीं कि जब से वह ब्याह कर इस घर में आयीं, तो क्या-क्या हुआ! माँ अपने हिसाब से बातों के निष्कर्ष निकालतीं और विपत्तियों की आशंका में डूब जातीं। अम्मा और माँ बात-बात में अपशकुनों की गिनती करने लगीं थीं। अम्मा और माँ की बातों से घर में कई उलझनें पैदा होने लगी थीं। अब रात-दिन घर में जिन्न के होने का एहसास बना रहता। इसका असर धीरे-धीरे आश्चर्यजनक रूप से पिताजी पर भी पड़ने लगा। जब भी वह शराब पीकर लौटते, तो उस कमरे की खिड़की के पास जाकर खड़े हो जाते, जिसमें कक्का बन्द थे। वह देर तक कक्का को पड़े हुए देखते रहते। लेकिन जैसे ही उनके शरीर में कोई हलचल होती, पिताजी उल्टे पाँव लौट पड़ते।

फिर ऐसा कुछ हुआ, जिसकी कल्पना किसी को नहीं थी। अम्मा हर समय पूजा में बैठी रहने लगीं। उनका कमरा तरह-तरह के टोने-टोटकों की चीजों से भर गया। वह घर से बाहर घूमने के लिए निकलतीं और रंग-बिरंगे काँच, लोहे के टुकड़े, गौमूत्र, कौवों और उल्लुओं के पंख, सरसों के पौधे, लाल-काले धागे, रास्तों में पड़े चीथड़े और जाने क्या-क्या उठा लाती थीं। उनका रूप दिन पर दिन भयानक होता जा रहा था। उन्होंने सबसे बात करनी बन्द कर दी। वह अपने कमरे में ही बन्द रहतीं। कमरे से उनके मन्त्रोच्चारण और पूजा करने की आवाजें आती रहती थीं। कभी-कभी जिन्न को चुनौती देने वाले स्वर अचानक उनके कमरे से उठने लगते। कुछ दिनों तक यह चलता रहा और एक दिन अम्मा घूमने के लिए बाहर निकलीं, तो फिर नहीं लौटीं!! हर कहीं उन्हें खोजा,परन्तु कहीं उनका पता न चला।

गाँव में बात फैल गयी कि अम्मा ने पूजा-पाठ और तन्त्र से सिद्धि हासिल कर ली थी और वह हवा में गायब हो गयीं। लेकिन यह कहने वाले भी कम नहीं थे कि अम्मा को जिन्न ने ग्रस लिया है!!

अम्मा का अप्रत्याशित रूप से गुम जाना, पिताजी के लिए बड़ा सदमा था। दुःख, क्षोभ, पीड़ा, शोक, भय और क्रोध से भरे हुए पिताजी ने उस दिन पहली बार बड़के कक्का का सामना किया!

"तू जिन्न है...!! अम्मा को खा गया...!!"

अम्मा के एकाएक चले जाने ने पिताजी को बदहवास कर दिया था।

इसके बाद लात-घूँसे-जंजीर-लाठी, जैसा जो पिताजी के मन आता गया, वह कक्का पर बरसाते गये। बँधे हुए लाचार कक्का पर इन चीजों का असर था कि नहीं, मालूम न चला। परन्तु ऐसा लग रहा था मानो पिताजी मरे हुए पशु पर अपना गुस्सा उतार रहे हैं। कक्का सिर्फ शून्य में देखते रहे।

फिर यह एक क्रम बन गया। अम्मा के रहस्यमय ढंग से लापता हो जाने से पिताजी के मन में कक्का के जिन्न होने को लेकर छुपा डर जाग चुका था, जिसे वह उजागर नहीं होने देना चाहते थे। उसे दबाने के लिए वह हमेशा शराब में डूबे रहने लगे। शराब में डूबे हुए उन्होंने अपने डर को ही कक्का के विरुद्ध हथियार बना लिया! निरीह और कमजोर हो चुके कक्का से वह ऐसे खेलने लगे, जैसे शिकारी अपने शिकार से खेलता है। फिर इस डर से जन्मे खेल में उन्हें मजा आने लगा!! पिताजी को अम्मा की इस बात पर विश्वास हो गया कि "यह जिन्न है। कभी नहीं मरेगा...।"

शराब पीने के बाद पिताजी पर धुन सवार होती और वह कक्का को बुरी तरह पीटने लग जाते। उस वक्त उन पर किसी का बस नहीं चलता। उनकी स्मृतियों में बब्बा के लिए जहाँ ठंडी हिंसा थी, वहीं कक्का के लिए शत्रुता। जो अब साफ उभर कर आ चुकी थी। कक्का को पीट-पीटकर पिताजी जिस अतीत को भुला देना या मिटा देना चाहते थे, वह उन पर बुरी तरह छा गया था। अपने अतीत की स्मृतियों से छुपते छुपाते या कभी उनसे लोहा लेते हुए वह कक्का के साथ शिकार और शिकारी का खेल खेला करते! यह खेल जब पिताजी की मर्जी होती, शुरू हो जाता। सुबह, दोपहर, शाम या कभी आधी रात को भी! माँ का पहले भी पिताजी पर कोई बस नहीं चलता था और इस स्थिति में भी वह कुछ नहीं कर पा रही थीं। सचाई यह थी कि उनके हाथों में कुछ था ही नहीं। पिताजी से शादी करके इस घर में आने के बाद वह चकित करने वाली घटनाओं की मूक दर्शक से अधिक कुछ नहीं थीं। लेकिन शराब के नशे में पिताजी की हैवानियत ने उन्हें हिलाकर रख दिया था। वह चुपचाप देखती रहती थीं। कभी-कभी वह अकेले में अपनी बेबसी पर रोती थीं।

पिताजी इस बात को कभी नहीं जान पाये। परन्तु सच यह भी था कि खुद पिताजी इस स्थिति में नहीं थे कि वे जान पाते, वे क्या कर रहे हैं? उनके मन में बरसों से छुपी हुई हिंसा उनके चेहरे पर साफ दिखाई देने लगी थी। उनके उठने-बैठने-चलने में किसी हिंसक पशु का आभास होता था। घर में वह एकदम चौकन्ने होकर चहलकदमी करते थे। वह निरन्तर आत्मकेन्द्रित होते जा रहे थे और उनकी हिंसा पैनी होती जा रही थी। ज्यादातर समय या तो वह कक्का को कमरे की खिड़की से निहारते हुए गुजारते या फिर उस कमरे के भीतर जाकर कक्का के मुर्दा

शरीर को अपने पैरों के नुकीले नाखूनों से कोंचते और उन्हें चुनौती देते रहते।

पिताजी की बदहवासी की बात पूरे गाँव में फैल चुकी थी। कई लोगों को विश्वास था कि अम्मा के बाद जिन्न पिताजी को भी ग्रस लेगा। कुछ बूढ़ों की राय में बँधे हुए जिन्न को यदि भरोसा हो जाए कि वह कभी मुक्त नहीं हो सकता, तो वह अपना शरीर छोड़कर उस व्यक्ति के शरीर में प्रवेश कर लेता है, जो उसके सम्पर्क में आता है। ...और फिर पिताजी तो रोज ही कक्का को पीटते हुए घंटों उन्हीं के कमरे में बिताते थे! बुजुर्गों ने पिताजी को कक्का के कमरे में न जाने और उनसे दूर रहने की राय दी।

हमें भी पिताजी से डर लगने लगा। हम गौर करते कि सचमुच पिताजी का रूप धीरे-धीरे विकृत होता जा रहा है! उनके चेहरे-हाथ-पैर-आँखें-देखने का अन्दाज धीरे-धीरे कक्का से मेल खाने लगा था!! पिताजी अब कभी हम लोगों की तरफ देखते भी, तो ऐसे जैसे वे हमें पहचानते नहीं हैं। तमाम चीजों पर भी वह इसी तरह नजर डालते हुए पूरे घर में घूमते रहते थे। कई बार वे चीजों को इस तरह से छूते थे, मानो उसके बारे में कुछ नहीं जानते और उसे पहचानने की कोशिश कर रहे हैं।

अम्मा के गुम होने के बाद यह डर पैदा हो गया था कि कहीं पिताजी भी उन्हीं के जैसे अपने आप पर नियन्त्रण न खो बैठें या फिर वे रहें ही न!! माँ को विश्वास था कि कक्का जिन्न हैं। उन्हें डर था कि अम्मा की तरह ही जिन्न कहीं पिताजी को न ग्रस ले। वह पिताजी को कक्का के कमरे में जाने और उन्हें पीटने से रोकना चाहतीं, परन्तु ऐसा कर नहीं पातीं। शराब पीने के बाद पिताजी नयी ऊर्जा से भर जाते और बेहद हिंसक हो उठते। पिताजी खूब शराब पीते थे, परन्तु कभी बहकते नहीं थे। लेकिन कक्का को पीटने का नशा उन पर ऐसा चढ़ा कि उनका अपने पर से नियन्त्रण खत्म होने लगा। नशे की हालत में कक्का को पीटते हुए वह अपने होश खो बैठते और वहीं गिर पड़ते। होश में आने पर उन्हें अपने आस-पास की चीजों, माँ और हमें पहचानने में घंटों लग जाते थे।

पिताजी का हिंसक व्यवहार और फिर अपने पर से नियन्त्रण खो देना, घर में हर पल पसरे रहने वाली मृत्यु की आशंका को और तीव्र कर देता था। बब्बा की मृत्यु के बावजूद वह बेचैन करने वाली गन्ध खत्म नहीं हुई थी, जिसमें हर पल घर की मृत्यु की आशंका सिर उठाये रहती थी। उस घर की मृत्यु की आशंका, जिसकी मृत्यु में सबकी मुक्ति थी और जिस मुक्ति की कामना से सब बँधे हुए थे!! परन्तु इसे महसूस करने के लिए अब माँ के अलावा यहाँ और कोई नहीं था। माँ के मन में भी अब मुक्ति के बजाय किसी तरह इस घर के बचे रहने की प्रार्थना थी, जो याचना की तरह मालूम पड़ती थी... और मन को भारी कर देती थी।

यह भार उस वक्त और बढ़ जाता था, जब घर में हमेशा महसूस होने वाली पुरानी-सीली गन्ध में शराब की तीखी गन्ध आकर मिल जाती थी। इस गन्ध से लिपटी हल्की ठंडक और हल्की गर्मी की सन्धि से पैदा होने वाली उमस कमरों में भरी रहने लगी। इस उमस से जन्म लेने वाली नमी सारी चीजों को ढँकती जा रही थी। चीजें इस तरह से नम हो चली थीं कि यदि उन्हें छू दिया जाए, तो वे तत्काल तरल पदार्थ में तब्दील होकर ढह सकती थीं। कमरों में मटमैली रोशनी वाला अँधेरा पहले से कहीं बढ़ चुका था। हर कदम पर लगता था कि दीवारें हिल रही हैं और जरा से धक्के से भरभराकर गिर सकती हैं। पूरे घर में लीपी हुई खामोशी के बीच, फर्श में पड़ी दरारों से छोटे-छोटे कीड़ों की आवाजें साफ सुनाई देती थीं। ये आवाजें सदियों पुरानी और बहुत दूर से आती हुई मालूम पड़ती थीं। इन्हीं आवाजों के बीच कभी अचानक पिताजी की गर्जना और कक्का की चीखें शामिल होकर माहौल को भयावह बना देती थीं। लेकिन कई बार सबसे डरावनी बात यह होती कि इन आवाजों में फर्क मिट जाता था! हमारे लिए यह पहचान पाना असम्भव हो जाता था कि कौन-सी आवाज पिताजी की है और कौन-सी कक्का की?

...और तभी एक दिन कक्का के कमरे से आने वाली आवाजें एकाएक खत्म हो गयीं।

कक्का को अपने पैरों के नुकीले नाखूनों से कोंचते हुए शराब के नशे में धुत पिताजी ने उस दिन एक रॉ'ड कक्का के सीने में उतार दी। एक बार, दो बार, तीन बार... बार-बार...! पिताजी किसी शिकारी की तरह उन्माद में थे। उन्हें विश्वास था कि कक्का नहीं मर सकते। वह जिन्न हैं। वह लगातार प्रहार किये जा रहे थे।

यह हत्या थी!!

शिकार और शिकारी के बीच चल रहा खेल खत्म हो चुका था!!

इसके साथ ही घर में एक भयावह सन्नाटा फैल गया। घर में रखी एक-एक चीज में यह सन्नाटा परत की तरह उतर गया। हर चीज एक-दूसरे से मुक्त हो गयी। किसी का किसी से कोई सम्बन्ध नहीं रह गया। सन्नाटा इतना गाढ़ा और गहरा था कि इसमें किसी का अस्तित्व नहीं मालूम पड़ता था। माँ, पिताजी और हम भाई-बहन... हम सभी का। घर की सारी चीजों को उनके अतीत समेत उस सन्नाटे ने चुम्बक की तरह अपने भीतर खींच लिया था। हर चीज उसमें बेहद खामोशी से डूब गयी थी। वे सारी सदियों पुरानी अनजान आवाजें भी डूब गयीं, जो कच्चे फर्श के भीतर से आया करती थीं।

पुरखों का घर मर गया था।

□

डर और प्रेम

What is called a reason for living is an exellent reason for dying.
–Albert Camus

वह कहता था, ''संसार में कोई चीज नष्ट नहीं होती। वह सिर्फ हमारी आँखों के सामने से ''गायब'' हो जाती है या फिर हम अपनी जगह बदलकर उसके सामने से ''गायब'' हो जाते हैं।'' अपनी इस बात को वह स्पष्ट करने की कोशिश करता। वह कहता, ''चीजें समय के साथ अपना रूप बदल लेती हैं ...और उनका रूप बदलना ही, असल में उनका ''गायब'' होना है!'' वह गहरी साँस लेकर छोड़ता और बोलना जारी रखता, ''...रूप बदलने के कारण चीजों की पहचान के चिह्न बदल जाते हैं। तब हममें से ज्यादातर उन्हें पहचानकर भी पहचानने से इनकार कर देते हैं। इसकी वजह सिर्फ इतनी है कि मनुष्य के मन-मस्तिष्क किसी भी अज्ञात परिवर्तन को स्वीकारने से डरते हैं। वास्तव में जब तक कोई चीज मनुष्य के ज्ञान की सीमा से बाहर रहती है, वह उससे डरता है। अज्ञान डर का मूल कारण है और डर व्यक्ति का मूल स्वभाव। व्यक्ति आजीवन खुद को इस स्वभाव से मुक्त नहीं कर पाता। वह डर-डर कर जीता है और डर-डरकर ही एक दिन मर जाता है।''

वह अनोखी सोच रखता, ''डर ही मनुष्य जाति की प्रगति का प्रस्थान बिन्दु है।'' उसका विश्वास था कि चीजों के आविष्कारों के साथ यह भी महत्त्वपूर्ण है कि मनुष्य की उन आविष्कारों से पहचान हो। वह कहता, ''आदिम मनुष्य ने सबसे पहले अग्नि का आविष्कार किया और हिंसक-जंगली जानवरों के बीच दूसरे जीवों के मुकाबले ज्यादा सुरक्षित हो गया। शक्तिशाली पशुओं से डरकर, उनसे बचने के लिए अगर मनुष्य ने अग्नि की शक्ति को न पहचाना होता, तो क्या उसका विकास सम्भव था?'' डर और अन्य मानवीय प्रवृत्तियों के अन्तर सम्बन्धों पर प्रकाश डालते हुए वह बात आगे बढ़ाता, ''संसार में मनुष्य को नियन्त्रित करने वाली सिर्फ दो शक्तियाँ हैं। पहली, डर और दूसरी, प्रेम। डर का सम्बन्ध अज्ञान से है और प्रेम का सम्बन्ध पहचान से। परन्तु आश्चर्यजनक है कि वैज्ञानिक अध्ययनों के अनुसार जितने काम मनुष्य प्रेम से नहीं करता, उससे ज्यादा मारे डर के करता है। प्रेम से

आप जो नहीं करा सकते, वह व्यक्ति को डराकर करा सकते हैं! इस सम्भावना से इनकार नहीं किया जा सकता कि ...भय बिनु होय न प्रीति!!''

फिर वह जोर से ठहाका लगाता और अपने होठों को धीरे-धीरे चबाते हुए कहता, ''डर ही जीवन है...।'' यह कहते हुए उसकी आँखें, मेंढक की आँखों जैसी बाहर निकल आतीं। उसके होठों के दोनों किनारे ठुड्डी की तरफ झुककर, होठों को आकाश की ओर तने धनुष-सा आकार दे देते। इन्हीं होठों से फिर तीर जैसे नुकीले वाक्य धुआँधार बरसते...। डर पर बात करने में उसे बहुत मजा आता... और लोगों को डराने में भी!!

वह फिल्म डायरेक्टर था और डरावनी फिल्में बनाता था। लोग डरने के लिए उसकी फिल्मों पर पैसा लुटाते थे। वे उसकी फिल्में देखने जाते और चीखते हुए सिनेमाघरों से बाहर निकलते! वह लोगों को डराने में जितना कामयाब होता था, उसकी शोहरत और बैंक बैलेंस में उतनी बरकत होती थी। उसकी फिल्में ही नहीं, उसकी बातें भी लोगों को खूब आकर्षित करती थीं। वे अखबारों और पत्रिकाओं में उसके इंटरव्यू पूरी रुचि से पढ़ते। हालाँकि यह अजीब था कि उसकी बातें जहाँ तर्क की कसौटी पर खरी होती थीं और विज्ञान भी उनके पक्ष में मालूम पड़ता था, वहीं उसकी फिल्में तार्किक और वैज्ञानिक दृष्टि से लचर होती थीं। विज्ञान का अदना-सा विद्यार्थी भी उनकी तार्किकता और वैज्ञानिकता को चुनौती दे सकता था। लेकिन इन बातों से डायरेक्टर को कोई फर्क नहीं पड़ता था क्योंकि वह जिस दुनिया का बाशिन्दा था, वहाँ न तार्किक होने की जरूरत थी और न वैज्ञानिक। आदमी का कद इस बात से तय होता था कि उसका सिक्का बाजार में चल रहा है या नहीं? इस कसौटी पर डायरेक्टर खरा उतरता था और दर्शकों में उसकी फिल्मों की खूब माँग थी।

अँगरेजी के फिल्म पत्रकार उसे अलफ्रेड हिचकॉक और विलियम फ्रेडकिन जैसे हॉरर फिल्मों के माहिर निर्देशकों की कतार में खड़ा करते थे। जबकि अँगरेजी फिल्मों से ज्यादा वास्ता न रखने वाले हिन्दी के पत्रकार उसकी तुलना रामगोपाल वर्मा जैसे फिल्म निर्देशक से करते थे!! लेकिन डायरेक्टर को सम्मान में वृद्धि करने वाली ये बातें जरा भी प्रभावित करती नहीं दिखती थीं। हकीकत यह थी कि उसे पत्रकारों से नफरत थी और जब तक उसकी फिल्मों के प्रति दर्शकों में दीवानगी बरकरार थी, उसे कुछ हजार की तनख्वाह पाने वाले अध-पढ़े और अध-कचरे पत्रकारों से तारीफ पाने में कोई रुचि न थी। पत्रकारों से उसकी नफरत की एक बड़ी वजह यह थी कि वे उसकी फिल्मों से ज्यादा, उसकी निजी जिन्दगी में दिलचस्पी लेते थे। जबकि इस मामले में वह बन्द किले की तरह था। ऐसा किला, जिसमें जाने की सुरंगें तक ''गायब'' थीं! पत्रकार उसकी निजी जिन्दगी में झाँकने के लिए सुरंगें

नहीं ढूँढ़ पाते, तो जहाँ-तहाँ सुराख बनाते और चूहों की तरह उनमें घुसकर चिन्दियों जैसा कुछ निकाल लाते। फिर उसे अखबारों और पत्रिकाओं में बड़े-बड़े अक्षरों में छाप देते। इससे डायरेक्टर की खीझ और बढ़ जाती।

डायरेक्टर देश के उत्तरी हिस्से में स्थित एक छोटे-से कस्बे से, फिल्में बनाने वाली महा-मायानगरी में आया था। उसके भीतर वे डर विद्यमान थे, जो किसी भी साधारण कस्बाई युवक में महानगरों के प्रति होते हैं। कैरियर के प्रति निरन्तर असुरक्षाबोध पैदा किये रहने वाली कस्बाई ग्रन्थियाँ, उसके सफल फिल्मकार बन जाने के बाद भी, उसके भीतर निरन्तर सक्रिय रहती थीं। सफल होने से पहले भीड़ में वर्षों तक खाये हुए धक्कों और महानगर के चीखते-चिंघाड़ते माहौल से उसका मिजाज कभी तालमेल नहीं बैठा सका था। बात यह भी थी कि वह इस महा-मायानगरी में अकेला था। यहाँ न उसके परिवार में कोई था और न कोई दोस्त। वह कहता था कि परिवार और दोस्ती जैसी बातों में उसका विश्वास नहीं है।

'रिश्ते छल हैं', दार्शनिक-सी मुद्रा में जब वह कहता, तो लगता मानो उसने निःसार-संसार के उस सत्य को जान लिया है, जिसकी खोज करनेवालों को दुनिया महात्मा और ईसा का दर्जा देकर पूजती है। वैसे उसे चाहनेवाले, उसे कुछ-कुछ इसी तरह प्यार करते थे। हालाँकि उसके परिवार और निजी जीवन के बारे में खोजी पत्रकार तरह-तरह की 'एक्सक्लूसिव स्टोरीज' लिख चुके थे। परन्तु वह हमेशा इन्हें मनगढ़न्त कहानियाँ बताकर, बिना किसी मुहावरे का सहारा लिये फूँक मारकर हवा में उड़ा देता और आकाश में निहारने लगता...।

उसे करीब से जाननेवाले बताते कि जब भी वह आकाश में निहारता, तभी उसके दिमाग में किसी डरावनी फिल्म का आइडिया आ जाता था!! बात विचित्र, किन्तु सत्य थी। उसने कई बार आकाश में नजरें टिकाये हुए ही, अपने राइटरों और असिस्टेंट डायरेक्टरों को डरावनी कहानियाँ 'नरेट' कर दी थीं। जिन्हें उन्होंने पहले पन्नों और फिर परदे पर उतारा। उसके नजदीकी यह भी बताते कि डर के मामले में वह इतना संवेदनशील था कि ट्रक के हॉर्न, घर की डोर बेल, मेज से गिरी कलम, काँच की खिड़की से टकरायी टेनिस बॉल, मोबाइल के वाइब्रेशन, फ्रिज के दरवाजे की आहट और सड़क के कुत्तों के भौंकने से चौंककर एक भयावह संसार की रचना कर लेता था! ...और उसकी हर रचना अपनी भयावहता में अनूठी होती थी।

डायरेक्टर के डरावने रचना-संसार का रहस्य क्या था? क्यों वह सिर्फ डरावनी फिल्में ही बनाता था? क्यों वह इस संसार और इसके लोगों, रिश्तों और मनुष्यता की कोमल संवेदनाओं में विश्वास नहीं करता था? क्यों डर की बातों में उसे आनन्द आता था? क्यों उसे लोगों को डराना अच्छा लगता था? क्यों वह डर को प्रेम से श्रेष्ठ मानता था? ऐसे ढेर सारे सवाल थे, जिन्हें जानने की जिज्ञासा उन लोगों में थी,

जो उसे प्यार करते थे। परन्तु इन सवालों का जवाब पाना आसान नहीं था क्योंकि डायरेक्टर किसी से प्यार नहीं करता था...!! वह किसी के प्रति उत्तरदायी नहीं था। वह सिर्फ अपने स्वार्थ की बातें करता था। ऐसे में वह उत्तर भी उन्हीं प्रश्नों के दिया करता, जिनसे उसका कोई स्वार्थ सधता हो!

...लेकिन इन तमाम बातों के बावजूद अन्ततः वह भी दूसरों की तरह इनसान ही था। वह उन कमजोरियों से बचा हुआ नहीं था, जिन्हें भुनाकर अपने लिए नाम और धन पैदा करता था। डर उसका भी मूल स्वभाव था। का'‘करोच और छिपकली छोड़िए, मुर्दा आलपिन तक से उसे डर लगता... और वह उन्हें कभी अपनी टेबल पर नहीं रखता था! रिश्तों और मित्रता को खारिज करने के बावजूद वह ज्यादातर समय लोगों से घिरे रहना चाहता था। रात में भी वह अधिक से अधिक समय दफ्तर में बिताने की कोशिश करता। अपने अपार्टमेंट में अकेलेपन की ऊब से वह भी परेशान हुआ करता। ...और मीडिया की आँख बचाकर अक्सर अपनी फिल्म में काम कर रही किसी हीरोइन को वहाँ बुला लिया करता। सदा वर्तमान में रहने की बातें करने के बावजूद कुछ कभी न मिटने वाली ऐसी यादें उसके पास थीं, जो बरसात के दिनों में छत से कमरे में टपकते बूँद-बूँद पानी की तरह हर पल उसके कान में बजती थीं। वह बरसात के पानी की आवाज से भी डरता था!!!

वह बरसात की ही एक रात थी। जब उसने लिफ्ट से कॉरिडोर में आकर, पन्द्रहवीं मंजिल पर स्थित अपने फ्लैट का ताला खोला और बत्ती जलायी। वह अकेला था। दो बज रहे थे। इन दिनों वह अपनी सुपर हिट फिल्म ‘घूँघट में कौन...?’ का सीक्वल ‘घूँघट हटा दे...’ बना रहा था। वह बीयर के हल्के सुरूर में था। वह खुश था कि फिल्म ने बढ़िया ‘स्टार्ट’ लिया है। फिल्म का पहला ही सीन, दर्शकों को ऐसे बाँध लेगा कि वे ‘द एंड’ होने तक साँस लेना भूल जाएँगे! उसे अपनी कामयाबी पर पूरा विश्वास था। इसी विश्वास के हिलोरों में डूबता-उतराता वह अपने नर्म-गद्देदार बिस्तर पर जाकर लेटा और बत्ती बुझा दी। बिस्तर में अभी तक बीती रात आयी एक हीरोइन के परफ्यूम की मादक गन्ध बसी हुई थी। उसने गहरी साँस ली और वहीं औंधा गिर गया। लेटे-लेटे वह हीरोइन के बारे में फन्तासी रचना चाहता था। परन्तु सुबह उसे जल्दी शूटिंग पर जाना था। उसने ड्राइवर को छह बजे बुलाया था। उसने आँखें मूँद लीं। आँखों को मूँदे हुए, पलकें भी उसके आत्मविश्वास की गवाही दे रही थीं!

...अचानक, डायरेक्टर को महसूस हुआ कि अँधेरे कमरे के कोने में कोई खड़ा है! एक आकृति, घूँघट ओढ़े हुए!!

वह मन ही मन हँसा, अपनी कल्पना पर।

उसने आज ही यह सीन शूट किया था। जिसमें दिनभर दफ्तर में काम करके हीरो देर रात घर लौटा है। वह घर में अकेला है। वह सोने जाता है। तभी उसे अपने अँधेरे कमरे के कोने में घूँघट ओढ़े हुए एक लड़की दिखाई देती है!!

डायरेक्टर ने करवट बदली और दीवार की तरफ मुँह कर लिया। परन्तु उसे फिर महसूस हुआ कि कमरे में छोटे-छोटे कदमों से कोई चल रहा है। उन कदमों की आहट को उसने अपनी मुँदी हुई पलकों के अँधेरे किनारों में महसूस किया। उसकी आँखें चंचल हो गयीं। उसका मन हुआ कि वह करवट बदले और देखे...!! एकाएक उसे लगा कि वे कदम धीरे-धीरे उसके बिस्तर की तरफ बढ़ रहे हैं! उसने जिस्म में फुरफुरी-सी महसूस की। हालाँकि वह समझ रहा था कि उसका मन उसके साथ चालाक खेल खेल रहा है। लेकिन तभी जैसे उसे एहसास हुआ कि कोई उसके बिस्तर में आकर बैठ गया है!! उसने अपने पास ही किसी की गहरी साँसों की आवाज भी सुनी!!

बिना करवट लिये उसने झटके से गरदम घुमायी...!!!

कोई नहीं था।

कमरे में अँधेरा था और सन्नाटा पसरा था।

उसने आँखें चौड़ी करते हुए अँधेरे को चीरकर देखने का भरपूर प्रयास किया। कुछ नहीं था। उसने बेचैनी महसूस की। लेकिन फिर इसे भुलाकर सोने की कोशिश करने लगा। कमरे में एयर कंडीशनर आ''न होने के बावजूद उसने अपने जिस्म पर हल्के पसीने की नमी महसूस की और फिर उसके दिमाग से नींद का खयाल ही उड़ गया।

उसे सिगरेट पीने की इच्छा हुई। आम तौर पर वह सिगरेट नहीं पीता था, परन्तु कभी-कभार बेचैनी में उसे इससे परहेज भी नहीं था। उसे याद आया कि वह सिगरेट कार में ही भूल आया है! वह उठकर बैठ गया।

बाहर अब भी हल्की बारिश हो रही थी। बरसात के पानी की वह धीमी आवाज लगातार आ रही थी, जिससे उसे डर लगता था!! एकाएक उसने अपने चारों ओर उस भयावह कल्पना-संसार को करवट लेकर जागते पाया, जहाँ से वह चीजें और घटनाएँ चुन-चुनकर दर्शकों को डराता था। उसने हल्की कँपकँपी महसूस की। उसने महसूस किया कि उसे तुरन्त इस अँधेरे कमरे से बाहर निकल जाना चाहिए। परन्तु तब तक डर से पैदा होने वाले रसायनों ने शरीर में अपना काम शुरू कर दिया था। उसके स्नायु जड़ हो चुके थे। उसने खुद से कहा कि इतनी रात गये किसी तरह का संघर्ष करना बेकार है। इससे पहले कि बरसात के पानी की धीमी आवाज से पैदा होने वाला डर उसे पस्त कर देता, उसने अपने आप को पूरी शक्ति से बिस्तर के भीतर फेंका और दीवार से किसी कीड़े की तरह चिपक गया!!

ऐसा डर डायरेक्टर को पहले कभी महसूस नहीं हुआ था। जो कुछ बीती रात को उसने महसूस किया, उसके लिए नया अनुभव था। बिस्तर की तरफ बढ़ रहे छोटे-छोटे कदमों की आहट अब भी उसके कानों में आ रही थी! अपने सिरहाने किसी अनजान की गहरी साँसों का आभास वह भुला नहीं पा रहा था! यूनिट के सामने संयत बने रहने में उसे प्रयास करने पड़ रहे थे। अपने असिस्टेंट डायरेक्टरों को वह रोज की तरह निर्देश दे रहा था। उसका हीरो, अपनी हीरोइन के साथ हल्की-फुल्की शरारतें कर रहा था। हीरोइन बार-बार डायरेक्टर से शिकायत कर रही थी। परन्तु डायरेक्टर बीती रात के प्रभाव से बाहर नहीं आ पा रहा था। वह अभी तक खुद को दीवार से चिपके किसी कीड़े की तरह महसूस कर रहा था, जिस पर दूर कहीं दम साधे बैठी छिपकली नजरें गड़ाये हुए थी!! यह विचार आते ही डायरेक्टर ने अपनी कल्पना को जोर से झटक दिया।

वह कैसे डर सकता है? ...और किस बात का डर? उसने खुद को समझाया। तभी हीरोइन ने फिर उससे हीरो की शरारत के बारे में शिकायत की। डायरेक्टर मुसकुराया और हीरोइन को बाँहों में भरकर उसके माथे पर हाथ फेरते हुए, उसे अपनी शरण में ले लिया। हीरोइन ने दूर बैठे हीरो को ठेंगा दिखाया और जीभ निकालकर चिढ़ाने लगी...! हीरो खिसिया गया। डायरेक्टर ने यह सब ऐसे देखा, मानो बच्चों का खेल चल रहा है। उसने मन में हल्की राहत महसूस की। तभी उसकी नजरें हीरोइन पर गयीं। वह घूँघट वाली ड्रेस ही पहने हुए थी! डायरेक्टर ने अपने आप को धीरे-से उससे अलग किया और पास रखे मॉनीटर पर पिछला सीन रिवर्स करके देखने लगा। उसने एक बार फिर अपना पूरा ध्यान उन दृश्यों पर केन्द्रित किया, जिन्हें वह शूट कर चुका था और फिर स्क्रिप्ट उठाकर उन दृश्यों को पढ़ने लगा, जिन्हें आज शूट करना था।

कुछ ही मिनटों में सबने माइक पर डायरेक्टर की आवाज सुनी, ''ओके... रेडी... साइलेंट...''

बॉक्स ऑफिस पर हिट सीक्वल देने का मसला तो था ही, 'घूँघट हटा दे...' डायरेक्टर के लिए निजी कारणों से भी महत्त्वपूर्ण थी। उसके कैरियर की यह पहली फिल्म थी, जिसमें उसने अपने अतीत को परदे पर उतारने का निर्णय किया था। यह फिल्म अतीत की ओर उसकी निजी यात्रा थी!! इस यात्रा में वह कुछ-कुछ पवित्रता और अध्यात्म का भाव महसूस कर रहा था। इस यात्रा में उसके पास बयान करने के लिए कुछ बातें थीं, तो कई सवाल भी थे! जिनके जवाब वह फिल्म को शूट करते हुए तलाश रहा था। ...इन सब बातों के साथ सबसे अच्छी बात यह थी कि मीडिया को इसकी कोई जानकारी नहीं थी!! न सीक्वल की और न इस बात की कि डायरेक्टर ऐसी फिल्म बना रहा है, जिसमें उसके अतीत की परछाई

पंख फैलाये उड़ान भरती दिखेगी। हालाँकि यह बात उसने अपने आस-पास भी किसी को नहीं बतायी थी। इस बार उसने जो हीरो-हीरोइन चुने, दोनों का कोई फिल्मी या मॉडलिंग बैकग्राउंड नहीं था। दोनों के लिए यह दुनिया अनजानी थी और दोनों इस दुनिया के लिए अनजाने थे। अतः कहीं से बात 'लीक' होने का खतरा नहीं था। इस तरह डायरेक्टर पूरे इत्मीनान से फिल्म बना रहा था।

डायरेक्टर ने इस आत्मकथात्मक फिल्म की कहानी, स्क्रीन प्ले और डायलॉग खुद लिखे थे। कहानी का नायक एक फिल्म निर्देशक था। कहानी उसके बचपन... और उसके अतीत... की बात कर रही थी। डायरेक्टर ने अपनी फिल्म में हीरो का नाम, रामू रखा था। यह नाम इंडस्ट्री के प्रभावशाली निर्देशकों में शामिल रामगोपाल वर्मा के नाम से प्रेरित था। पत्रकार जब डायरेक्टर की तुलना रामगोपाल वर्मा से करते थे, तो वह कन्धे उचका दिया करता था। परन्तु मन ही मन वह इस बात से खुश होता था! डायरेक्टर की वर्मा से एक-दो मुलाकातें हुई थीं और बातचीत में वर्मा ने उससे कहा था कि यदि मैं किसी घटना या व्यक्ति से प्रेरित होकर फिल्म बनाता हूँ, तो स्वाभाविक है कि उन घटनाओं से समानधर्मा घटनाएँ मेरी फिल्म में होंगी और उस व्यक्ति के जीवन की कुछ घटनाओं का आभास भी मेरी कहानी में दर्शक महसूस करेंगे! डायरेक्टर को वर्मा के तर्क में दम लगा था। वर्मा 'भूत' समेत कई हॉरर फिल्में अपने प्रोडक्शन हाउस में बना चुका था और धीरे-धीरे उसकी ख्याति हॉरर फिल्मों के प्रोड्यूसर-डायरेक्टर के रूप में बन गयी थी। ऐसे में जब डायरेक्टर को 'घूँघट में कौन... ?' के सीक्वल में, हॉरर फिल्म निर्देशक नायक के लिए नाम की जरूरत महसूस हुई, तो 'रामू' से बेहतर नाम नहीं सूझा!!

डायरेक्टर ने दसियों बार अपनी कहानी को उलट-पुलटकर पढ़ लिया था और उससे पूरी तरह मुतमइन था। ...परन्तु बीती रात की घटना ने उसे थोड़ा व्याकुल कर दिया था। रात को अपने फ्लैट में लौटने के बाद उसने फिर से कहानी पढ़ी :

यह कहानी है रामू की। रामू, जो आज बॉलीवुड में नामी हॉरर फिल्म डायरेक्टर है... । उसके जीवन में सब कुछ है। परन्तु अगर कुछ नहीं है, तो कोई अपना। इससे भी ज्यादा महत्त्वपूर्ण यह है कि उसे अकेलेपन में उसका अतीत 'हॉट' करता है। उसके साथ अजीबोगरीब बातें होती हैं। रामू इससे परेशान है। अक्सर आधी रात बीतने के बाद उसे घर में किसी के होने का एहसास होता है! एक-दो बार उसे लगा है कि घूँघट में एक लड़की अँधेरे कोने में खड़ी हुई उसे बुला रही है!! कभी-कभी वह नहीं दिखती, परन्तु कमरे में उसके चलने की आवाजें सुनाई देती हैं। कभी सुबह जागने पर घर की चीजें, उन जगहों पर नहीं मिलतीं जहाँ रखी थीं। बल्कि रामू किसी और जगह पर उन्हें पाता है!! रामू क्या

करे? किससे कहे? इस जटिल पहेली को कैसे सुलझाए? अन्ततः एक दिन वह निर्णय लेता है कि अपने उन दिनों पर फिल्म बनाएगा, जो उसे न दिन में चैन लेने देते हैं और न रात में नींद...। वह अपने अतीत से भागने के बजाय, उसकी आँखों में आँखें डालकर बात करेगा यानी टू टेक द बुल बाय द हॉर्न्स!! (नोट : इसके बाद बैकग्राउंड म्यूजिक के साथ मोंटाज, जिसमें रामू को अपने दफ्तर में और शूटिंग सेट पर कैमरे के पीछे काम करते हुए दिखाना है। साथ-साथ फिल्म के टाइटल्स भी चलेंगे। मोंटाज खत्म होने के बाद रामू को कुर्सी पर बैठा दिखाया जाएगा। रामू 'डायरेक्टर्स चेयर' पर बैठे-बैठे, खाली पड़े नीले आसमान को निहार रहा है... सीन फैड...)

फ्लैशबैक स्टार्ट—

रामू अपने बचपन में...

रामू जब बच्चा था, एक छोटे-से कस्बे में रहता था। उसके घर में सिर्फ माँ थी। रामू स्कूल में पढ़ने जाता था। स्कूल सरकारी था और सिर्फ लड़कों के लिए था। लेकिन उसी से लगा हुआ एक और सरकारी स्कूल लड़कियों का भी था!! रामू कभी अपनी क्लास का ब्रिलिएंट स्टूडेंट नहीं था। उसका मन स्कूल में नहीं लगता था। लेकिन ऐसा भी नहीं था कि वह क्लास की खिड़की से सटकर बैठे हुए, लड़कियों के स्कूल में ताक-झाँक करता हो। क्लास में जब मास्टर जी पढ़ाते थे, तब रामू अपनी दुनिया में खोया रहता था...। आकाश को ताकता हुआ...!!

रामू क्या सोचता है? मास्टर जी यह जानने की कोशिश करते। परन्तु जान नहीं पाते। इसी से खीझकर वह अकसर रामू को छड़ी से पीटते। कभी हथेलियों पर, कभी पीठ पर और कभी-कभी 'पीछे' भी। रामू चुपचाप पिटता जाता। न 'आह...' करता। न 'उह...'। कुछ कहता भी नहीं।

शायद वह खुद भी अपने और अपनी उस दुनिया के बारे में नहीं जानता था, जिसमें वह खोया रहता है!

तभी एक दिन अचानक उसकी दुनिया बदल जाती है!!

स्कूल की छुट्टी होने पर रामू जब अपनी दुनिया में खोया, अनमना और उदास चला जा रहा है, अचानक उसे एक खूबसूरत हमउम्र लड़की दिखाई देती है। लड़की उसे देखकर मुसकुराती है। रामू उसके प्रति आकर्षित हो जाता है। लड़की रामू को बताती है कि वह पास के स्कूल में पढ़ती है। उससे मिलकर रामू को अच्छा लगता है। पहली ही मुलाकात में दोनों 'दोस्त' बन जाते हैं।

(नोट : फिलहाल फाइनल नहीं है कि यहाँ 'फ्रेंडशिप डुएट' रखना है या नहीं। कोशिश है कि 'लता दीदी' और 'जगजीत जी' राजी हो जाएँ। यदि दोनों हाँ बोलेंगे, तभी डुएट होगा। नहीं तो स्टोरी सीधे बढ़ा देंगे।)

लड़की से मिलने के बाद रामू को लगता है कि उसकी जिन्दगी बदल रही है। वह पढ़ाई पर ध्यान देने लगता है। क्लास टेस्ट में उसके नम्बर अच्छे आने लगते हैं। उसकी गिनती ब्रिलिएंट स्टूडेंट्स में होने लगती है। मास्टरजी उससे खुश रहने लगते हैं और उसे शाबासी देते हैं। उस लड़की के साथ रामू की 'दोस्ती' वक्त के साथ गहरी होती जाती है। स्कूल से छुट्टी होने के बाद घर लौटते हुए, रास्ते में रोज लड़की रामू को मिलती है। दोनों रास्ते में अपने मिलने का एक 'अड्डा''बना लेते हैं। रामू उसे अपनी पढ़ाई के बारे में, माँ के बारे में बताता है। वह लड़की भी अपनी पढ़ाई और अपने घर के बारे में उससे बातें करती हैं। दोनों अक्सर 'अड्डे' पर बतियाते हुए, क्लास में मिला होमवर्क भी कर लेते हैं! सब कुछ सही चल रहा है...।

एक दिन जब रामू और वह लड़की 'अड्डे' पर होते हैं, तभी आसमान में अचानक घने-काले बादल घिर आते हैं और तेज बरसात होने लगती है। जोरों से बिजली कड़कती है। दोनों डरते हैं कि घर जाने के लिए देर होने लगी है। परन्तु न बारिश रुकने का नाम लेती है और न ही बिजली का कड़कना बन्द होता है। दोनों के दिल की धड़कनें तेज होने लगती हैं। जब वे समझ जाते हैं कि मौसम नहीं बदलेगा, तो आखिरकार एक-दूसरे का हाथ थामे 'अड्डे' से बाहर निकल पड़ते हैं। परन्तु बरसात में भीगी हुई लड़की का हाथ छूते ही रामू के तन-बदन में करंट-सा दौड़ जाता है। वह उन भावनाओं को अपने दिल में उमड़ते-घुमड़ते महसूस करने लगता है, जो दोस्ती की सीमाएँ पार करके प्रेम के प्रदेश से आती हैं!! लड़की के कपड़े भीगकर पारदर्शी बन जाते हैं!! ...और कस्बाई जीवन शैली के अनुरूप उसने कोई अधोवस्त्र भी नहीं पहना होता!!! तब रामू का अपने पर से नियन्त्रण खत्म हो जाता है!! उत्तेजित होकर वह लड़की को अपनी बाँहों में कसकर जकड़ लेता है और साफ शब्दों में प्यार का इजहार कर देता है। लड़की लजा जाती है और पारदर्शी कपड़ों में अपने अधोवस्त्र विहीन अंगों को सँभालती हुई घर की दिशा में जाने वाली राह पर दौड़ पड़ती है। रामू उसके घर की गली के नुक्कड़ तक पीछा करता है और सीन फैड हो जाता है।

(नोट : फिलहाल इस सिचुशन में भी फाइनल नहीं है कि 'रेनी लव डुएट' रखना है कि नहीं। यदि 'लता दीदी' और 'जगजीत जी'...। नहीं तो स्टोरी सीधे बढ़ा देंगे।)

बरसात के अगले दिन लड़की रामू को नहीं दिखती! वह अकेला 'अड्डे' पर जाता है। फिर उसके अगले दिन भी...। उसके बाद कुछ दिन और...। फिर दिन पर दिन बीतते हैं। रामू परेशान रहने लगता है। पढ़ाई में फिर उसका मन नहीं लगता। वह फिर क्लास की खिड़की के पास बैठकर आकाश में ताकने लगता है...।

ब्रिलिऐंट स्टूडेंट्स की लिस्ट से उसका नाम हट जाता है। मास्टरजी उस पर फिर गुस्सा होकर छड़ी से पीटने लगते हैं। लेकिन रामू इस दुनिया से बेखबर है।

रामू लड़की से मिलना चाहता है। उसे डर लगता है कि बरसात में भीगने से कहीं लड़की को सर्दी–जुकाम–बुखार न हो गया हो! हालाँकि सच यह है कि अब रामू को अपनी रगों में अक्सर बुखार–सा दौड़ता मालूम पड़ता है!! अब उसे सपने में लड़की, बिना अधोवस्त्रों के पारदर्शी कपड़ों में भीगी हुई दिखती है और नींद से जागने पर रामू खुद को 'गीला' पाता है। शर्मिन्दगी से वह न सिर उठा पाता है और न खुद बिस्तर से उठ पाता है। वह देर तक सोने लगता है। उसकी माँ समझ नहीं पाती कि बेटे को क्या हो गया?

कई दिन बीतने पर, अन्ततः एक दिन रामू हिम्मत जुटाकर उस गली तक पहुँचता है, जहाँ वह बरसात के दिन लड़की के पीछे भागते–भागते आया था! वहाँ उसे समझ नहीं पड़ता कि किसी से क्या पूछे? उसे खयाल आता है कि इतने दिनों की मुलाकात और अड्डेबाजी में उसने कभी लड़की का नाम तक नहीं पूछा!! अचानक उसे अपने बस्ते में रखे एक कागजी पुर्जे की याद आती है, जिस पर लड़की ने कभी अपने घर का पता लिखा था। रामू वह पुर्जा निकालता है और ढूँढ़ते हुए सही पते पर जा पहुँचता है। घर में उसे लड़की के माता–पिता मिलते हैं। रामू उनसे लड़की के बारे में पूछता है, तो वे दोनों एक–दूसरे का मुँह देखने लगते हैं।

वह कहते हैं कि यह सम्भव नहीं है। रामू झूठ बोल रहा है। परन्तु रामू उन्हें विश्वारा दिलाता है कि दोनों 'दोस्त' हैं। कुछ ही दिनों पहले तक वह उस लड़की से रोज मिलता रहा है। वह लड़की के बारे में वे बातें बताता है, जो लड़की ने उसे बतायी थीं। वह घर के पते वाला पुर्जा दिखाता है, जो लड़की ने अपने हाथों से लिखा था। तब वे रामू को बताते हैं कि उनकी बेटी को मरे हुए तो दस साल बीत चुके हैं!! रामू को लगता है मानो जमीन हिलने लगी और आसमान टूटकर गिरने वाला है। उसकी आँखों के आगे तारे नाचने लगते हैं। उसे विश्वास नहीं होता कि जिस लड़की से वह कुछ दिनों पहले तक रोज मिलता रहा, वह सालों पहले मर चुकी है!!!

चाय–पानी पिलाने के बाद लड़की के माता–पिता रामू को विदा करते हैं। उठते–उठते रामू की नजर कमरे के बायें कोने में छोटे–से टेबल पर रखी एक फोटो पर पड़ती है। जिसमें घूँघट ओढ़े हुए एक लड़की है। लड़की के माता–पिता कहते हैं कि बस 'उसकी' एक यही निशानी बाकी है। परन्तु घर से बाहर जाते हुए रामू को, आँगन में घूँघट ओढ़े हुए एक और लड़की खड़ी दिखती है! वही कद, वही काठी!! रामू चौंक जाता है। लड़की के माता–पिता उसे बताते हैं कि यह 'वह' नहीं, उसकी छोटी बहन है। रामू उदास मन से, भारी कदमों से लौट आता है।

रामू लौट तो आता है, परन्तु असमंजस में उलझा हुआ। उसके मन में कई सवाल उठते हैं। कैसे कोई दस साल पहले मरी लड़की किसी से मिल सकती है? यदि वह लड़की दस साल पहले मर चुकी है, तो ठीक उसी के कद-काठी वाली एक और लड़की कैसे हो सकती है? फिर घूँघट में 'वह' नहीं, कोई और है... यह बिना घूँघट उठाये कैसे जाना जा सकता है? क्यों लड़की के माता-पिता ने उसका घूँघट उठाकर उसे विश्वास नहीं दिलाया? वह घूँघट वाली लड़की खड़ी-खड़ी पैरों से जमीन कुरेद रही थी! यानी क्या वह कुछ कहना चाहती थी? सम्भव है कि उस बरसात में भीगी, पारदर्शी कपड़ों में लिपटी अधोवस्त्र विहीन लड़की को किसी ने रामू की बाँहों में देख लिया हो और उसके घर में बता दिया हो! या खुद उसके माता-पिता में से किसी ने देख लिया हो!! क्या नहीं हो सकता कि तभी उसके माँ-बाप ने उसे पीट-पीट कर घर में बन्द कर दिया हो? मार के डर के आगे प्रेम की क्या बिसात? मार के डर के मारे, कौन न मर जाए... ? मार के...

अचानक डायरेक्टर को लगा कि उसकी आँखों के आगे अक्षर धुँधला रहे हैं! उसने चश्मा उतारा। आँखें डबडबा आयी थीं... !

कहानी एक जीवन है या जीवन एक कहानी... !! चश्मे की कमानी को होठों में दबाकर वह सोचने लगा।

उसे कहानी कहने के अपने अन्दाज पर फख्र-सा महसूस हुआ। कैसे उसने अपने जीवन को एक कहानी में पिरोया है! परन्तु क्या कहानी ने भी उसके जीवन में हस्तक्षेप नहीं किया... ? कैसे कल शूटिंग के बाद रात को जब वह घर लौटा, तो... !!

उसने तत्काल यह खयाल मन से निकाल दिया और मन ही मन विश्लेषण किया कि हॉरर-मिस्ट्री होने के बावजूद स्टोरी में प्रेम का शानदार 'ब्लैंड' हुआ है। अन्त में जब सच्चाई सामने आएगी... राज खुलेगा... घूँघट हटेगा..., तो दर्शक मारे डर के कुर्सी से उछल पड़ेंगे। वह मन ही मन मुसकुराया और बुदबुदाया, 'घूँघट हटा दे...'

कहानी अभी खत्म नहीं हुई थी। डायरेक्टर ने बाकी पन्नों पर गहरी नजर डाली और आत्मकथात्मक कहानी को टेबल पर रख दिया। कैसे भुला सकता है वह, ...वे दिन? उसने जैसे खुद से सवाल किया और कुर्सी पर बैठे-बैठे जितना लम्बा हो सकता था, हाथ-पैर फैलाकर हो गया। कहानी पढ़ने के कारण, मन में जागी यादों से पैदा हुए तनाव से वह मानो खुद को स्वतन्त्र करना चाहता हो! इसके बावजूद वह उन दिनों को याद करने के मोह से खुद को मुक्त नहीं कर पा रहा था। उसे लगा जैसे वह उन दिनों को फिर से जीना चाहता है! कहानी पढ़ते हुए वे दिन,

वे पल उसे कहीं गहरे छू गये। उसने फ्रिज से बीयर निकाली और मग भरा। वह वापस आकर कुर्सी पर बैठा और टेबल पर रखी कहानी को ऐसे देखने लगा मानो वे पन्ने अभी हवाई जहाजों और नावों में बदल जाएँगे, ...और वह उनमें यात्री की तरह सवार होकर, उन्हीं दिनों में लौट जाएगा, उसी जगह पर लौट जाएगा, जहाँ प्यार की पहली और अन्तिम बूँद उसकी जुबान पर गिरने से ठीक पहले 'फ्रीज' हो गयी थी!!

हालाँकि उस बूँद की मिठास की कल्पना वह सदा करता रहा क्योंकि उसे पारदर्शी कपड़ों में भीगी हुई अधोवस्त्रविहीन उस लड़की का सपना दिखना कभी बन्द नहीं हुआ!!

लेकिन वह कभी उसके सत्य को नहीं जान सका। वह खुद को सदा यही तसल्ली देता रहा कि हर सिक्के के दो पहलू होते हैं। सम्भव है लड़की सचमुच दस साल पहले मर चुकी हो...! परन्तु वे दिन जो दोनों ने साथ गुजारे थे, हकीकत हैं!! वैसे यह भी असम्भव नहीं कि माँ-बाप की मार के डर ने लड़की के दिल से प्यार को खत्म कर दिया हो!! चाहे जो हो, दोनों ही स्थितियों में डायरेक्टर अपने दिल में उस लड़की के लिए पैदा हुए प्यार को नहीं भुला सका था।

सत्य के दो पहलू होने के कारण, डायरेक्टर की सोच पर दो बड़े निर्णायक प्रभाव पड़े। जिन्होंने भविष्य में उसके व्यक्तित्व और काम को प्रभावित किया।

एक तो यह कि जब उसने लड़की के माता-पिता की बात पर विश्वास किया, तो उसकी दिलचस्पी मृत्यु के पार संसार में बढ़ गयी। जहाँ जीवन होने के बारे में लोग विश्वास नहीं करते। उसके शब्दों में, "करते भी हैं, तो स्वीकार करना नहीं चाहते।" उसने ठान लिया कि वह लोगों को विश्वास दिलाकर रहेगा कि जीती-जागती हमारी दुनिया के पार, एक और जीती-जागती दुनिया है!! अपनी इसी बात पर भरोसा दिलाने के लिए वह उस दुनिया के लोगों की कहानियों पर फिल्में बनाता, जो मनुष्य के ज्ञान की सीमा से बाहर हैं और इसीलिए मनुष्य के डर का कारण भी!!

दूसरी बात यह हुई कि जब उसने यह माना कि लड़की के माता-पिता ने उससे सफेद झूठ बोला है और लड़की ने भी मार के डर के मारे अपने प्यार का गला घोंट दिया है, तो डायरेक्टर का प्रेम पर से विश्वास खत्म हो गया। प्रेम की जगह, उसका विश्वास डर में बढ़ गया। वह इस विश्वास के साथ बड़ा हुआ कि डर, प्रेम से शक्तिशाली भावना है। अपनी इसी बात का लोगों को भरोसा दिलाने के लिए वह प्रेम, घर, रिश्तों और दोस्ती जैसे विषयों की उपेक्षा करके, डर की भावना को उभारने वाली फिल्में बनाता।

हालाँकि इन्हीं बातों से जुड़ी एक कम निर्णायक, किन्तु महत्त्वपूर्ण तीसरी बात

भी थी। उसे जानना इसलिए जरूरी है कि उसका दूरगामी प्रभाव डायरेक्टर पर गहरा था। बात यह थी कि लड़की के घर से लौटने के बाद डायरेक्टर को बरसात से डर लगने लगा। खास तौर पर बरसात के पानी की आवाज उसे डराती थी क्योंकि इस आवाज में अनजाने ही कहीं, उसके अपने दिल की वह आवाज भी शामिल होती थी, जिसका कभी जवाब नहीं आया!! यही कारण था कि उसने उस दिन के बाद दिल की बातों पर विश्वास करना छोड़ दिया था और हमेशा दिमाग की बातों पर भरोसा करता था। वह भी ऐसी बातें, जो तर्क की कसौटी पर चौबीस कैरेट खरी हों!!

फिल्म बनाते हुए डायरेक्टर सूक्ष्म आत्मविश्लेषण कर रहा था। उसके विचार-मन्थन की प्रक्रिया न केवल तेज थी, बल्कि लय में थी। तार्किक थी। क्रमिक थी। वह कतई उत्तेजित और आक्रामक नहीं था। उल्टे, जब से उसने इस फिल्म के बारे में सोचना शुरू किया और फिल्म 'स्टार्ट' की थी, वह काफी संयमित होकर, नियमित रूप से अपने आप को व्यवस्थित करता जा रहा था। डायरेक्टर महसूस कर रहा था कि गहरे आत्म-मन्थन के परिणामस्वरूप अब तक अनुत्तरित प्रश्नों के उत्तर उससे दूर नहीं हैं।

वर्षों से जकड़े हुए तमाम प्रश्नों ने ही उसे अपने आस-पास के लोगों में 'मिस फिट' बना रखा है!! निःसन्देह यह एहसास उसे पहली बार तब हुआ, जब वह एक शाम अपने दफ्तर में बैठा, एक नयी फिल्म के लिए नायिका ढूँढ़ रहा था।

तमाम लड़कियों की तसवीरें उसकी टेबल पर बिखरी थीं। तसवीरों पर एक के बाद एक वह लाल परमानेंट मार्कर से 'क्रॉस' का निशान बनाता जा रहा था। किसी चेहरे के लिए उसे सन्तुष्ट कर पाना सदा ही कठिन काम था। जाने-पहचाने दिखने वाले चेहरों से उसे ऊब होती थी। साधारण चेहरे उसे आकर्षित नहीं करते थे। यही कारण था कि वह अक्सर अपनी फिल्मों के लिए किसम-किसम के चेहरे ढूँढ़ता। फिल्म के परदे पर आड़े-तिरछे, तिकोने-खुरदुरे, बेढब-अनगढ़, चौकोर-विकृत चेहरों को इंट्रोड्यूस करने के लिए डायरेक्टर विख्यात था। इस लिहाज से वह गाँवों-कस्बों से भागकर फिल्म इंडस्ट्री में आये स्ट्रगलरों के लिए भगवान से कम नहीं था!!

उसे अपनी फिल्म के लिए चेहरे चुनने में सदा कठिनाई महसूस होती थी। उस शाम दफ्तर में तसवीरें देखते हुए भी वह इसी कठिनाई से गुजर रहा था। ...और तभी उसकी निगाहें एक चेहरे में उलझ गयीं!!

'मार्-वेल्-लस्...', यही शब्द उसके बुदबुदाते होठों से धीरे-धीरे निकल कर कमरे में फैल गया। तसवीर के पीछे लड़की का नाम और फोन नम्बर लिखे थे। डायरेक्टर ने इंटरकॉम पर सेक्रेटरी को नाम और नम्बर देकर कहा कि इसे कल बुला लो।

डायरेक्टर की पारखी आँखें धोखा नहीं खाती थीं। जिस पर उसकी नजरें ठहर जातीं, उसके लिए स्क्रीन टेस्ट जैसी बात बेमानी हो जाती। इस बार भी यही हुआ। अगले दिन दफ्तर में, 'हैलो...' कहते हुए लड़की ने जब उसके कमरे में प्रवेश किया, तो निर्देशक को लगा जैसे उसके हाथ गहरे सागर का मोती लग गया है! मासूम खूबसूरती... और चेहरे पर हल्का-सा दर्प। हर लिहाज से तराशा हुआ जिस्म!! उम्र अठारह के आस-पास!!

डायरेक्टर को लगा था जैसे वह कच्ची नींद में है। उसे जाग जाना चाहिए! डायरेक्टर के मन में वर्षों बाद 'अकेले' होने का एहसास शिद्दत से पैदा हुआ था।

लेकिन अब देर हो चुकी थी। डायरेक्टर ने दिल की बातें सुनना बन्द कर दिया था। वह सिर्फ इतना जानता था कि वह डायरेक्टर है और ऐक्टरों को अदृश्य तारों से बाँधकर कठपुतलियों की तरह अपने इशारों पर नचाना उसका पेशा है। वह जिसे जैसा चाहे, वैसा नचा सकता था। वह जिसे जैसा चाहे, वैसा रूप दे सकता था। परन्तु इस लड़की का रूप बदलने को उसका मन नहीं हुआ। उसे लगा कि रूप के अनुरूप ही लड़की को फिल्म मिलनी चाहिए!! डायरेक्टर ने उसे जिस फिल्म के लिए बुलाया था, उसमें कास्ट नहीं किया। उसने तय किया कि इस लड़की के लिए अलग से फिल्म लिखेगा या लिखवाएगा। ...और इसमें देर बिल्कुल नहीं करेगा।

यहीं से शुरू हुई थी, डायरेक्टर की नयी कहानी की तलाश। जो उसे जमाने भर के आइडियों के जंगलों में भटकाती हुई, उसके अतीत के पिछवाड़े में छोड़ गयी थी। अब उसी अतीत को डायरेक्टर 'घूँघट हटा दे...' में परदे पर उतार रहा था।

'एंजेल' की मासूम खूबसूरती... को डायरेक्टर ने इसी फिल्म के लिए बचा कर रखा था!!

'एंजेल...'

वह उसे ऐसे ही पुकारता था। हालाँकि सेट पर डायरेक्टर बहुत सख्त रहता था, परन्तु इधर सबने गौर किया कि वह कुछ-कुछ बदल रहा है। असिस्टेंट डायरेक्टर इस बात से डरने लगे कि उसके व्यवहार में आयी नरमी फिल्म पर विपरीत असर न डाले। आखिरकार वह एक सुपर हिट हॉरर फिल्म का सीक्वल बना रहा था, जिसे हर हाल में अपने प्रीक्वल से शानदार होना चाहिए!! इस आशंका से मिले-जुले डर के बावजूद उनको मन की गहराई से डायरेक्टर पर विश्वास था। वह जो भी करता था, अनूठा होता था। वह कहता था, "हर इनसान साधारण होता है। परन्तु जो जीवन में असाधारण काम करता है, दुनिया उसके आगे झुकती है।"

डायरेक्टर की आँखों में असाधारण सपने थे। परन्तु इस फिल्म को बनाते हुए

वह अचानक खुद को बहुत साधारण इनसान महसूस करने लगा था। उसे लगने लगा कि राह चलता कोई इनसान जितना कमजोर हो सकता है, वह भी उतना ही कमजोर है। सिर्फ उस रात कमरे में लौटने पर डर लगने की बात नहीं थी। ...उसे लगता था कि दो साधारण इनसानों के मिलने पर जो भावनाएँ उनके मन में पैदा हो सकती हैं, उन्हें वह जीत चुका है क्योंकि वह साधारण नहीं है! लेकिन उसका यह विश्वास मुट्ठी में बन्द रेत की तरह जाने कब खिसक गया? उसे पता ही नहीं चला! उसने कभी कल्पना ही नहीं की थी कि उसके नियन्त्रण से बाहर भी, उसके जीवन में कुछ घट सकता है!! अपने साथ अनजाने ही हुई इस दुर्घटना से डायरेक्टर बुरी तरह डर गया।

उसका आत्मविश्वास हिल उठा। उसने महसूस किया कि वह घुटनों के बल गिरकर फफक-फफककर रोना चाहता है!

घर-दफ्तर-सैट्स... हर जगह इस खयाल से वह मुक्त नहीं हो पाता।

वह रोना चाहता है...!!

परन्तु किसलिए...?

...अपने अतीत के लिए? अपने वर्तमान के लिए? क्या इसलिए कि अचानक उसे अपनी आत्मा किसी बुलबुले की तरह हल्की और शून्य बराबर महसूस होने लगी है? क्या इसलिए कि उसे अपने अटूट विश्वासों के अभेद्य दुर्ग में दरारें दिखाई देने लगी हैं? क्या वह खुद पर रोना चाहता है... या फिर... फिर...?

सवाल और भी थे। गूढ़ और गम्भीर। बचकाने और बकवास।

हरेक बात रोने का बहाना हो सकती थी। परन्तु सच्चाई यह थी कि उसने वर्षों तक जो विश्वास अपने लिए गढ़े थे, जो उसे दुनिया के दूसरे लोगों से अलग और असाधारण बनाते थे, वे एकाएक निरर्थक मालूम पड़ रहे थे...!!

'डर प्रेम से शक्तिशाली भावना है।'

डायरेक्टर को लगा कि उसके विचारों की नींव में पड़ा यह लौह-वाक्य भुरभुरा गया है। इसी एक वाक्य पर उसने अपना पूरा रचना संसार खड़ा किया था और सारी दुनिया उसे देख-देखकर हैरान होती थी। लोग दूर-दूर से आकर उससे मिलना चाहते थे। उसके संसार को महसूस करना चाहते थे। लेकिन डायरेक्टर को अचानक सब बेमानी मालूम पड़ने लगा।

उसे प्रेम हो गया था!!

उसने महसूस किया कि *प्रेम डर से शक्तिशाली भावना है*!!!

वह जल्दी से जल्दी 'एंजेल' के करीब पहुँचना और करीब ही रहना चाहता था। सेट पर वह सुबह सबसे पहले पहुँचता। एंजेल का इन्तजार करता। वह चौकस होकर, लगातार अध्ययन करता रहता कि सेट पर किस 'एंगल' से एंजेल की

खूबसूरती को सबसे बेहतरीन ढंग से कैमरे में उतारा जा सकता है? वह दुनिया के चमन को उसकी 'नरगिस' से रू-ब-रू कराना चाहता था, जिसे फिलहाल सिर्फ उसकी आँखें देख पा रही थीं!!

एंजेल को देखकर ही डायरेक्टर को अपने होने का एहसास होता। एंजेल के सेट पर पहुँचने के बाद ही वह खुद को सहज महसूस कर पाता। उसे बहुत बारीकी-से रोल समझाता। उसे लगातार अच्छा परफॉरमेंस देने के लिए प्रेरित करता।

डायरेक्टर के मन में इच्छा पैदा हुई कि एंजेल उसके अलावा किसी और डायरेक्टर के साथ काम न करे। उसने तत्काल अपने राइटरों को एंजेल के लायक रोल लिखने की हिदायत दी। वह खुद लगातार ऐसी कहानियाँ ढूँढ़ने में जुट गया, जो एंजेल की खूबसूरती और व्यक्तित्व के मुताबिक हों। वह एंजेल को लेकर बड़े-बड़े सपने देखने लग गया। असाधारण सपने!! ...जो वह कभी सिर्फ अपने लिए देखा करता था!!

डायरेक्टर बदल गया था। कभी अपनी आँखों में बुलन्दियों से नीचे न उतरने वाला डायरेक्टर, अब एंजेल के पैरों में खुद को समर्पित कर देना चाहता था! कभी दुनिया की परवाह न करने वाला डायरेक्टर, अब एंजेल की दुनिया के दरवाजे पर दस्तक दे रहा था! कभी डर की रत्तीभर परवाह न करने वाला डायरेक्टर, अब इस बात की कल्पना से भी डरने लगा था कि कहीं एंजेल ने उसके प्रेम को स्वीकार न किया तो... ? कभी मित्रता, रिश्ते और घर जैसी बातों को बेकार और भावुक कहने वाला डायरेक्टर, अब हर पल चाहता था कि एंजेल उसे अपना ले! वह एंजेल के साथ अपना संसार रचना चाहता था!

हमेशा बड़ी-बड़ी बातें करने वाला डायरेक्टर एंजेल से अपने दिल की बात नहीं कह पा रहा था...!! उसे समझ ही नहीं आ रहा था कि कैसे कहे? दिल की भाषा में संवाद करना वह बरसों पहले छोड़ चुका था। हालाँकि कितनी ही खूबसूरत औरतों का साथ उसे अपने जीवन में हासिल हो चुका था। परन्तु जिस्म से आगे उसने कभी कुछ कहना-सुनना नहीं जाना। उसके साथ हमबिस्तर हुई कई हसीन-जवान औरतों ने उससे प्रेम भी किया था। उसके पैरों पर गिरकर, अपनाने की प्रार्थना की थी। उसके साथ जीवन बिताने के लिए वे अपना घर, रिश्ते-नाते, कैरियर सब कुछ छोड़ने को राजी थीं। परन्तु डायरेक्टर के लिए ये बातें एक भावुक क्षण की निरीह कमजोरी से ज्यादा कोई मायने नहीं रखती थीं। वह कहता था, ''किस्मतवाला है वह जिसकी प्रेमिका किसी और से शादी रचा लेती है। बदकिस्मत है वह जिनकी प्रेमिका उसकी पत्नी बन जाती है।'' फिर बेहद कुटिल मुस्कान के साथ, धीरे-से फुसफुसाता, ''खूबसूरत औरत का चरित्र भी खूबसूरत हो, यह किसी आश्चर्य से

कम नहीं।''

...परन्तु अब डायरेक्टर खूबसूरत एंजेल के साथ घर बसाना चाहता था। एंजेल के बिना उसे अपनी दुनिया तो क्या, इस दुनिया की कल्पना करना तक नामुमकिन लगने लगा था! प्रेम और सपनों में खोया हुआ, वह जल्दी से जल्दी यह फिल्म पूरी करना चाहता था। 'घूँघट हटा दे...' तेजी से बन रही थी और डायरेक्टर उस दिन के इन्तजार में था, जब एंजेल के सामने घुटनों पर बैठकर उससे अपने दिल की बात कह सकेगा!

एंजेल से पहले डायरेक्टर के फ्लैट में तमाम हीरोइनें आ चुकी थीं। उसे खुश करने या उसकी खुशामद करने। लेकिन एंजेल के साथ वह बात नहीं थी। हालाँकि फिल्म की शूटिंग के दौरान, उसका डायरेक्टर के फ्लैट में आना शुरू हो चुका था। कभी-कभी दिन भर की शूटिंग खत्म करने के बाद दोनों साथ-साथ फ्लैट में लौटते। डायरेक्टर को यह अच्छा लगता। एंजेल ने भी कभी उसके साथ जाने से इनकार नहीं किया।

डायरेक्टर, एंजेल को एक रोचक इनसान लगता था। वह हमेशा उसे सुनने के लिए तैयार रहती थी! वह डायरेक्टर की किसी बात पर कोई प्रतिक्रिया नहीं देती। बस, ध्यान से सुनती...! उसके मासूम खूबसूरती वाले, हल्के दर्प की परत से मढ़े चेहरे पर डायरेक्टर के लिए सम्मान और प्रेम का मिला-जुला भाव होता था। जिसे देखकर डायरेक्टर के लिए निर्णायक रूप से कुछ भी समझ पाना असम्भव था। यह बात उसे लगातार परेशान किये रहती थी। चाहे सेट पर हो या फ्लैट में। डायरेक्टर दुनिया भर की बातें एंजेल से कहता। परन्तु अगर कुछ नहीं कह पाता, तो बस दिल की बात!!

क्या करे... ? उसकी कुछ समझ में नहीं आ रहा था। वह एंजेल से सब कुछ कहना चाहता था। घर, माँ, बचपन, कैरियर, संघर्ष, सफलता, सपने और प्यार भी...! लेकिन आखिरी शब्द पर वह ठिठक जाता और अपने अन्तर्मन का दरवाजा बन्द करके भीतर अँधेरे में खो जाता। उसने किसी स्त्री के आगे खुद को इतना बेबस महसूस नहीं किया था। कई बार वह कच्ची उम्र में प्रेम कर बैठे लड़के की तरह, अपनी कल्पना में फूल लेकर उसकी पंखुरियाँ एक-एक कर नोचता जाता, 'शी लव्स मी... शी लव्स मी नॉट...।' फिर उस काल्पनिक फूल की आखिरी पंखुरी बचने पर कभी खुशी से खिल जाता और कभी उदास होकर मुरझा जाता। उसे लम्बे समय तक खामोश बैठे देखकर एंजेल पुकारती। वह चौंककर एंजेल को ऐसे देखता, मानो कोई सपना सामने साकार हो रहा है!

डायरेक्टर के इस प्रेम के उदास दौरों में यूँ भी हुआ कि दोनों को खामोश बैठे और कभी बतियाते हुए, रात ज्यादा गुजर गयी। ...और तब अन्तर्द्वन्द्व में उलझे

डायरेक्टर को मारे खीझ के, पल भर को सही, यह भी लगा कि एंजेल को उठाकर बिस्तर में ले जाए!! शायद तभी वह दिल की बात कह पाएगा! अगर कह नहीं भी पाया, तो जिस्म से समझा पाएगा!! लेकिन यह खयाल आते ही डायरेक्टर के शरीर में, भय पैदा करने वाली तरंगें दौड़ जातीं। वह अपने आप से डर जाता!! वह अजीब-सी हड़बड़ाहट के साथ एंजेल को अलविदा कहता और ड्राइवर को उसे घर छोड़ देने का आदेश देता। एंजेल उसके व्यवहार में अचानक आये बदलाव पर चकित होती, लेकिन सवाल नहीं करती। वह चली जाती। डायरेक्टर राहत की साँस लेता... और फ्रिज से बीयर निकालकर अपने मग को झाग बाहर बह निकलने तक फुल करता।

उस शाम ढले भी एंजेल उसके साथ थी, फ्लैट पर। जब डायरेक्टर बेहद तनाव में था। जाने कैसे मीडिया को फिल्म की खबर लग गयी थी!! दोपहर से उसका मोबाइल रह-रहकर वाइब्रेट हो रहा था और मैसेज बॉक्स मिनटों में फुल होता जा रहा था। हर पत्रकार खबर पुख्ता करने के लिए उससे 'हाँ' कहलवाना चाहता था। डायरेक्टर जानता था कि वह कुछ कहे या न कहे, सुबह हर अखबार में उसे खबर दिखाई देगी। लेकिन इस बात से ज्यादा डर उसके मन में यह था कि कहीं 'खुफिया चूहों' ने उसकी एंजेल के बारे में तो नहीं जान लिया... ? स्कूप और गॉसिप लिखने वाले फिल्म पत्रकारों के प्रति अपनी नफरत का इजहार करने के लिए उसने ताजा-ताजा यह 'विशेषण' ईजाद किया था! खुफिया चूहे...!! परन्तु इस ईजाद के साथ, पहली बार उसे चूहों से डर भी महसूस हुआ। उसने अपनी एक फिल्म में दिखाया था कि पहाड़ी चूहे अँधेरी गुफा में लाकर पटक दिये गये एक आदमी को कुतर-कुतर कर खा जाते हैं!!

उसे लगा कि 'खुफिया चूहे' उसके जीवन को इसी तरह कुतर-कुतरकर नष्ट कर सकते हैं! हीरोइनों और हाई सोसायटी की तमाम औरतों के साथ उसका नाम जुड़ता रहा था। उनके साथ आधी रात को होटलों से निकलते हुए उसकी तस्वीरें अखबारों और पत्रिकाओं में छप चुकी थीं। हीरोइनों और हाई सोसायटी की औरतों की उसके फ्लैट से निकलते हुए तस्वीरें भी पत्रिकाएँ और अखबार छाप चुके थे, परन्तु डायरेक्टर को इनसे कभी फर्क नहीं पड़ा। वह तस्वीरों पर उठे सवालों को मुसकराते हुए 'प्रोफेशनल मीटिंग्स' कहकर खारिज कर देता। लेकिन एंजेल के मामले में वह कोई रिस्क लेना नहीं चाहता था। उसने देखा कि किसी भी तनाव से दूर, एंजेल खिड़की में खड़ी होकर चाँदनी रात के समुन्दर की चमकती लहरों को निहार रही है!

डायरेक्टर को अपनी मुश्किलों का अन्त नजर नहीं आ रहा था। इस फिल्म के साथ उसकी जो निजी और आध्यात्मिक यात्रा शुरू हुई थी, वह दिन पर दिन ऊँचे

पहाड़ी रास्तों की तरह कठिन होती जा रही थी। उसने पाया कि अतीत में उलझे सवालों के जवाब पाने की कोशिश में वह अपनी आत्मा के तो करीब हो रहा है, परन्तु अपना व्यक्तित्व खोता जा रहा है! वह व्यक्तित्व, जो दुनिया में खुद अपनी अनोखी मिसाल था!! वह सोच में डूबा था। आखिर अब क्या हो सकता है? वह संसार में मनुष्य को नियन्त्रित करने वाली उस 'दूसरी' शक्ति के हाथों पराजित हो चुका था, जिसे प्रेम कहते हैं!! अपनी आत्मा में इस एहसास का स्पर्श पाते ही, आश्चर्यजनक ढंग से डायरेक्टर ने पाया कि उसने संसार में मनुष्य को नियन्त्रित करने वाली उस ''पहली'' शक्ति पर विजय पा ली है, जिसे डर कहते हैं!!!

'एंजेल...' उसके होठों से यह शब्द इतने हौले-से निकला कि खुद उसके कानों तक भी ठीक से नहीं पहुँच सका! बस, उसके सुनाई पड़ने का आभास भर उसे हुआ!! डायरेक्टर के लिए यह किसी आध्यात्मिक अनुभूति की तरह था। वह धीमे-धीमे चलते हुए, खिड़की में खड़ी होकर चाँदनी रात के समुन्दर की चमकती लहरों को निहार रही एंजेल के करीब पहुँचा और हौले-से उसका हाथ अपने हाथों में ले लिया। उसकी हथेलियों की नरमी से एंजेल चौंकी। उसने डायरेक्टर की हथेलियों में ऐसी तरंगों को महसूस किया, जो उसे भीतर तक छू रही थीं! इस तरह से उसे कभी किसी ने स्पर्श नहीं किया था। एंजेल उसकी हथेलियों से अपना हाथ वापस लेने का साहस नहीं जुटा पायी। डायरेक्टर उसे एक प्रेमी की भाँति स्पर्श कर रहा था...!

...पुरुष की भाँति!!

...उसने महसूस किया।

'आई लव यू... एंजेल...', एंजेल ने ये शब्द सुने। डायरेक्टर की आँखों में आँसू थे। उसकी हथेलियों में अब भी एंजेल का हाथ था।

डायरेक्टर की अब तक बनायी किसी फिल्मी में ऐसा दृश्य नहीं आया था! खुद डायरेक्टर के लिए यह अकल्पनीय था और उसके जीवन में इससे पहले ऐसा कोई क्षण उपस्थित नहीं हुआ। उसकी स्मृतियों में यह सिर्फ दूसरा मौका था, जब उसकी आँखों में आँसू थे। इससे पहले जब वह अपने अतीत से पीछा छुड़ाने के लिए कस्बे से भागा था, तब घर में माँ के अकेले छूट जाने के दुख ने उसके मन में पीड़ा पैदा की थी और आँखों में आँसू! लेकिन वे आँसू इन आँसुओं से बिल्कुल अलग थे। उन आँसुओं ने जहाँ उसके भीतर एक नये इनसान को पैदा किया था, वहीं इन आँसुओं ने उस इनसान को खत्म कर दिया था!!

अगली सुबह अखबारों में डायरेक्टर की कोई खबर नहीं थी। वह खबर भी नहीं, जिसे लेकर डायरेक्टर 'डर' रहा था। जबकि उसने खुद सारे पत्रकारों को एसएमएस भेजकर 'घूँघट में कौन...?' के सीक्वल निर्माण की पुष्टि की थी!!

परन्तु उसने अखबारों में जगह न मिलने का बुरा नहीं माना और फिल्म की विधिवत घोषणा करने के लिए एक पाँच सितारा होटल में प्रेस कॉन्फ्रेंस बुलायी। उसने मीडिया को अब तक के 'सहयोग' के लिए धन्यवाद दिया। उसने 'घूँघट हटा दे...' के बारे में विस्तार से बताया और कहा कि यह उसकी आत्मकथात्मक फिल्म है। उसने अपनी फिल्म के दोनों नये कलाकारों का परिचय मीडिया को दिया। बहुत विनम्र होकर मीडिया के उन लोगों से बात की, जिन्हें वह कल तक अपना शत्रु समझता था।

इसके बाद डायरेक्टर शान्त मन से फिल्म पूरी करने में जुट गया।

'घूँघट हटा दे...' पूरी हुई। रिलीज हुई।

समीक्षकों ने फिल्म की धज्जियाँ उड़ा दीं और इसे डायरेक्टर के कैरियर की सबसे कमजोर फिल्म बताया। उन्होंने लिखा कि डायरेक्टर ने परदे पर कहानी कहने का कौशल खो दिया है। उसने एक शानदार हॉरर फिल्म का 'हास्यास्पद रूमानी सीक्वल' बनाया है। उन्होंने डायरेक्टर पर आरोप लगाया कि वह 'कनफ्यूज' है। उसे नहीं पता कि वह फिल्म में हॉरर दिखाना चाहता है या अश्लील किशोरवय रोमांस? दर्शक तो फिल्म देखकर इतने नाराज हुए कि उन्होंने कई सिनेमाघरों में सीटों के गद्दे फाड़ दिये। कुर्सियाँ तोड़ डालीं और सिनेमाहॉलवालों से टिकट के पैसे वापस माँग लिये। डिस्ट्रीब्यूटरों और सिनेमाघर मालिकों ने डायरेक्टर के दफ्तर में फोन लगाकर खूब अपशब्द कहे। ज्यादातर जगहों पर दूसरा और तीसरा दिन आते-आते फिल्म उतार दी गयी।

...लेकिन तभी खबर आयी कि डायरेक्टर को देश के उत्तरी हिस्से में स्थित उस कस्बे में मरा हुआ पाया गया है, जहाँ का वह रहने वाला था! पता चला कि आत्मकथात्मक फिल्म बनाने के बाद डायरेक्टर अपने अतीत के प्रति आध्यात्मिक बेचैनी को बहुत तीव्रता और तीक्ष्णता से महसूस करने लगा था। उसने फैसला किया था कि वह बचपन की उन सारी जगहों को तीर्थ मानकर उनकी यात्रा करेगा, जहाँ से गुजरकर वह अपने जीवन के इस मुकाम तक पहुँच सका। वह इसी यात्रा पर निकला हुआ था। परन्तु ठीक उस जगह पर पहुँचकर, जहाँ उसे बचपन में एक लड़की से प्यार हुआ था, जो दोनों के मिलने का 'अड्डा' थी, डायरेक्टर इतना 'नॉस्टेलजिक' हो गया कि उसके दिल की धड़कनें रुक गयीं!!

डायरेक्टर की मृत्यु को लेकर भी उतनी ही बातें हुईं, जितनी उसके जीवन को लेकर फैली थीं! मीडिया में उसके मृत चेहरे की जो तस्वीरें आयीं, उन पर लम्बी-लम्बी बहसें हुईं। सबने देखा कि मृत्यु के समय डायरेक्टर का चेहरा अजीब ढंग से खिंचा हुआ था। कुछ ऐसा भाव चेहरे पर था, जो डायरेक्टर के जीते-जी किसी ने उसके चेहरे पर नहीं देखा था! हमेशा ठोड़ी की तरफ झुके रहने वाले उसके होंठों

के किनारे, आकाश की दिशा में उठे होने का आभास दे रहे थे! सवाल पैदा हुए कि क्या डायरेक्टर मृत्यु के वक्त मुस्कुराने का प्रयास कर रहा था या फिर जीवन के अन्तिम क्षणों में वह ऐसी पीड़ा से गुजरा कि उसके होठ तनकर पलट गये? उसकी अधखुली आँखों में कुछ डोरे तैरते दिख रहे थे, जिनमें रक्त ठंडा होकर जम चुका था। यह रक्त डर के परिणामस्वरूप आँखों में उतर आया था या फिर अनिंद्य प्रेम में रक्त संचार अनियन्त्रित होने से ऐसा हुआ? डायरेक्टर का मुँह बायीं तरफ एक ऐसे कोण में खुला हुआ था, जिससे यह अनुमान लगाना मुश्किल था कि मरते वक्त उसके मुँह से कोई बेहद महत्त्वपूर्ण शब्द निकला था या फिर बस, वहाँ तक आकर ठहर गया था!! उसके चेहरे पर डर से उपजा तनाव था या फिर प्रेम के आनन्द से जन्मी चंचलता...? यह सब अब गहन पड़ताल और विश्लेषणों का विषय बन चुका था। कभी डर को प्रेम से और कभी प्रेम को डर से श्रेष्ठ समझने वाला डायरेक्टर आखिरकार इन्हीं दो पाटों के बीच पिस गया! लेकिन इस जबर्दस्त हंगामे के बीच जाने क्यों इस बात पर किसी का ध्यान नहीं गया कि इस यात्रा पर एंजेल, डायरेक्टर के साथ थी! ...और उसका कहीं पता नहीं है!! डायरेक्टर की मृत्यु के बाद से वह 'गायब' है!!!

खूब हल्ला मचा और डायरेक्टर की आत्मकथात्मक फिल्म फिर से सिनेमाघरों में लगायी गयी। दर्शक फिल्म देखने के लिए टूट पड़े। टिकटों के लिए मारा-मारी होने लगी। फिल्म को लेकर लोगों में जबर्दस्त आकर्षण पैदा हो गया क्योंकि इसके अन्त में हीरो, जो एक फिल्म डायरेक्टर है, आत्मकथात्मक फिल्म बनाने के बाद मरा हुआ पाया जाता है!! लोग हैरान थे कि क्या डायरेक्टर ने अपनी मृत्यु को पहले ही देख लिया था? फिल्म में मरने वाले हीरो के चेहरे पर ठीक वैसी ही भाव-भंगिमाएँ थीं, जैसी डायरेक्टर के मृत चेहरे पर सबने देखी थीं...!

बॉक्स ऑफिस पर डायरेक्टर का जादू फिर चल पड़ा।

लेकिन अपनी आखिरी फिल्म में वह कुछ ऐसी कारीगरी कर गया था, जो सिनेमा के इतिहास में कभी नहीं देखी गयी थी! जिसने लोगों को लगभग 'उन्मत्त' कर दिया!!

फिल्म की बात तो ठीक थी, लेकिन लोगों में इसके अन्तिम कुछ मिनटों को देखने के लिए हैरतअंगेज होड़ मच गयी थी। फिल्म खत्म होने पर वे सिनेमाहॉल से निकलते और अगले शो के लिए टिकट खिड़की पर लगी लम्बी-लम्बी कतारों में फिर खड़े हो जाते!!! आखिर ऐसा क्या था, उन आखिरी मिनटों में?

यह फिल्म देखने पर ही पता चलता है...

फिल्म का हीरो, रामू अपने दिल के हाथों मजबूर होकर अतीत का पूरा किस्सा अन्ततः उस लड़की को कह सुनाता है, जिससे वह प्रेम करने लगा है। जो उसकी

आत्मकथात्मक फिल्म की हीरोइन है!! परन्तु अतीत का किस्सा खत्म होने के बाद यह देखकर रामू की हैरानी की सीमा नहीं रहती कि वह हीरोइन, उस लड़की में तब्दील हो गयी है जो उसे बचपन में मिली थी! जो उसकी दोस्त थी! जिसके साथ उसने खूब 'अड्डेबाजी' की थी! जो उस बरसात में, उसके प्यार के इजहार पर लजाने के बाद, भीगते हुए अपने अधोवस्त्रविहीन अंगों को पारदर्शी कपड़ों में सँभालती हुई ऐसे भागी थी कि फिर लौटी ही नहीं! जो बरसों पहले 'मर' चुकी थी!! रामू की आँखें फटी की फटी रह जाती हैं... (सीन फ्रीज...)

अगले दिन सुबह रामू सेट पर नहीं पहुँचता और न ही हीरोइन आती है। तब उन्हें मोबाइल पर फोन लगाये जाते हैं। परन्तु दोनों ही नम्बर कोई रिसीव नहीं करता। पूरा दिन बीत जाता है। अन्ततः यूनिट के लोगों को गड़बड़ी की आशंका होती है और रामू के फ्लैट पर दस्तक दी जाती है। लेकिन कोई जवाब नहीं!! आखिर पुलिस को बुलाया जाता है। पुलिस की उपस्थिति में फ्लैट का दरवाजा तोड़ा जाता है। रामू मरा हुआ पाया जाता है!! डॉक्टर बताते हैं कि हार्ट फेल हो जाने से मौत हुई है।

लेकिन हीरोइन का कहीं पता नहीं चलता। पुलिस, यूनिट के लोगों से उसके बारे में पूछताछ करती है। उसका न पता किसी के पास है और न तसवीर। रामू का ड्राइवर पुलिस को बताता है कि वह जब ''मैडम'' को छोड़ने जाता था, तो वह दो ट्रैफिक सिग्नल पार कर, सरकारी माध्यमिक कन्या शाला के ग्राउंड के सामने उतर जाती थीं। वह कहती थीं कि ग्राउंड को पार करते ही उनका घर है। जबकि ग्राउंड के उस पार मैनग्रोव्स उगे हैं और फिर दलदल और समुन्दर है। रामू के ड्राइवर के इस बयान के बाद फिल्म के शूट किये गये हिस्से, वीडियो पर देखे जाते हैं। लेकिन आश्चर्य कि सारे दृश्य जैसे शूट किये थे वैसे ही सलामत हैं, अगर कुछ उन दृश्यों में नहीं है, तो वह हीरोइन!! यह देखकर वहाँ उपस्थित सारे के सारे लोग हैरत से एक-दूसरे का मुँह देखते रह जाते हैं और तभी मद्धम बैकग्राउंड म्यूजिक के साथ परदे पर 'द एंड' आ जाता है।

...तब जाकर सनसनीखेज अन्त से स्तम्भित दर्शकों की ठहरी हुई साँसें लौटती हैं!!

फिल्म के इस अन्त ने लोगों की कल्पना को पंख लगा दिये थे। लोग जितनी बार इसे देखते, उतनी बार उन्हें लगता कि कोई नया रहस्य खुला है। मीडिया की चर्चाओं में फिल्म की नयी-नयी व्याख्याएँ और नये नये अर्थ सामने आने लगे। हर व्यक्ति डायरेक्टर के जीवन और उसकी आत्मकथात्मक फिल्म का अपने अनुसार विश्लेषण कर रहा था। वाद-विवाद हो रहे थे। परन्तु जो सबसे रोचक विवाद सामने आया, वह यह था कि लोगों में यह बात चल पड़ी कि फिल्म के आखिरी

दृश्य में, हीरोइन की तलाश कर रही पुलिस जब शूटिंग स्पॉट पर रखे मॉनीटर में फिल्म का वीडियो देखती है, तो उसमें दर्शकों को हीरोइन की धुँधली-सी छवि दिखाई देती है!! जिसमें वह लियोनार्डो डा विंची की 'मोनालिसा' की तरह मुस्कुरा रही है!!! हालाँकि शुरुआत में बहुत थोड़े-से लोग इस बात के पक्ष में थे, परन्तु धीरे-धीरे इस पर भरोसा करने वालों की संख्या बढ़ती गयी। कारण यह कि लोगों में किसी अन्धविश्वास की तरह यह विश्वास प्रचलित हो गया कि मोनालिसा की तरह मुस्कुराती हुई हीरोइन सिर्फ उन्हीं को दिखाई देती है, जो अपने जीवनसाथी से सच्चा प्यार करते हैं!! इसके बाद तो प्रेमी-प्रेमिकाओं और पति-पत्नियों ने एक-दूसरे के प्यार की परीक्षा लेने के लिए इस फिल्म को कसौटी मान लिया!! हर शो में 'कपल' ही 'कपल' दिखते। प्यार करते या फिर झगड़ते। स्थिति यह पैदा हुई कि फिल्म को सुपर-डुपर-डुपर-डुपर जैसी हिट कहना भी कम आँकना हो गया!!! फिल्म इतनी चली कि तमाम सिनेमाघरों में चलने वाले प्रिंट घिस-घिस कर बेकार हो गये। लेकिन फिल्म देखने वालों की कतार कभी कम नहीं हुई।

अन्ततः मजबूरी में फिल्म को उतार लेना पड़ा।

□

एक असाहित्यिक कथा

आखिर सल्लू ने स्टोरी 'ब्रेक' कर ही दी!

बहुत दिनों से बंजर-पथरीले खयालों पर सिर फोड़े जा रहा था अपना। जगह-जगह गूमड़ निकल आये। गूमड़ों से भरे उसके माथे को मैंने सहलाया। लाल-चिकने-तपते गूमड़। फिर एक-एक गूमड़ को चूमा। इन गूमड़ों की 'वैल्यू' आप कैसे समझ सकते हैं? सच मानिए ये गूमड़ अपनी कीमत में किसी निजाम के हीरे-मोतियों से टक्कर लेते हैं। जी हाँ, इन्हीं गूमड़ों से निकलेगी स्टोरी! सिर के बल खड़ा कर देने वाली। आप कहेंगे कि बेतुकी बात। सरासर लफ्फाजी। लेकिन इतना कहकर ही आसानी से आप इसे खारिज नहीं कर सकते। सामने सदा खुली और बिछी हुई दिखती, आसान दुनिया में एक स्टोरी या अपनी भाषा में कहिए, कहानी को खोजते-खोजते पीछे से पूँछ निकल जाती है। सल्लू की भी निकली। हर कहानीकार की निकलती है। इसके बाद भी कहानी के संसार में सफलता की कोई गारंटी नहीं। यहाँ भी अन्धेरगर्दी है। मेहनती लोगों को कोई पूछता नहीं। जैक चलते हैं। रिश्ते, रिश्वत और रिकमेंडेशन चलती है। इसलिए सल्लू और मैंने तय किया कि मेहनत नहीं करेंगे। चुराएँगे किसी की स्टोरी।

ब्रेक से पहले

इससे पहले कि बात निकले और दूर तक जाए, आपके लिए अन्दर की बात को जानना बेहद जरूरी है।

बात यह है कि तमाम अखबारों और साहित्यिक-असाहित्यिक पत्रिकाओं में अलग-अलग किस्मत आजमाने के बाद सल्लू और मैंने तय किया मिलकर लिखने का। आपसी साहित्यिक प्रतिद्वन्द्विता को दरकिनार करके। सोचा, हो सकता है किस्मत में अलग-अलग शोहरत न लिखी हो। लेकिन 'सल्लू-जल्लू' की जोड़ी मशहूर हो जाए! इसमें बुराई ही क्या है कि अपनी-अपनी कमजोरियों को हम स्वीकार कर लें। छुटपन में पढ़े एक किस्से से यह सीख मिलती है। अन्धा और

लँगड़ा भी आखिर दोस्त बनकर ही तो मेले में पहुँच सके थे! एक चलता जाता था, दूसरा राह बताता था।

सल्लू को भगवान ने गजब का दिमाग दिया है। एक से बढ़कर एक आइडिये। मुझको बख्शी कलम की दौलत। हमने कसम खायी कि जिन्दगी को धुआँ बनकर नहीं उड़ने देना है। जाने कितनी कोटि अधम योनियों से गुजरने के बाद पावन मनुष्य की यह नश्वर देह मिली है। इस जनम को जाया नहीं करना है। जैसे भी हो, लिखनी है ऐसी स्टोरी जो दूसरों के हाथों से तोते उड़ा दे। लेकिन हाय! हमारी किस्मत अन्धे और लँगड़े से भी गयी-गुजरी निकली। मिलकर भी हम कहीं नहीं पहुँच सके। दूसरों को शोहरत की शाखों पर इतराते देखते रहे। सुलगते रहे। लेकिन सुलगने की भी एक सीमा होती है। राख हो जाने की हद तक पहुँचने से पहले हमने फैसला किया किसी बड़े राइटर की ना-छपी स्टोरी को उड़ा लेने का।

सल्लू के दिमाग में ही यह आइडिया आया। कहानी की चोरी का। जब सल्लू के दिमाग में आइडिया आ जाए, तो दुनिया की कोई ताकत उसे अंजाम तक पहुँचने से रोक नहीं सकती। सल्लू का दिमाग सुपर कम्प्यूटर से भी तेज चलता है। लेकिन ऐसी कहानी की चोरी कर पाना आसान नहीं है, जो पहले से ही कहीं और से नहीं चुरायी गयी हो। ओरिजिनल स्टोरी चोरी करने के आइडिये पर गम्भीरता से विचार करने के बाद हमने तय किया कि लल्लू लाल जी 'लल्लू' को ही घेरा जाए। कहानियों के संसार में उनका डंका बजता है। परन्तु 'लल्लू' जी भी दूध के धुले नहीं निकले। विदेशी कहानियों का देसीकरण करके धड़ल्ले से पाठकों के दिलों में धँसे जा रहे थे। जानकर हमें बेहद निराशा हुई। हमें विश्वास हो गया कि नये समय में पुराने रास्तों पर चलकर मौलिक कहानी की तलाश असम्भव है। 'विदेशी कहानियों का देसीकरण' कहानी की खोज की यह पुरानी परम्परा है। क्यों न हम कहानी खोजने की नयी परम्परा की नींव डालें? खुद ही 'प्लांट' की हुई स्टोरी! एक धाँसू कहानी के लिए किसी विदेशी का मुँह तकना या नियति के भरोसे बैठे रहना कहाँ की अक्लमन्दी है? हमारी इन्हीं बातों के बीच सल्लू एक रचनात्मक आइडिये के विस्फोट से दो-चार हुआ और उसने स्टोरी 'ब्रेक' कर दी। इस विस्फोट से जो कुछ टूटा-बिखरा उसे समेटकर मैं आपके सामने रख रहा हूँ।

नयी परम्परा की खोज, अर्थात...

प्रिय पाठक, एक विनम्र सूचना है। आप यह न समझें कि कहानी कहीं आगे से शुरू होगी। कहानी की शुरुआत आप पीछे छोड़ आये हैं। वाया बाइपास उसी के रास्ते पर आगे बढ़ रहे हैं।

वास्तव में जिस क्षण सल्लू के मस्तिष्क में रचनात्मक आइडिये का विस्फोट हुआ, वह बुद्ध की तरह मुस्कुराया। बुद्धत्व, कैवल्य, निर्वाण... जाने कैसी चमक उभरी उसके चेहरे पर। लेकिन वह जो मुस्कान थी, अब तक मैंने उसके चेहरे पर नहीं देखी थी। कुटिल, क्रूर, छद्म किन्तु बेहद शीतल और मोहक। मन को अनजाने भय से आशंकित कर देने वाली। सल्लू ने अपनी आँखें सिकोड़ीं। सिर झुकाया। गर्दन को दायें-बायें झटका दिया। दो पल अपने को संयत किया। गहरी साँस ली। फिर साँस छोड़ते हुए बुदबुदाया, 'सुपारी...'

मैंने जेब से 'बापू सुपारी' का पाउच निकाला, तो सल्लू ने मेरा हाथ झटक दिया। पाउच जमीन पर गिर पड़ा। सुपारी निकलकर बिखर गयी। सल्लू बोला, "ये सुपारी नहीं जल्लू... 'भाईवाली'... समझ... समझ...।"

मैं समझने की कोशिश करने लगा कि सल्लू को हुआ क्या है!

मैंने पूछा, "तू ठीक तो है न...!"

उसने जोर से ठहाका लगाया। फिर रुककर बोला। "साहित्य को गोली मार। कहानी को गोली मार। सुना नहीं क्या गाना था वो...! ...गोली मार भेजे में...!!" मैं असमंजस में पड़ गया। ये सल्लू क्यों ऐसे बहक गया है! लगता है इसने कोई बुरा सपना देख लिया। लेकिन वह जो 'सुपारी... सुपारी...' कर रहा है, इसका कोई खास मतलब होना चाहिए! मैं उसे गौर से देखने लगा। बदले में सल्लू ने ठंडी निगाह मुझ पर फेंकी और समझाते हुए बोला, "एक ऑफर है जल्लू...। कहानी अपने को लिखनी नहीं है... किसी और को लिखने में मदद देनी है। अच्छा पैसा मिलेगा। ...तू ही सोच, कहानी लिख भी लेंगे अपन। कहीं छप भी जाएगी, तो क्या पैसा मिलेगा? फिलहाल लिखने की छोड़ दे। पैसा बनाने की सोच...। असली चीज वही है। बहुत पड़ी है जिन्दगी। एक से एक कहानियाँ मिलेंगी... एक से एक प्लॉट...। लेकिन पैसा कमाने का मौका कभी-कभी आता है... वह निकल गया, तो हाथ मलते रह जाएँगे। ये बात झूठी है कि पैसा हाथ का मैल है। मैल से बनता है। पैसा बनता है हाथ की सफाई से...। सोच ले जल्लू... बड़ा ऑफर है... बड़े आदमी का...।"

मैं सोच में पड़ गया। अजीब प्रस्ताव है। कहानी लिखकर बेच देने की बात तो समझ में आती है। कहानी लिखने में मदद करना...! इसके लिए पैसा...!! नया फंडा है...!!! यूँ तो हम अपने लिए कहानी की तलाश में हैरान-परेशान हैं। ऐसे में यह समझौता! लक्ष्य से भटकना! समझौता करके और लक्ष्य से भटककर कोई बड़ा कहानीकार नहीं बन सकता। परन्तु बेकारी के दिनों में कहीं से चार पैसे आ जाएँ तो बुरा क्या है? बेकारी में पैसा बनाना, कहानी लिख पाने से कहीं बड़ा और रचनात्मक काम है।

''किसका काम है... ?'' मैंने जिज्ञासा जतायी।

''कल्लू उस्ताद का...'' सल्लू ने सहज ढंग से कहा।

''हें... तुझे मजाक सूझ रहा है,'' मैंने माथे में गर्मी को महसूस किया, ''गुंडों का कहानी-वहानी से क्या लेना-देना?''

सल्लू मुसकुराया। फिर बोला, ''आजकल कल्लू उस्ताद जमकर साहित्य पढ़ रहे हैं। इधर लिखने-विखने की भी कोशिश की, पर मामला जमा नहीं। वह चाहते हैं कि किसी 'स्टोरी का धाँसू प्लॉट' उन्हें मिल जाए। बाकी काम किसी से करा लेंगे।''

''लेकिन यह सब क्यों... ?'' मैंने सवाल किया।

सल्लू समझाने लगा, ''नगर निगम चुनाव जल्द ही होने वाले हैं। कल्लू उस्ताद को इस बार अपने मोहल्ले से पार्षद का चुनाव लड़ना है। पा''लिटिकल सपोर्ट पाने के लिए स्टेट की रूलिंग पार्टी के अध्यक्ष तक से मिले थे। उन्होंने टका-सा जवाब दिया कि उनकी पार्टी अपराधी छवि वाले को सपोर्ट नहीं करेगी। फिर उन्होंने कल्लू उस्ताद की शैक्षणिक योग्यता पर भी सवाल उठा दिये। ...इसी से आहत होकर कल्लू उस्ताद अपनी इमेज को बदलने में लगे हैं। कबीर, सूर, तुलसी को कंठस्थ कर रहे हैं।''

''भेड़िया भेड़ की खाल ओढ़ रहा है। लाख सन्तों को घोंट के पी जाए। सारे साहित्य को चाट जाए... आखिर है तो गुंडा न! साहित्यकारों के बीच भी बैठेगा-उठेगा, तो क्या बदल जाएगा? नेता बनेगा... दो टके की चीजें लिखेगा। कहीं प्रदेश या देश की राजनीति में आगे निकल गया, तो वही चीजें बच्चों के कोर्स में लगवाएगा। खुद को लेखक-साहित्यकार कहलवाएगा... गुंडा कहीं का...'' मैंने तैश में आकर कहा।

'गुंडा है..., तो तुम्हें क्या? ...और उसके नेता बनने में भी तुम्हारा क्या जा रहा है? ...फिर मुद्दे की बात तो ये है कि जब तमाम नेता साहित्य पढ़ सकते हैं, लिख सकते हैं... और तो और साहित्यकारों के बीच उठ-बैठ सकते हैं, तो गुंडे क्यों नहीं? साहित्य तो 'आदमी' को 'इंसान' बनाने का रास्ता खोलता है। यदि कोई गुंडा इंसानियत के रास्ते पर चलना चाहे, तो तुम्हें आपत्ति है... ? गुंडा नेता बन सकता है! इंसान नहीं!! वाह भई!!!'

सल्लू की बातें मुँह पर ताला जड़ देने वाली थीं। मुझसे कुछ कहते नहीं बन रहा था। बड़ी मुश्किल से दिमाग इधर-उधर दौड़ाकर भी कुछ जवाब नहीं सूझा, तो खीझकर कहा, ''...और सुपारी का क्या चक्कर है? हत्या करोगे... ? वह गुंडा है, यह काम तो खुद ही कर सकता है। ...और यह क्या कि अपनी एक कहानी का प्लॉट पाने के लिए वह सुपारी देकर तुमसे किसी की हत्या करा दे? फिर उस प्लॉट

पर कहानी लिख मारे...!''

सल्लू पेट पकड़कर हँसने लगा। जोर-जोर से।

''कल्लू उस्ताद से मिलने चलना है कल...। और हाँ, अपनी जुबान पर जरा काबू रखना। वह अपने बाप की उमर के हैं...'' सल्लू ने मेरी पीठ पर एक धौल जमाया। मैं जो सुपारी चबा रहा था, वह सटककर गले में अटक गयी। मुझे जोर का ठस्का लगा। इस पर सल्लू की हँसी और तेज हो गयी।

असतो मा सद्गमय

दूसरे दिन सुबह हम कल्लू उस्ताद के 'अड्डे' पर थे। यह देखकर मेरे आश्चर्य का ठिकाना नहीं रहा कि कल्लू उस्ताद नहा-धोकर पूजा-पाठ कर चुके हैं। स्टडी टेबल पर बैठकर साहित्य पढ़ रहे हैं। ढेर सारी किताबें उनके आस-पास हैं। कुछ जमी हुई। कुछ बिखरी हुई। कुछ खुली। कुछ बन्द हैं। न सिर्फ पुराने बल्कि नये से नये कविता-कहानी-संग्रह वहाँ दिखे। जब कल्लू उस्ताद ने बड़े प्यार और सभ्यता से हमारी 'नमस्ते' का जवाब दिया, तो मुझे लगा कि हम गलत आदमी से मिलने आ गये हैं। यह वो कल्लू उस्ताद नहीं, जिसके बारे में मैंने जाने क्या-क्या सुन रखा है! मसलन, वह चौबीसों घंटे दारू-बीड़ी की गन्ध से गन्धाता है। बगैर 'माँ-बहन...' के उसके मुँह से कोई बात नहीं निकलती। उसके हाथ में हमेशा रामपुरी चाकू रहता है। कमर में देसी कट्टा...! झोले में हैंडमेड बम भी...! कहाँ वह कल्लू उस्ताद और कहाँ यह आदमी...!

मुझे साहित्य की महिमा में अपार श्रद्धा हुई। मैंने आँखें बन्द करके मन ही मन साहित्य देवता का स्मरण किया और पवित्र-पावन शब्दों का पुष्प-गुच्छ एक काव्य पंक्ति में बाँधकर उनके चरणों में अर्पित किया।

सल्लू ने कल्लू उस्ताद को मेरा परिचय दिया। बताया, जल्लू है... उभरता हुआ लेखक। कैसा भी आइडिया हो, इतने बढ़िया ढंग से लिखता है कि पढ़ने वाला बगैर पलक झपकाये पढ़ता चला जाता है। बस किसी बड़े आदमी का हाथ सिर पर नहीं है। एक बार वह हो गया, तो समझ लो कि साहित्य में तूती बोलेगी।

कल्लू उस्ताद ने एक गॉडफादर की तरह अपना हाथ मेरे सिर पर रखा। बोले, ''समय आएगा अपना भी दोस्त... नॉट चिन्ता, डोंट फिकर...'' इस आत्मीयता से मेरा दिल भर आया। बड़ी मुश्किल से मैं अपने को भावुक होने से रोक सका।

फिर कल्लू उस्ताद सल्लू की तरफ मुड़ गये। सल्लू उनसे पढ़ने-लिखने की बातें करने लगा। मैं बगैर हस्तक्षेप किये सुनता रहा। कुछ देर बाद कल्लू उस्ताद ने बड़े संकोच के साथ बताया कि साहित्य पढ़ते-पढ़ते उनको वही रोग लग गया है,

जो अक्सर साहित्य के रसिकों को लग जाया करता है!

कमबख्त इश्क!!

कल्लू उस्ताद ने बाबा सूर के 'प्रेम गली अति साँकरी...' की व्याख्या की और कहा कि इसमें एक लड़की प्रवेश कर चुकी है... अब इस गली में एक घर बनाना है और इसके लिए मुहल्ले के पार्षद पद का चुनाव लड़ना है।

जब सल्लू ने पूछा कि क्या उस लड़की को इस प्रेम के बारे में मालूम है? तो कल्लू उस्ताद ने कहा कि उन्होंने एक गजल लिखी है, प्यार के इजहार के लिए। लड़की को वही सुनाकर उससे अपने दिल की बात कहेंगे। सीधे-सपाट "ईलू-ईलू..." कहना फिरंग संस्कृति है। इसमें प्रेम की संजीदगी कहाँ। बहुत अनुनय-विनय करने पर कल्लू उस्ताद ने अपनी डायरी निकाली और उस लड़की के लिए लिखी गजल तरन्नुम में पढ़ी—

"बहुत पहले से तेरी पाजेब की आहट जान लेते हैं,
तुझे ऐ रूपसी हम दूर से पहचान लेते हैं..."

पहले ही शेर ने मुझे अभिभूत कर दिया। इसके तमाम लौकिक और पारलौकिक अर्थों को गुनते हुए आगे मैं कुछ न सुन सका। लेकिन इतना जरूर गौर किया कि कल्लू उस्ताद की शायरी का जादू एक दिन लोगों के सिर चढ़कर जरूर बोलेगा। सल्लू ने कल्लू उस्ताद की गजल की दाद दी और अपना एक शेर पढ़ दिया—

"वह कॉपी ही क्या, जिसका कोई कवर न हो
वह लड़की ही क्या, जिसका कोई लवर न हो।"

कल्लू उस्ताद ने जमकर सल्लू की पीठ ठोकी और कहा कि इक्कीसवीं सदी के स्त्री विमर्श को यह शेर नयी दिशा दे सकता है। रूढ़ियों के चंगुल से स्त्री की आजादी के आह्वान की गूँज इस शेर में सुनी जा सकती है। यही है राइट चॉवायस बेबी... अहा!!

मुझे लगा कि ये दोनों थोड़ी और मेहनत करें, तो हिन्दी के उत्तर आधुनिक साहित्य का यह युग 'कल्लू-सल्लू युग' भी कहला सकता है। 'कल्लू-सल्लू युग' में मेरी जगह कहाँ होगी? इस पर विचार-मन्थन करते हुए मैंने नाश्ता किया। चाय पी। इसके बाद कल्लू उस्ताद ने पाउच फाड़कर अपनी हथेली पर सुपारी बिखेरी, तो मुझे झटका लगा। सुपारी उठाते हुए मुझे याद आया कि सल्लू कल 'सुपारी... सुपारी...' कर रहा था। जिसके बारे में उसने मुझे अभी तक बताया नहीं।

कल्लू उस्ताद जब बर्तन उठाकर किचन में पहुँचा रहे थे, तब मैंने सल्लू से पूछा, "वो सुपारी की क्या बात है... ?"

सल्लू ने उँगली मुँह पर रखकर चुप रहने का इशारा किया। मैंने फिर नहीं पूछा। इसके बाद कल्लू उस्ताद ने सल्लू से आँखों ही आँखों में कुछ कहा। सल्लू

उठकर कल्लू उस्ताद के साथ दूसरे कमरे में चला गया। मैं स्टडी टेबल पर रखी किताबें देखने लगा। सत् और असत्, दोनों तरह का साहित्य वहाँ था। असत् साहित्य की पुस्तकें रंग-बिरंगी, चिकने पन्नों और चित्रों वाली थीं। मैं उन्हें उलट-पुलट कर देखता रहा। असत् का तनाव जब काबू से बाहर होने को हुआ, तो टेबल पर किताबें रखकर मैं अपनी जगह पर आ बैठा। जब तनाव कुछ कम हुआ, तो मैंने गौर किया कि कल्लू उस्ताद के टेबल पर असत् साहित्य देखकर मन को कहीं ठेस पहुँची है। कहाँ तो मैं उनके बदले हुए रूप को देखकर मुग्ध था। साहित्य की महिमा से अभिभूत। साहित्य देवता के चरणों में अभी-अभी तो पुष्पांजलि दी थी! मेरे भीतर कुछ टूट रहा था। शायद कल्लू उस्ताद की नयी-नवेली छवि...! कल्लू उस्ताद का दोमुँहापन मुझे परेशान करने लगा। मैंने सोचा यही है मेरे समय का चरित्र... मेरा समय और कल्लू उस्ताद एक ही सिक्के के दो पहलू हैं! मन हुआ कि लिखूँ "मैं और मेरा समय..."। मारे सन्ताप के माथे की नस चटकी। लगा कि विचार के सारे बल्ब एक साथ फ्यूज हो गये! घुप्प विचारहीनता और प्रकाशहीनता के बीच अकेला मैं थरथराने लगा। तभी मेरी अन्तरात्मा से आवाज आयी, "रे मूरख... यदि हम असत् को नहीं जानेंगे, तो सत् को कैसे पहचानेंगे!"

मुझे लगा कि आवाज भी एक रोशनी है!! कल्लू उस्ताद के बारे में जो उल्टी-सीधी मैं सोच रहा था, उस पर बहुत क्षोभ हुआ। ग्लानि हुई। इस क्षोभ और ग्लानि ने कल्लू उस्ताद के प्रति रहे-सहे सन्देहों को भी गला-बहा दिया। ...और तब मस्तिष्क में एक साथ जले सैकड़ों, हजारों, लाखों बल्बों की रोशनी में मैंने जाना कि कुपथ से होकर ही हम जाते हैं सुपथ की ओर...! अन्धकार में भटककर ही हम पहुँचते हैं ज्योति कलश तक...!! मत्यु को पहचानने पर ही होती है, हमारे जीवन में अमृत की वर्षा...!!!

आँखें बन्द करके मैं प्रार्थना करने लगा—

"असतो मा सद्गमय
तमसो मा ज्योतिर्गमय
मृत्योर्मा अमृतंगमय..."

रसों में रस 'क्राइम रस'

सल्लू ने जो कुछ बताया वह मुझे चिन्ता में डाल देने वाला था। उसकी बातों में कोई भी शुभ संकेत नहीं था।

कल्लू उस्ताद ने लल्लू लाल जी 'लल्लू' की सुपारी दी थी!

हत्या की नहीं!!

उससे भी बड़ी चीज— चरित्र की हत्या!!!

यह काम करने को कहा था हमें। एक जाने-माने, परम पूजनीय, प्रतिष्ठित विद्वान और समाज के एक सभ्य पुरुष की चारित्रिक हत्या!

यह ठीक है कि हमने कहानियों की दुनिया में उनकी सफलता का राज जान लिया। लेकिन क्या विदेशी आइडियों का देसीकरण करके और साहित्यकार भी यश-लाभ नहीं ले रहे! एक 'लल्लू' ही नहीं, तमाम 'लल्लुओं' से समृद्ध हो रहा है साहित्य!!

लल्लू जी की चारित्रिक हत्या के विचार ने मुझे भीतर तक हिला दिया। लेकिन सल्लू 'सुपारी' ले चुका था। साथ काम करने के वादे से मैं भी बँधा था। मुकरना अब सम्भव नहीं। हर धन्धे के अपने उसूल होते हैं। परन्तु एक अपराधबोध ने मुझे ग्रस लिया। हत्या चाहे देह की हो या चरित्र की, अपराध है। ...और उस पर एक सत्-पुरुष के चरित्र को ठिकाने लगाना! मन ऐसे अपराध में हाथ रँगने की गवाही नहीं दे रहा था।

कहाँ तो हम एक ऐसी कहानी की तलाश में निकले थे, जो पढ़ने वाले को तमाम रसों से सराबोर कर दे..., कहाँ खुद ही कीच में लथपथ होने की ओर बढ़ने लगे! क्या एक रसभरी कहानी ऐसे ही रास्तों से होकर गुजरती है? रचनेवाले के हाथ-पाँव-मुँह कीच में लिपटाकर? मन दुखी हो रहा था। मैंने सल्लू के सामने ये बातें रखीं।

मेरे मन में चल रहे द्वन्द्व को सुनकर वह मुस्कुराने लगा। बोला, "तुम्हारे ये नेक खयाल किसी साहित्यिक कबाड़ी के भी काम नहीं आने वाले अब। नैतिकता, पवित्रता, करुणा और दया का रोना-गाना पुराने जमाने की चीज हो गयी हैं यार...। इनसे अब किसी की आँखें गीली नहीं होतीं। मन में कोई रस भी पैदा नहीं होता।" फिर उसकी आवाज में गम्भीरता आ गयी, "हमारे समय में अपराध से ज्यादा रस क्या और किसी चीज में दिखता है तुम्हें! क्रोध से करुणा तक और भक्ति से वात्सल्य तक, इधर सब रस क्राइम में समा गये हैं। क्राइम सारे रसों का अचार या मुरब्बा है! अब इमोशनल होकर कहानी नहीं रची जा सकती प्यारे...। जो रास्ता दिख रहा है, चले चलो। क्या कीच... क्या दलदल... धँसना ही होगा इस नील-सुनील पंक में...। देखना इसी में तुम्हें बढ़िया कहानी मिलेगी।"

मैंने कहा, "बात कहानी मिलने, न मिलने की नहीं है। एक आदमी की जिन्दगी की है। जीवन भर उसकी कमाई 'कैपिटल' की है... और यह कैपिटल... यह पूँजी है उसका चरित्र। एक बार कलंक लग जाए तो मरे पर भी नहीं छूटता।" सल्लू ने बड़ी गम्भीरता से कहा, "चरित्र आज चार टके की चीज है जल्लू... और क्या तुम्हें नहीं मालूम कि ताली कभी एक हाथ से नहीं बजती...। तुमने सोचा है

कि कल्लू उस्ताद ने 'लल्लू' के लिए ही 'सुपारी' क्यों दी? कोई तो कारण होगा...!''

''हाँ, मैं जानता हूँ। मोहल्ले के लोग चाहते हैं कि नगर निगम चुनावों में इस बार किसी विद्वान, ईमानदार और गैर प्रपंची आदमी को जितवा कर, पार्षद बनवा कर देश में नजीर पेश की जाए...। वे लल्लू लाल जी 'लल्लू' से इस चुनाव में खड़े होने का आग्रह कर रहे हैं। तुम्हारा कल्लू उस्ताद यह पचा नहीं पा रहा है...,'' मैंने सहज ढंग से कहा।

''नहीं, तुम कुछ नहीं जानते,'' बड़ी दृढ़ता से सल्लू ने मेरी बात काट दी। मैं असमंजस में पड़कर उसका मुँह ताकने लगा।

''बहुत दर्द भरी कहानी है... नीच ट्रेजडी...'' सल्लू बुदबुदाया और चुप हो गया।

कहानी का नाम सुनते ही मेरा मन फड़फड़ाने लगा।

''मुझे नहीं बताओगे...?'' सल्लू का हाथ पकड़कर मैंने उत्सुकता से कहा। उसके चेहरे पर उदासी छा गयी थी।

कुछ देर बाद, ठंड से बैठते गले जैसी आवाज में सल्लू ने जो बताया, उसे सुनकर मेरी आँखें खुल गयीं। तो ऐसे होते हैं साहित्य के सरल हृदय! मीठा बोल के लूटने वाले! धूर्त! कपटी! छलिया! लम्पट! लंगूर कहीं के!!

एक थीं चविता जी

बात उस जमाने की है जब धर्मेन्द्र, साधना और विश्वजीत की फिल्म 'इश्क पर जोर नहीं' का सब तरफ जोर था। लड़के-लड़कियाँ का''लेज से क्लास गोल करके सिनेमाघरों में अटेंडेंस दर्ज करा रहे थे। उसी समय 'मोती पैलेस' की टिकट विंडो पर लल्लू जी का चविता जी से टाँका भिड़ गया। चविता जी कल्लू उस्ताद की बहन थीं। उनका असली नाम कविता था। लेकिन उनकी जुबान में जाने कौन सी टेढ़ थी कि कभी 'क' को 'क' नहीं बोल पाती थीं। 'क' की जगह हमेशा 'च' निकलता था। उन्होंने जगह-जगह दिखाया, लेकिन इस कमी को न तो नाक-कान-गला रोग विशेषज्ञ समझ सके और न भाषा विज्ञानियों को ही यह उच्चारण-दोष पल्ले पड़ा।

चविता जी बेहद सरल और भावुकमना थीं। उन्हें कविता पढ़ने का बहुत शौक था। जब उदास हो जाती थीं, तो कविता लिखती भी थीं। कभी-कभी वह सिर्फ कविता लिखने के लिए उदास हो जाया करती थीं। सबसे ज्यादा खुश वह उस वक्त होतीं, जब उन्हें रेडियो पर कविता-पाठ के लिए बुलाया जाता। यद्यपि रेडियो

पर वह उन्हीं कविताओं को पढ़तीं, जिनमें 'क' नहीं आता। उनका कंठ बहुत सुरीला था। लेकिन 'क' 'च' की समस्या के कारण वह कभी सार्वजनिक रूप से गा नहीं सकीं। इसी से नाराज होकर एक दिन उन्होंने 'क' को अपने जीवन से सदा के लिए निकाल बाहर किया। 'च' को उन्होंने अपनी नियति से जुड़ा अक्षर मानते हुए अखबार में विज्ञापन देकर अपना नाम 'कविता' से 'चविता' रख लिया। संयोग से उसी दिन लल्लू जी ने उनके जीवन में प्रवेश किया। 'क' के निकलने से चविता जी के जीवन में जो 'स्पेस' पैदा हुआ, उसे लल्लू जी ने भरा। लल्लू जी उन दिनों एक उभरते हुए कहानीकार थे। उन्हें भी रेडियो पर कहानी-पाठ के लिए निमन्त्रण प्राप्त होता रहता था।

'मोती पैलेस' के बाद इन दोनों की मुलाकात 'रेडियो आकाशवाणी' की इमारत में, सीढ़ियों पर सिनेमाई ढंग से हुई थी। लल्लू जी तेजी से उतर रहे थे। चविता जी रफ्तार से चढ़ रही थीं। सीढ़ियों के मोड़ पर दोनों टकराये और एक-दूसरे की बाँहों में लिपटे लुढ़कते हुए नीचे आ गये। चविता जी का पल्लू अपनी जगह से सरक गया और लल्लू जी के कोट का बटन चविता जी के ब्लाउज के हुक में जाने कैसे अटक गया! दर्जन भर लोग इस अप्रत्याशित घटना के चश्मदीद गवाह बने। जैसे-तैसे बटन और हुक को अलग-अलग किया गया। कुछ जोशीले नौजवान तो लल्लू जी की पिटाई करने पर आमादा थे, लेकिन चविता जी ने लल्लू जी को बचा लिया। यह कहकर कि वे ही देखकर नहीं चढ़ रही थीं। जब भीड़ छँट गयी, तो लल्लू जी ने चविता जी का हाथ अपने हाथों में लेकर कहा, "आज से तुम मेरे हृदय की स्वामिनी हुईं... देवी..."

चविता जी ने सँभाले हुए पल्लू को सिर पर ओढ़ा और 'स्वामी...' कहते हुए सीढ़ियों पर भाग गयीं।

वहाँ की दीवारों के कानों ने ये संवाद सुने और उनमें आँखें पैदा हो गयीं। जंगल की आग की तरह इस प्यार की खबर शहर भर को हो गयी। जब कल्लू उस्ताद को यह बात मालूम हुई, तो उन्होंने चविता जी का घर से निकलना बन्द करा दिया। माँ-बाप के मरने के बाद उन्होंने ही बहन को छोटी से बड़ी किया था। लेकिन जब चविता जी ने खाना-पीना तक छोड़ दिया, तो कल्लू उस्ताद के हाथ-पाँव फूल गये। उन्होंने लल्लू जी को बुलवाया। लल्लू जी ने गंगाजल हाथ में लेकर कसम खायी कि वे महीने भर के अन्दर अपने घरवालों से बात करेंगे। चविता जी से ब्याह करेंगे। इसके बाद लल्लू जी खुलेआम चविता जी को अपनी साइकिल के आगे वाले डंडे पर बैठाकर घूमने लगे। साइकिल चलाते हुए वह अक्सर गुनगुनाते, '...चाँद चुरा के लाया हूँ...चल बैठें चर्च के पीछे...'

(नोट : बाद में हू-ब-हू इन्हीं पंक्तियों वाला एक गीत गुलजार ने फिल्म

'देवता' में लिखा था। उन्हें ये पंक्तियाँ कैसे-कहाँ से मिलीं, इस सम्बन्ध में लल्लू जी ने गीतकार गुलजार को पत्र लिखा था, परन्तु गुलजार ने उन्हें कोई जवाब नहीं दिया। इस बात को लेकर लल्लू जी आज तक गुलजार से नाराज हैं।)

'च' की पुनरावृत्तियाँ चविता जी को बहुत भातीं। फिर वे दोनों सचमुच चर्च के पीछे जाकर बैठ जाते। चाँद के निकल आने तक। एक हफ्ते बाद ही, जब दोनों चर्च के पीछे बैठे थे कि चविता जी ने लल्लू जी को चूम लिया। लल्लू जी ने भी बदले में चविता जी का चुम्बन लिया। 'च' से होने के कारण 'चुम्बन' चविता जी को बहुत चंचल बना रहा था। अतः वह एक ही चुम्बन पर नहीं ठहर सकीं। उन्होंने लल्लू जी पर चुम्बनों की झड़ी लगा दी। फिर लल्लू जी भी पीछे नहीं रहे। चिड़ा-चिड़ी के चुम्बनी-रोमांस जैसे इन्हीं क्षणों में चविता जी ने लल्लू जी से अपने रजस्वला होने का राज खोला। कहा, "दूसरा दिन है..."

सुनते ही लल्लू जी के तन-मन में जैसे आग लग गयी। उन्होंने चविता जी को परे धकेल दिया और फुँफकारते हुए बोले, "शास्त्र की दृष्टि से रजस्वला नारी प्रथम दिन चांडालनी के बराबर, दूसरे दिन ब्रह्मघातिनी के समान और तीसरे दिन धोबिन मानी जाती है...। क्या तुम्हें पता नहीं...? हतभागिनी... रजस्वला होने की बात तुम्हें पहले बतानी थी। मैं पूजा-पाठी आदमी हूँ। मुझे अपवित्र करने से तुम्हें नरक मिलेगा...। समझीं..."

लल्लू जी को तरक्की पसन्द समझने वाली चविता जी के लिए करारा आघात था यह। वह तुरन्त साड़ी के पल्लू से मुँह दबाकर भागीं और दौड़ी-दौड़ी सीधे अपने घर में पलंग पर जाकर 'धम्म...' से गिरीं। फिर अगले दो दिनों तक अपने स्त्री होने को कोसती रहीं। इसके बाद सिर से नहाकर बहुत हिम्मत बाँध लल्लू जी के कमरे पर पहुँचीं। वहाँ ताला मिला।

एक महीने के बाद जब लल्लू जी गाँव से लौटे, तो अकेले नहीं थे। घरवालों ने ब्याह कराकर पत्नी को साथ भेज दिया था। बात यहाँ तक होती, तब भी चविता जी अपने टूटे दिल की जैसे-तैसे मरहम-पट्टी कर लेतीं। लेकिन लल्लू जी का कोप अभी ठंडा नहीं पड़ा था। उन्होंने चविता जी के साथ अपने प्रेम का प्रसंग एक कहानी में तब्दील कर दिया। कहानी सबसे ज्यादा पढ़ी जाने वाली पारिवारिक पत्रिका में छपवा दी। कहानी में पहले तो उन्होंने नायक-नायिका के अद्वितीय और अशरीरी प्रेम का वर्णन किया। बीच में गुंडों से बलात्कार करवा कर नायिका को गर्भवती बना दिया। फिर आत्महत्या करने पहाड़ी की चोटी पर पहुँच चुकी नायिका को एकाएक कहीं से प्रकट हुए नायक के हाथों बचवा दिया। आखिर में एक सामाजिक सन्देश के साथ नायक-नायिका का मिलन करवा दिया। लल्लू जी ने यह कहानी 'मैं' शैली में लिखी और नायिका का नाम चविता जी से मिलता-जुलता

'सविता' रख दिया। कहानी के छपकर आते ही, शहर में जितने मुँह थे उतनी बातें हुईं। इस कहानी कांड के कारण चविता जी कहीं मुँह दिखाने के काबिल नहीं रह गयीं। क्षुब्ध होकर उन्होंने संसार से मोह को त्याग दिया और संन्यासिन बनकर गंगा किनारे बने आश्रमों में चली गयीं। वहाँ जाकर उन्होंने साहित्य की सम्भवत: सबसे उदास कविता लिखी और लल्लू जी को भेजी। जिसे लल्लू जी ने तत्काल एक प्रतिष्ठित पत्रिका में अपने नाम से छपा लिया। इस कविता ने लल्लू जी को साहित्य के संसार में अप्रतिम ख्याति दिलायी। चविता जी को जब यह बात पता चली, तो उन्होंने अपनी सारी कविताओं के साथ गंगा जी में जल-समाधि ले ली।

चो-चो, चु-चु यानी गन्दी बात नहीं

चविता जी की दुख भरी कहानी के खत्म होते-होते सल्लू की आँखें भर आयीं। मैंने उसे अपना रूमाल दिया। उसने आँखें पोंछने के साथ अपनी नाक भी रूमाल से साफ कर ली। रूमाल को जेब में रखते हुए उसने कहा कि धोकर अगले दिन लौटा देगा। मैंने उससे पूछा, "कल्लू उस्ताद अपन लोगों से क्या चाहता है... ?" दो पल खामोश रहकर सल्लू बोला, "यही कि लल्लू जी का भंडाफोड़ हो जाए..."

"गड़े मुर्दे उखाड़ने से उसे कुछ नहीं मिलने वाला," मैंने राय दी।

"तुम समझे नहीं," सल्लू ने समझाया, "कल्लू उस्ताद चविता जी के मामले को उछालना नहीं चाहते। वह चाहते हैं कि लल्लू जी की असलीयत अब सबके सामने लायी जाए।"

"असलीयत... " मैं चौंका।

"हाँ जल्लू असलीयत..., बहुत ओढ़कर रह लिये यह महाराज सन्तों वाला चोला..." सल्लू ने आवाज में गरमी लाते हुए कहा, "हर सफल आदमी के पीछे एक औरत का हाथ होता है... और लल्लू जी की सफलता के पीछे जाने कितनी औरतों के हाथ हैं! लल्लू जी की रंगीन तबीयत के कच्चे-चिट्ठे चाहिए कल्लू उस्ताद को। ...बन्द या खुले, जैसे भी।"

"... तो इसमें हम क्या कर सकते हैं?" मैंने जिज्ञासा व्यक्त की।

"करना हमें ही है," सल्लू ने दो टूक जवाब दिया, "मैंने कल्लू उस्ताद से वादा किया है। इसमें अपना डबल फायदा है।"

"डबल फायदा...!!"

"हाँ, एक तो कल्लू उस्ताद कच्चे-चिट्ठे की अच्छी रकम देगा। दूसरे हमें एक जोरदार कहानी भी मिलेगी लिखने को। एकदम रियल स्टोरी...। साहित्य में

आजकल ऐसी ही कहानियों की माँग है, जिनमें आस-पास वाले साहित्यकार के कपड़े उतारे गये हों,'' कहकर सल्लू ने मुझे आँख मारी।

मुझे एकदम कुछ समझ नहीं पड़ा। ''क्या मतलब... ?'' मैंने पूछा।

''...जवान लड़की लल्लू लाल की कमजोरी है...'' सल्लू मुसकुराया, ''हम एक लड़की भेजेंगे उसके पास... जो रात भर उसके साथ रहेगी... उसे दारू पिलाएगी... जलवे दिखाएगी और उसकी रंगीन तबीयत को कैमरे में रिकॉर्ड करके लाएगी... ये कैमरा कल्लू उस्ताद को देकर हम अच्छी रकम भी वसूल सकेंगे...''

सल्लू के इन खतरनाक इरादों को सुनकर मेरा जिस्म ठंडा पड़ने लगा। गुस्सा भी आ रहा था। अपनी मुट्ठियों को भींचकर मैंने पूरा जोर लगाया, तब भीतर से आवाज निकली, ''हम ब्लैकमेलर नहीं हैं सल्लू...। कवि, कहानीकार, साहित्यकार हैं। हम रंडियों के भड़ुवे, दलाल और झूठे नहीं हैं...।'' मेरी आवाज और बदन कँपकँपा रहा था।

सल्लू को मेरी प्रतिक्रिया का पूर्वानुमान था। उसने मेरे सिर पर ठंडा पानी डाल दिया। मैं जैसे किसी सपने की दुनिया से लौटा। सल्लू की आवाज कानों में पड़ी, ''ठंड रख ठंड...। जरा अपने दिमाग से सोच...। एक साथ पैसा भी मिलेगा, कहानी भी। कहानी भी ऐसी कि पढ़ने वालों के होश ठिकाने आ जाएँ। एक बुड्ढा कहानीकार और एक कुरकुरी हसीन लड़की! एक रंगीन रात और एक नामी कहानीकार की काली करतूत!! जो देखेंगे और जो सुनेंगे, वही लिखना है। लल्लू जी का नाम बदलकर 'टिल्लू जी' कर देंगे। एक कहानी हमें 'टॉप' पर पहुँचा देगी। किसी को कुछ पता नहीं चलेगा। यह सब कुछ हम 'चो-चो, चु-चु' करेंगे। यानी चोरी-चोरी, चुपके-चुपके। ...और ऐसा करना कोई गन्दी बात तो है नहीं! जब पत्रकार और नेता सच्चाई सामने लाने के लिए कैमरे और कैसेट का उपयोग कर सकते हैं, तो कहानी लिखने के लिए कहानीकार क्यों ऐसा नहीं कर सकते!!''

लाख असहमतियों के बाद भी मुझे हमेशा सल्लू की तारीफ ही करनी पड़ती है। एक से एक आइडिये जाने कहाँ से लाता है! लेकिन यह मामला मुझे फँसाने वाला लग रहा था। यदि 'चो-चो, चु-चु' वाली बात खुल गयी, तो चारों ओर हमारी 'थो-थो, थू-थू' हो जाएगी। लड़की की सप्लाई... वह भी एक आदमी की सड़ी-सी पोल खोलने के लिए! परन्तु सल्लू को पूरा विश्वास था कि मामला 'चो-चो, चु-चु' निबटेगा। मुझे सल्लू की बात पर पूरा यकीन था। भरोसा भी साहब कोई चीज होती है!

अन्ततः अपनी आर्थिक-सामाजिक हैसियत को दुरुस्त करने के लिए हमें यह काम करना जरूरी लगा। काम मुश्किल जरूर दिख रहा था, किन्तु इतना आगे बढ़कर कोई भी पीछे तो हट नहीं सकता न! हमने पहले कागज पर पूरा प्लान तैयार

किया और उसे नाम दिया 'ऑपरेशन बेस्ट फ्रेंड'!!

लेकिन कागजी कार्यवाही के बाद सल्लू काफी दिनों तक नहीं आया। मैं इन्तजार करता रहा। फिर मुझे लगा कि बात यहीं पर ठहर जाएगी। परन्तु एक सुबह सल्लू मेरे पास आया और बात आगे बढ़ी।

खिड़की में एक लड़की रहती थी

"वह देख चल्लू है..." सल्लू ने सामने कुछ दूर स्थित इमारत की दूसरी मंजिल की खिड़की में खड़ी एक लड़की की तरफ इशारा किया।

मुझे गुस्सा आ गया, "हद है यार... तुझे क्या मालूम वह 'चलती' है? मैं उसे जानता हूँ। वह एक मासूम और शरीफ लड़की है। हमेशा खिड़की में खड़ी हुई दिखती है। किसी पर ऐसा गन्दा इल्जाम लगाने से पहले जरा सोच लिया कर।"

सल्लू हँसने लगा। बोला, "यार उसका नाम है चल्लू...। तू उसे नहीं जानता। मैं जानता हूँ अच्छे से। 'रोशनी बार' में काम करती है। डान्सर है। लल्लू जी का चरित्र ठिकाने लगाने में वही काम आएगी अपने। मेरी बात हो गयी है उससे।"

मैं हैरान होकर सल्लू को देखने लगा। सल्लू यह क्या बक रहा है?

मैंने पूछा, "...और क्या जानता है तू उसके बारे में?"

सल्लू बताने लगा—

अजीब कहानी है उस लड़की की भी। इसकी माँ लालो देवी एक समय 'नारी बचाओ आन्दोलन' की बड़ी लीडर थीं। आन्दोलन में कूदते वक्त लालो देवी ने संकल्प लिया था कि जिन्दगी भर ब्याह नहीं करेंगी। तमाम मर्द जात की अक्ल दुरुस्त करने के लिए उन्होंने नारा दिया था, 'टूथब्रश करें न करें, नारी का सम्मान जरूर करें।' इस आन्दोलन को देश भर के कलाकारों, चित्रकारों, गीतकारों, संगीतकारों, फिल्मकारों, साहित्यकारों और नाकारों का समर्थन हासिल था। अब इनमें न जाने कौन लालो देवी के जीवन में आ गया! लालो देवी गर्भवती हो गयीं और चुपचाप आन्दोलन से बाहर निकल गयीं। लेकिन उन्होंने फैसला किया कि गर्भपात नहीं कराएँगी। भले ही समाज उनके मुँह पर कालिख मल दे। आखिर उन्होंने अपने को दुनिया-जहान से अलग करके एक लड़की को जन्म दिया। यही है चल्लू। वैसे आज तक रहस्य ही है कि चल्लू का पिता कौन है? लालो देवी इस सवाल पर सदा मौन रहीं। चल्लू के हमेशा खिड़की में खड़े रहने का कारण है। उसे लगता है कि एक दिन इसी खिड़की से अपने पिता को आते हुए देखेगी और अपनी माँ को खुशखबरी देगी। यद्यपि कभी उसने अपने पिता की तस्वीर तक नहीं देखी है!! लालो देवी एक राय साहब की बेटी थीं। पिता की सम्पत्ति से एक बड़ा हिस्सा

मिला था उन्हें। लेकिन न बढ़ाओ, तो कुबेर का खजाना भी खाली हो जाए! आज लालो देवी बीमार हैं। अभाव में दिन गुजार रही हैं। बेचारी चल्लू को डान्सर बन कर घर चलाना पड़ रहा है।

यह सब सुनकर मेरा मन चल्लू के लिए भर आया। मुझे लगा कि मेरे दिल में बसी चल्लू की तस्वीर के रंग और गहरा गये हैं...। परन्तु मैंने सल्लू पर यह बात जाहिर नहीं होने दी। जाने क्या सोचे वह यह सुनकर...!

फिर सल्लू बताने लगा कि वह इतने दिनों तक क्यों नहीं आया। उसने कहा कि 'ऑपरेशन बेस्ट फ्रेंड' काफी आगे बढ़ चुका है और तीर निशाने पर लगने ही वाला है। आज की रात लल्लू जी का काम तमाम हो जाएगा। सल्लू ने जो कुछ बताया, वह रोमांच पैदा कर देने वाला था। मुझे विश्वास नहीं हो पा रहा था कि सल्लू यह सब भी कर सकता है!

सल्लू ने इतने दिनों में क्या किया— आपको भी यह जानना बेहद जरूरी है।

'ऑपरेशन बेस्ट फ्रेंड' की प्लानिंग पूरी होने के बाद सल्लू सीधे कल्लू उस्ताद के पास पहुँचा। कल्लू उस्ताद 'ऑपरेशन बेस्ट फ्रेंड' के बारे में जानकर खूब प्रसन्न हुए। उन्होंने सल्लू के दिमाग की दाद दी। साथ ही यह भी बताया कि उन्हें लल्लू जी के बारे में कुछ और जानकारियाँ मिली हैं। सबसे नयी और चौंकाने वाली बात उन्होंने यह बतायी कि दस-पन्द्रह दिनों में लल्लू जी का नया कहानी संग्रह आ रहा है 'हाथी घोड़ा पालकी'। कहानियों से ज्यादा यह संग्रह अपने 'फ्लैप' के कारण चर्चित होगा क्योंकि लल्लू जी ने इस पर अपने पाठकों की संख्या एक लाख बतायी है और 'देश में सबसे ज्यादा पढ़ा जाने वाला कहानीकार' होने का दावा किया है। तय है कि इससे कहानीकारों के बीच नया विवाद पैदा हो जाएगा कि कौन देश का जनप्रिय और नामवर लेखक है। लल्लू जी फिर विवादों के केन्द्र में होंगे। इस संग्रह में लल्लू जी की बहुचर्चित कहानी 'पारो की शादी, हनीमून देवदास का' भी शामिल रहेगी। कल्लू उस्ताद इस बात से डर रहे थे कि कहीं नये संग्रह से पैदा होने वाले विवाद के बाद मोहल्ले में लल्लू जी की धाक और न बढ़ जाये। लेकिन सल्लू ने उन्हें समझाया कि 'ऑपरेशन बेस्ट फ्रेंड' लल्लू जी की सारी इज्जत मिट्टी में मिलाकर रख देगा। उन्हें मुँह छुपाने की जगह नहीं मिलेगी। इससे कल्लू उस्ताद के दिल को तसल्ली हुई। फिर उन्होंने कहा कि 'लड़की का इन्तजाम' वे करा सकते हैं। सल्लू के हामी भरने पर कल्लू उस्ताद ने उसे 'रोशनी बार' का पता दिया और चल्लू से मिलने को कहा।

जब सल्लू ने चल्लू को 'ऑपरेशन बेस्ट फ्रेंड' के बारे में बताया, तो वह काम करने के लिए राजी नहीं हुई। लेकिन सल्लू ने जब उसे बताया कि काम कल्लू उस्ताद का है, तो वह मान गयी। उसने कहा कि कल्लू उस्ताद के उस पर कई

एहसान हैं। यह नौकरी भी उन्हीं की दिलवायी हुई है। एक तरह से वह कल्लू उस्ताद की दया से मिली रूखी-सूखी खा रही है। यदि वह कल्लू उस्ताद के किसी काम आ सकी, तो उसे बड़ी खुशी होगी।

इसके बाद सल्लू ने लल्लू जी पर जाल फेंका। लल्लू जी से मिलकर उसने बताया कि एक लड़की को साहित्य पढ़ाने वाला 'ट्यूटर' चाहिए। चूँकि उसके घर वाले साहित्य को कूढ़ मगज वालों की खब्त से ज्यादा कुछ नहीं समझते, इसलिए वह लल्लू जी के घर आकर ही पढ़ा करेगी। वह भी रात के समय क्योंकि यदि वह दिन में देर तक घर से बाहर रहेगी, तो घरवाले पूछताछ करेंगे। रात में वह लड़की रोज पास ही रहने वाली सहेली के घर जाकर देर तक पढ़ सकती है, इसलिए रात को कोई कुछ पूछेगा नहीं। लल्लू जी ने ये बातें सुनीं, तो आश्चर्यचकित रह गये। साहित्य पढ़ने के लिए कोई कन्या इतनी उत्सुक हो सकती है, इतना जोखिम उठा सकती है— उन्होंने कल्पना भी नहीं की थी। वे मुफ्त में ट्यूशन देने को तैयार थे। परन्तु उन्होंने उत्साह के अतिरेक को दबा दिया और पाँच सौ रुपये महीना पर राजी हो गये। लगे हाथ उन्होंने सल्लू से यह भी पूछ लिया कि तुम तो ट्यूशन के वक्त यहाँ नहीं रहोगे? सल्लू ने इनकार किया, तो उन्होंने उसे चाय पिलवायी। अगली रात से चल्लू ट्यूशन पढ़ने के बहाने लल्लू जी के घर जाने लगी। बार से उसने दस दिन की छुट्टी ले ली।

सल्लू ने बताया कि एक हफ्ता गुजर चुका है। आज आठवाँ दिन है। चल्लू ने लल्लू जी को अपने मायाजाल में फाँस लिया है। आज की रात कयामत की रात होगी। हम पीछे के दरवाजे से घुसकर खिड़की से सारा नजारा देखेंगे।

'खिड़की' सुनते ही मैंने सिर उठाकर देखा। अपने घर की खिड़की में वह लड़की अभी तक खड़ी थी— जिसके बारे में मैं अब इतना कुछ जान चुका था। चल्लू है! मन ही मन सोचा कि सल्लू ने यदि पहले बताया होता, तो मैं उसे रोकता कि इसे मत भेजो लल्लू जी के पास रात में। लेकिन अब कुछ नहीं हो सकता था। मन में उदासी के अंकुर फूटने लगे थे। ...और मुझे सिर्फ उस रात का इन्तजार करना था, जिसकी सुबह कैसी होगी, कोई नहीं जानता था।

हरमुनिया बजाये जनता...

सल्लू की बातें मन पर बहुत भारी गुजरीं। 'ऑपरेशन बेस्ट फ्रेंड' के लिए मुझे अपना उत्साह मरता हुआ जान पड़ा। तभी मैंने सोचा कि कथा के प्रवाह के विरुद्ध बहने के बजाय एक छोटा-सा 'ब्रेक' ले लूँ। कथा की धार से बाहर निकल मैं टेबल पर सिर टिकाकर सुस्ताने लगा। तभी मुझे समझ आया कि ब्रेक की जरूरत क्यों

पड़ी!

चल्लू...! प्यारी बेचारी चल्लू...!!

दिल में रह-रहकर बस इतनी ही आवाज उठ रही थी।

रात को आना ही है और रात में चल्लू को लल्लू जी के पास जाना ही है! मजबूरी इनसान से क्या नहीं कराती? पेट का कुआँ अन्धा क्यों है? हवस की आग क्यों कभी नहीं बुझती? ...जाने कैसे मेरा मन दार्शनिक-सा हुआ जा रहा था। उसी से पैदा हो रही थीं ये अल्लू-बल्लू बातें! इससे सरस कथा के व्यथा में बदलकर नीरस हो जाने का खतरा पैदा हो गया। मैंने खुद पर काबू पाया और अपने को समझाया, दिल की सुनेगा तो मरेगा जल्लू...। होश में आकर मैंने फिर कथा की धार में छलाँग लगायी। सल्लू के साथ मिलकर आगे बढ़ने लगा...।

जब रात गहरा गयी, तो हम लल्लू जी के मकान में पिछवाड़े से घुसे। खिड़की खुली थी। अन्दर की रोशनी बाहर से दिख रही थी। हम खिड़की के पास दुबक गये। फिर झाँककर देखा, तो कमरे में सन्नाटा पसरा था। मैंने आश्चर्य से भरकर सल्लू से कहा, ''कहीं 'खेल' खत्म तो नहीं हो गया?'' लेकिन सल्लू ने इनकार किया। घड़ी देखकर बोला, ''शो का टाइम तो यही है...''

कमरे में साफ दिख रहा था कि बोतल आधी खाली हो चुकी है...। गिलास लुढ़का पड़ा है। नमकीन काजू और पनीर के टुकड़ों वाली प्लेट जगह पर नहीं है। सोफा-पलँग अस्त-व्यस्त। कमरे में कोई चीज ठिकाने पर नहीं लगती थी। लेकिन कमरे में न तो लल्लू जी थे और न चल्लू...!!

हम दीवार से कान सटाकर बैठ गये।

थोड़ी देर में आवाज आयी... 'पुच्च...'। यह चुम्मी लेने की ध्वनि थी। सिर उठाकर खिड़की से कमरे में झाँका, तो वह खाली था। आवाज दूसरे कमरे से आयी थी।

फिर ऐसी ही एक आवाज आयी ... 'पुच्च'!!

फिर दो... और दो...!!

इसके बाद तो जैसे 'पुच्च... पुच्च... पुच्च...' की बौछार लग गयी! कुछ पलों बाद काँच का गिलास लुढ़कने की खनक...!! साथ में जैसे सोफे पर कोई सरककर दोहरा हुआ! सर्र...। कपड़ों की सरसराहट...। फिर से 'पुच्च'! ये सारी ध्वनियाँ अपने को बार-बार दोहरा रही थीं। मैं मुँह खोले सल्लू को देख रहा था... और सल्लू आँखें फाड़कर मुझे। इन ध्वनियों को सुन पाना मेरे लिए नागवार होता जा रहा था। आँखों के आगे रह-रहकर चल्लू का मासूम चेहरा तैर रहा था। दिल में टीस पैदा कर रहा था।

''मैं और नहीं सुन सकता...'' मैंने सल्लू से कहा।

सल्लू आँख दबाकर मुस्कुराया और बोला, ''गधे... अपना काम बनता, हरमुनिया बजाये जनता... सुन... क्या मीठी आवाजें आ रही हैं... पुच्च... सर्र... पुच्च... अहा!!''

तभी एक तेज सिसकी कानों में पड़ी! यह अब तक की ध्वनियों-सी नहीं थी। रोने की थी!! फिर दूसरी सिसकी आयी... रोने वाली!!! धीरे-धीरे ये तेज होने लगीं। फिर इन सिसकियों में हिचकियाँ बँधने लगीं!! सिसकी और हिचकी... एक तरह का लयबद्ध रुदन था यह!! हम हैरान थे।

पुच्च... सर्र... पुच्च... के बाद ये सिसकियाँ और हिचकियाँ कमरे के भीतर की खामोशी को भंग कर रही थीं। खिड़की के पास दुबके हम दोनों ने ध्वनियों के इस बदलाव से अनुमान लगाया कि अन्दर दोनों ने लिमिट से ज्यादा लगा ली है। ऐसा होने पर ही आदमी रोता है... पी कर...।

...अचानक दरवाजे पर धमाकों जैसी दस्तक के साथ पूरे दृश्य में हलचल पैदा हुई और निरन्तरता टूटी। खिड़की से झाँका, तो देखा कि कमरे में छायी मुर्दनी और स्थिरता धमाकेदार दस्तकों से थरथरा रही थी।

किसी ने जोर की एक लात जमायी, तो दरवाजा 'धड़्...' से खुल गया।

इससे पहले कि बदहवास लल्लू जी और उन्हें सँभालती हुई चल्लू दूसरे कमरे से निकलकर आते, कल्लू उस्ताद मोहल्ले के नेताओं, पत्रकारों और पुलिसवालों के साथ कमरे में था...!!

यह देखते ही सल्लू ने तेजी से मेरा हाथ खींचा और जोर से चिल्लाया, ''भाग जल्लू...''

...और हम वहाँ से सिर पर पाँव रखकर भाग लिये।

अन्त का अतिक्रमण

आपको यह जानकर दुःख होगा कि 'ऑपरेशन बेस्ट फ्रेंड' नाकामयाब रहा। मुझे भी बहुत दुःख पहुँचा। जो कुछ मेरी कल्पना में था... मेरे सपनों में था... कल्लू उस्ताद की दरवाजे पर मारी एक जोरदार लात से धराशायी हो गया। 'ऑपरेशन बेस्ट फ्रेंड' की नाकामयाबी के बाद कहानी की दुनिया में किसी नयी परम्परा के लिए उतनी भी जगह नहीं रह गयी, जितनी कि मुझे उम्मीद थी। न तो सल्लू के सिर में उभरे गूमड़ काम आये, न उसके सुपर कम्प्यूटर से तेज चलने वाले दिमाग के आइडिये। यहाँ तक कि मौके पर सल्लू से मेरी दोस्ती भी आशा की हल्की-सी किरण दिखाकर बुझ गयी।

फिर वही बेकारी थी और वही आवारगी।

कायदे से बात का यहीं अन्त हो जाना चाहिए था। परन्तु मेरे मन में रह-रहकर

उठ रहे एक प्रश्न ने अन्त का अतिक्रमण करके आगे बढ़ने को मजबूर किया।

प्रश्न यह था कि आखिर हम जहाँ से चले थे, वहीं क्यों पहुँच गये?

एक-दो दिन क्या, हफ्ता भर तक घंटों गुमसुम और बिना खाये-पीये बैठकर मैं अपना माथा खपाता रहा। परन्तु कोई उत्तर नहीं मिला।

...और जहाँ अक्ल काम नहीं करती, वहाँ संयोग अपना रंग दिखलाते हैं।

हफ्ते भर बाद एक रात सुनसान सड़क पर कल्लू उस्ताद मुझे पीये हुए मिल गये। मुझे देखते ही वह गले पड़कर रोने लगे। मैं हैरान था। उनके दुःख में अजब चमक थी और आँसू आबदार थे। उन्होंने मुझे सल्लू से खबरदार किया। बताया—

सल्लू ने तो हद कर दी! जिस थाली में खाया, उसी में छेद किया!! असल में 'ऑपरेशन बेस्ट फ्रेंड' के दौरान जब सल्लू गायब था, तो वह चल्लू से इश्क लड़ा रहा था। जब लल्लू जी को लड़की सप्लाई करने की योजना सल्लू ने कल्लू उस्ताद को बतायी थी, तो कल्लू उस्ताद ने 'रोशनी बार' का पता दिया था। बताया था कि वहाँ चल्लू मिलेगी। उन्होंने चल्लू के नाम पत्र लिखा था, "पत्रवाहक सल्लू है। कहने को तो मेरे बेटे जैसा है, मगर है दोस्त। बार की किसी बढ़िया लड़की से इसे मिलवा देना। बाकी बात यह खुद उस लड़की से कर लेगा।"

पत्र देते हुए कल्लू उस्ताद ने बड़े सकुचाकर सल्लू को बताया कि यही 'वो' लड़की है, जिसके लिए उन्होंने 'वो' गजल लिखी थी। बेचारी की सिर्फ माँ है। वह भी बीमार। बाप का पता नहीं। ऐसे में कौन उसका हाथ थामेगा। कल्लू उस्ताद ने कहा, "मैंने ही रोशनी बार में नौकरी लगवायी उसकी...। बढ़िया डान्स करती है।" ... और उस रात सल्लू ने जब चल्लू का डान्स देखा, तो उस पर मर मिटा। फिर वह रोज "रोशनी बार" जाने लगा। उसने चल्लू से नजदीकी बढ़ायी। दुनिया से नाउम्मीद हो चली चल्लू को भी सल्लू में उम्मीद की चिनगारियाँ दिखीं, तो उसके भी दिल में शोला भड़क गया... प्यार का। अब यह भगवान जाने कि कैसे सल्लू ने उसे राजी किया, लल्लू जी के पास जाने के लिए! गन्दे काम के लिए!!

इस बीच हर रोज कल्लू उस्ताद के पास जाकर सल्लू कहता रहा कि लड़की सप्लाई का इन्तजाम हो रहा है। कोई लड़की जल्दी राजी ही नहीं होती। पैसा भी अनाप-शनाप माँगती है। कल्लू उस्ताद भरोसे में रहे सल्लू के। ...और उस रात जबकि मैं और सल्लू, लल्लू जी के घर के पिछवाड़े में घुस रहे थे, कल्लू उस्ताद 'रोशनी बार' की राह पर थे। वह ठानकर निकले थे कि आज की रात चल्लू को उसके लिए लिखी गजल सुना ही देंगे...। जब उन्हें पता चला कि हफ्ता भर से चल्लू काम पर नहीं आ रही है, तो उनके सफेद बालों ने पल भर में माजरा ताड़ लिया। दन्न... से पहुँचे लल्लू जी के घर। लेकिन हाय! "कहानी किस्मत की" ने यहाँ भी कल्लू उस्ताद का साथ नहीं दिया।

पुलिस थाने में लल्लू जी ने यह कहकर धमाका कर दिया कि चल्लू तो उनकी अपनी बेटी है! उनका अपना खून...!!

जिन लालो देवी के प्यार को वे गमछे-सा गले में डालकर पूरी उम्र यहाँ-वहाँ भटकते रहे, जिनके लिए उन्होंने विधुर होने के बाद दूसरा ब्याह किये बिना जिन्दगी बिता दी, वही लालो देवी, लल्लू जी की बेटी चल्लू की माँ है...!! गाँव में पत्नी के अन्तिम क्रियाकर्म में विलम्ब होने से लल्लू जी को स्टेशन पहुँचने में देरी हो गयी थी। जिससे ट्रेन छूट गयी। अगली ट्रेन दो दिन बाद थी। जब तक लल्लू जी 'नारी बचाओ आन्दोलन' के दफ्तर पहुँचते, लालो देवी अपना साजो-सामान लेकर बगैर किसी से कुछ कहे वहाँ से कूच कर चुकी थीं। गर्भवती लालो देवी की खोज में लल्लू जी कहाँ-कहाँ नहीं भटके? थककर हार गये, तो उन्होंने प्यार की यादों के सहारे जिन्दगी बिताने का प्रण किया।

उन्होंने बताया : दारू पीते हुए आज जाने क्यों इमोशनल होकर अपना दिल चल्लू के सामने खोलकर रख दिया और जिन्दगी की तमाम पहेलियाँ एक ही पल में सुलझ गयीं!! अब जब संयोग से बेटी मिली, तो वे उसके गले लगकर घंटों रोये। रो-रोकर ही बाप-बेटी का हाल, बेहाल हुआ...।

यह दास्तान सुनकर कल्लू उस्ताद मारे शर्म के पानी-पानी हो गये। कैसे पवित्र-पावन रिश्ते पर लांछन लगाकर वे उन दोनों को पुलिस थाने में घसीट लाये! छी...!! सारी दुश्मनी भुलाकर कल्लू उस्ताद ने लल्लू जी के पाँव पकड़ लिये। अपने आँसुओं से लल्लू जी के चरण पखारे। चल्लू का हाथ अपने सीने पर रखकर उससे जीवन-संगिनी बनने की भीख माँगी। लेकिन चल्लू ने उनके प्रेम और सारे अहसानों को ठोकर मारकर बाप की उमर के आदमी से ब्याह करने से इन्कार कर दिया। चल्लू ने लल्लू जी से कहा कि वह ब्याह उसी लड़के, सल्लू से करेगी जिसने उनके बिछुड़े परिवार को मिलाया है।

लल्लू जी ने अपने अनुभवों से घोषणा की कि चट मँगनी पट ब्याह होगा।

"आगे क्या हुआ कल्लू उस्ताद..." मैंने छेड़ा। मैं समझ रहा था कि कल्लू उस्ताद दारू की झोंक में ये बहकी-बहकी बातें कर रहे हैं।

तभी नशे में लड़खड़ाते अपने हाथों से कल्लू उस्ताद ने एक कार्ड और लिफाफा कुर्ते की जेब से निकाला। कार्ड सचमुच ही 'सल्लू-चल्लू परिणय' का था। दो दिन पुरानी तारीख! मुझे धक्का लगा। सल्लू से ऐसी उम्मीद नहीं थी। कहाँ तो दिन-रात का साथ था... कहाँ इतनी बड़ी बात की खबर तक नहीं लगने दी!

कल्लू उस्ताद ने लिफाफा आगे बढ़ाया।

खोला, तो उसमें पत्र था— मेरे लिए।

यार जल्लू,

जल्दी में हूँ। इतना वक्त नहीं मिला कि तुम्हें सब कुछ बता पाता। चल्लू के लिए तुम्हारे दिल में क्या था, इसकी मुझे खबर थी। मेरे दोस्त, तुम सामने होते तो मैं उसे अँगूठी नहीं पहना पाता। माफ करना। कल्लू उस्ताद ने तुम्हें जो बताया, सब सच मानना।

लल्लू लाल जी 'लल्लू' ने अपने ताजा कहानी-संग्रह की एक कहानी 'दुनिया कमीनी' में लिखा है—

'दुनिया हमें कभी कुछ नहीं देती। हम उससे वही हासिल कर पाते हैं, जो हम उससे चुरा लेते हैं। यदि दुनिया में अपने ढंग से जीना है, तो उससे चुराना सीखो। यदि दुनिया का मुँह टूँगते रहोगे, तो वह तुम्हारी इच्छित चीजें दूसरों में बाँटती चली जाएगी।'

चल्लू को यदि मैं नहीं चुराता, तो दुनिया उसे किसी और की झोली में डाल देती। शायद कल्लू उस्ताद की! या फिर तुम्हारी ही!!

उम्मीद करता हूँ कि मेरे दिल की मजबूरी समझोगे।

हनीमून से लौटकर तुमसे मुलाकात करूँगा।

तुम्हारा,
सल्लू

यह जो यथार्थ है

सल्लू का पत्र मैंने बार-बार कई बार पढ़ा। अन्ततः पत्र में वर्णित सारे यथार्थों के साथ इस यथार्थ को भी स्वीकार कर लिया कि पत्र सल्लू ने ही लिखा है। लेकिन जो बात फाँस की तरह मन में गड़ गयी, वह थी लल्लू जी की कहानी और लल्लू जी का 'कोट'। असल में वह कहानी और वे पंक्तियाँ लल्लू जी की नहीं हैं। आप चौंकिए मत। हुआ यह कि मैंने अपनी वह कहानी लल्लू जी को पढ़ने के लिए दी थी। ताकि वे मुझे उस पर राय दें। उन्होंने कहा था— कहानी कूड़ा है। मैंने कहानी कूड़ेदान में डाल दी। ...और अब क्या देख रहा हूँ!

धोखा...!

धोखे पे धोखा...!!

मुझे लल्लू जी और सल्लू, दोनों पर गुस्सा आ रहा था। परन्तु इससे कुछ होना नहीं था। लल्लू जी मेरी कहानी चुरा चुके थे और सल्लू मेरा प्रेम! तभी मैंने तय किया कि जिस कहानी का आगाज मैंने और सल्लू ने मिलकर किया था, उसे अंजाम तक मैं पहुँचाऊँगा। निश्चित ही सल्लू जब यह कहानी मेरे नाम से छपी हुई देखेगा, तो उसके दिल को ठेस लगेगी। परन्तु प्रिय पाठक, आप गौर कीजिए कि

कहानी में उसकी पूरी दिलचस्पी कहाँ थी! न ही उसने कभी आपके प्रति अपनी जिम्मेदारी को महसूस किया। कहानी और आपकी परवाह छोड़ वह बीच-बीच में गायब भी तो हो जाता था!!

हो सकता है कि आप मुझे 'चीटर' कहें क्योंकि यह कहानी लिखने के सारे आइडिये सल्लू के दिमाग की उपज थे। यह स्टोरी उसी ने 'ब्रेक' की थी। लेकिन मैं आपको पहले ही बता चुका हूँ कि लिखने की कला उसे नहीं आती। इस मामले में वह पूरी तरह फिसड्डी है। सम्भव है कि सल्लू मुझ पर उसकी कहानी का आइडिया चुराने का आरोप भी लगाये। मुझे इसकी परवाह नहीं। मैं उसे एक बार फिर 'दुनिया कमीनी' पढ़ने की सलाह दूँगा क्योंकि उसमें यह भी लिखा है— 'दुनिया अब फिसड्डी लोगों को अपने कन्धों पर लादकर आगे नहीं बढ़ती। उल्टे उन्हें एक लात और जमाकर राह से परे पटक देती है।'

आप देख चुके हैं कि मुझे थोड़ा-सा कमजोर पाकर लल्लू जी और सल्लू ने मेरे साथ क्या सुलूक किया। क्या मैंने कोई शिकवा किया? इसलिए सल्लू को भी शिकायत करने का कोई हक नहीं बनता। हिसाब बराबर! आप देख रहे हैं कि मेरे नाम से यह कहानी छपने के कारण साहित्य में सल्लू के कैरियर पर कैसी लात पड़ी है!! कथा संसार में अमर होने की इच्छा लिये वह साहित्य के दिल्ली दरवाजे पर कैसे चित पड़ा है!!

आइए प्रिय पाठक, हम बेकार किसी भावुकता में पड़ने के बजाय अपने समय के यथार्थ को स्वीकार करें और आगे बढ़ें। सल्लू जैसे और भी लोग अपने आइडियों के कहानी में तब्दील हो जाने का इन्तजार कर रहे हैं।

चलिए उन्हें ध्वस्त करें और अपने साहित्य को समृद्ध बनाएँ।

आईने, सपने और वसन्तसेना

भरोसा कीजिए, यह एक सच्चा किस्सा है। उन दिनों का, जब आईने बेजुबान नहीं हुआ करते थे। न ही मुर्दा लोगों की तस्वीरों-सा उन्हें घर की दीवारों पर टाँग कर रखा जाता था। तब 'अन्धों के शहर में आईना बेचने वाली बात' किसी के जहन में तक नहीं आयी थी। ऐसा इसलिए कि जिनकी आँखें नहीं होती थीं, आईने उन्हें राह दिखाया करते थे। वे इनसान के दोस्त थे। हमकदम और हमसफर। साफगोई उनका ईमान थी। 'आईना दिखाना' उन दिनों अदालती कार्यवाही का महत्त्वपूर्ण अंग हुआ करता था। जिसने आगे चलकर एक कहावत का रूप ले लिया।

मेरे खयाल से अब आप इस किस्से की उम्र का अन्दाजा लगा सकते हैं। खैर। जरा गौर करें, तो आप पाएँगे कि कोई भी अकेला और सादा आईना कभी किसी किस्से का कारण नहीं बन सकता। जबकि उसमें किसी चीज की परछाई तक नहीं पड़ रही हो! असल में, इस किस्से में आईने के साथ एक मर्द और एक औरत भी शामिल हैं। तो आइए, कोई भूमिका बाँधे बगैर बात सीधी शुरू करें...

तापमान और तितलियाँ

यह किस्सा कभी सामने नहीं आ पाता, अगर बीती सर्दियों में एक दिन मौसम बेहद खुशगवार न होता। हल्की ठंड के बीच रिमझिम फुहारें! मर्द और औरत एक कमरे में बन्द, अँगीठी के सामने बैठे थे। आग तापते हुए। लेकिन औरत का मन वहाँ नहीं था। वह बाहर निकलना चाहती थी। ठंड की उस बरसात में भीगने का मन हो रहा था उसका। वह उठकर खड़ी हुई और खिड़की पर पहुँच गयी। उसने मुँह से साँस छोड़ी। खिड़की के काँच पर गोलाकार-रोएँदार धुन्ध छा गयी। औरत ने उस पर मर्द के नाम का पहला अक्षर लिखा। 'म'!

मर्द की नजरें औरत की नजरों से टकरायीं। वह मुस्कुराया। उसने औरत की आँखों में कुछ ऐसा पढ़ा, जिसका अर्थ सिर्फ वही समझ सकता था। वह उठा और औरत के करीब खिड़की तक चला आया। खिड़की के काँच पर औरत ने अपनी साँस से जो गोलाकार-रोएँदार धुन्ध पैदा करके मर्द के नाम का पहला अक्षर लिखा

था, वह अब हवा में ओझल हो चुका था। मर्द ने खिड़की के काँच को गौर से निहारा। फिर औरत को अपनी मजबूत बाँहों में समेट लिया। औरत बगैर कोई प्रतिक्रिया किये, उसके सीने से चिपक गयी। मर्द ने उसके बालों को सूँघा। उसकी आँखें अपने आप मुँद गयीं। औरत के माथे की गन्ध को साँसों से अन्दर खींचकर, वह अपने रोम-रोम में भर रहा था। औरत ने उसकी साँसों की गर्मी को महसूस किया और अपने बायें कान को उस जगह सटा दिया, जहाँ मर्द का दिल था। वह मर्द की धड़कनों को साफ-साफ सुन रही थी। हर धड़कन में उसे अपने नाम का पहला अक्षर सुनाई दे रहा था। 'औ...!' सुनकर औरत को अच्छा लग रहा था... और नहीं भी। वह खुश हो रही थी कि मर्द की धड़कन तक में समायी हुई है, परन्तु इस बात से वह उदास होती जा रही थी कि उन धड़कनों में भी वह सिर्फ औरत है! उसने मर्द की छाती से अपना कान हटा लिया और उसके चेहरे को देखा। वह अब भी आँखें बन्द किये गहरी साँसें खींच रहा था। औरत ने उसके गर्म-गर्म होठों पर अपने होठ रख दिये। मर्द की साँसें और गहरी होती गयीं। पहले से भी ज्यादा गर्म...। कुछ पल ठहरकर उसने आँखें खोलीं। फिर औरत के होठों पर अपने होठों का दबाव बढ़ा दिया। औरत यह सह न सकी। इस दबाव से उसके होठों का तापमान इतना बढ़ गया कि वे पिघल गये। ठंड की वह बरसात, जो कमरे से बाहर हो रही थी, औरत के चेहरे पर उसकी बूँदें छलछलाने लगीं। वह धीरे-धीरे भीग रही थी। हल्की ठंड की रिमझिम बरसात में। जबकि उसके भीतर एक छोटी-सी अंगीठी दहक रही थी। इस अंगीठी के ताप और उजास से औरत की देह का मौसम बदल रहा था। उसमें तमाम रंग-बिरंगे फूल हल्की चटक के साथ एक-एक कर खिल रहे थे। अदृश्य चिड़ियों की चहचहाहट का संगीत उस मौसम में सुगन्ध-सा तैर रहा था। औरत ने इस सुगन्ध के पीछे अनदेखे प्रदेश की तितलियों के झुंड आते देखे। इन तितलियों ने आकर औरत को अपने नर्म-नाजुक पंखों पर बैठा लिया और उड़ चलीं... सपने के एक देश।

अप्सरा और उलझन

औरत अपनी दुनिया से बाहर, सपने के एक देश में थी। जब वह इस देश में पहुँची, तो कोई भी उसका स्वागत करने नहीं आया। लेकिन कोई खतरा नहीं था। यहाँ की आबो-हवा में ही उसने यह महसूस कर लिया था।

अब औरत के सामने सबसे बड़ा सवाल था कि क्या वह सचमुच उसके अपने सपने का देश है? वह किसी से पूछना चाहती थी, परन्तु उसके सवाल का जवाब देने वाला वहाँ आसपास कोई नहीं था। उसे यहाँ लेकर आने वाली तितलियाँ भी

नहीं! तब भी औरत का मन उदास नहीं था। वह अकेली चली जा रही थी। अचानक उसने पाया कि वह कुछ गुनगुना रही है। कोई गीत... जबकि उसे गाना नहीं आता! फिर उसने गौर किया कि यहाँ हवा, पानी, फूल, पत्ते, घास और रोशनी तक संगीत से लबरेज हैं। ऐसे में वह भी गुनगुनाने लगे और उसे पता ही न चले, तो इसमें आश्चर्य कैसा! इस बात से चकित वह, यह निष्कर्ष निकालने ही वाली थी कि यहाँ उसके अलावा और कोई नहीं है, तभी एक पंछी उसके सिर को लगभग छूते हुए गुजरा। औरत ने नजरें उठायीं। देखा तो सामने सीढ़ियाँ थीं। जो आसमान में झूल रहे एक बगीचे तक जाती थीं। सीढ़ियों से चढ़कर औरत बगीचे में पहुँची। वहाँ उसने एक अप्सरा को फूलों से प्यार करते हुए देखा!

हाँ! फूलों को प्यार करने वाली जितनी सुन्दर थी, उसे अप्सरा ही कहा जा सकता था। तो क्या सपने में औरत स्वर्ग में थी?

अप्सरा ने औरत को देखा और मुस्कुरायी। औरत को अप्सरा अपनी-सी लगी। उसे लगा कि अप्सरा को वह पहले से जानती है। अप्सरा ने मानो औरत के मन को पढ़ लिया और कहा कि यह बात सही है। अप्सरा ने अपना परिचय वसन्तसेना के रूप में दिया, तो औरत की खुशी सात आसमानों को भी पार कर गयी। मगध की वसन्तसेना! किस्सों और गीतों की वसन्तसेना!! औरत ने वसन्तसेना पर बनी एक फिल्म भी देखी थी। उसके स्वतन्त्र-स्वच्छन्द-भव्य जीवन और उसके अकल्पनीय सौन्दर्य की अब तक वह कल्पना ही करती रहती थी। आज वही वसन्तसेना उसके सामने साक्षात खड़ी थी या वह खुद वसन्तसेना के सामने! वसन्तासेना ने उसे बताया कि यह मेरे सपने का देश है।

यह सुनकर औरत को धक्का लगा। जबकि थोड़ी देर पहले ही वह तय करने के कगार पर थी कि यह उसके अपने सपने का देश है। वह वसन्तसेना के सपने के देश में कैसे आ गयी? घबरायी हुई औरत यह सोच ही रही थी कि वसन्तसेना ने उसे बताया, ''मैं अक्सर तुम्हारा सपना देखती हूँ...।''

औरत दंग रह गयी। वह समझ नहीं पा रही थी कि वसन्तसेना क्यों उसका सपना देखती है! लेकिन वह वसन्तसेना से पूछ नहीं सकी। वसन्तसेना ने औरत का हाथ अपने हाथ में थामा और अपने साथ ले चली...। थोड़ी देर बाद दोनों ने एक विशाल महल में प्रवेश किया। यहाँ वसन्तसेना रहती थी। औरत विस्मय से चारों ओर देख रही थी। सब कुछ सोने का था। जगह-जगह हीरे-माणिक-मोती जड़े थे। कारीगरी के अद्वितीय नमूने वहाँ थे। छत से लेकर फर्श तक। दरवाजों से दीवार तक। शयनकक्ष से स्नानागार तक। भोजन के बर्तनों से लेकर ताम्बूल पात्र तक। सब कुछ स्वर्णिम आभा से दिपदिपा रहा था। औरत को लगा कि वह सचमुच सपना देख रही है। लेकिन तभी उसे वसन्तसेना की याद आयी, ''मैं अक्सर तुम्हारा सपना

देखती हूँ...।''

औरत को खयाल आया कि कहीं ऐसा तो नहीं, सपना वसन्तसेना देख रही है! वसन्तसेना के सपने में वह है!! औरत उलझन में पड़ गयी। वह जितना सोचती गयी, उलझन उतनी बढ़ती गयी। आखिर में वही हुआ जिसका डर था। औरत और उलझन इस तरह गुँथ गये कि दोनों को एक-दूसरे से अलग कर पाना असम्भव हो गया। ...और यह सब कुछ सपने के एक देश में हुआ...!!

संशय का संसार

वीणा के तारों की झंकार औरत के कानों में पड़ी, तो उसकी नींद खुली। सुबह इतनी सुखद कभी नहीं हुई थी उसके लिए।

सपने का देश!!

जागते ही औरत को खयाल आया। उसने चारों ओर निगाहें दौड़ायीं। फिर ठहरकर ठंडी और गहरी साँस ली। उसने पाया कि वह अब भी वहीं थी। उसे खुशी हुई कि सपने का देश सिर्फ उसके सपने में नहीं था। पास के पलँग पर वसन्तसेना अब तक सो रही थी। उसने वसन्तसेना को जगाना चाहा। फिर जाने क्या सोचकर ठहर गयी। उसने पाया कि वीणा के तारों की झंकार वसन्तसेना की देह से उठ रही है। औरत ने अपना बिस्तर छोड़ा और वसन्तसेना के पलँग के सामने जा पहुँची। वसन्तसेना की देह धीरे-धीरे एक वीणा में बदलती जा रही थी। औरत के आश्चर्य की अब कोई सीमा नहीं थी। उसने वसन्तसेना को वीणा में तब्दील होने से रोकना चाहा, पर ऐसा न कर सकी। कुछ ही पल में वसन्तसेना की जगह वीणा ने ले ली। औरत को अपने देखे पर विश्वास नहीं हो रहा था। उसने वीणा को छूकर देखा। वीणा पुरानी थी। जर्जर। उसके तार या तो बहुत ढीले और बेकार थे या फिर टूटे हुए। तब भी उनमें जीवन था। तारों को अपनी झंकार की स्मृति थी और झंकार उनकी स्मृति से उठ रही थी! औरत असमंजस में थी। यह वीणा वसन्तसेना है या फिर वसन्तसेना असल में वीणा है!! इससे पहले कि वह असमंजस से उबर पाती, उसने देखा कि वसन्तसेना जागकर अँगड़ाई ले रही है। दोनों ने एक-दूसरे को देखा। मुस्कुराकर अभिवादन किया। वसन्तसेना औरत के करीब आयी और बोली, ''आज फिर मैंने तुम्हारा सपना देखा...। तुम एक वीणा में तब्दील हो गयी हो...''

औरत चौंकी। अभी-अभी उसने जो देखा था, वसन्तसेना से कहना चाहा। परन्तु उसके होठ हिल भी न सके। वह वसन्तसेना के पीछे-पीछे चल दी। दोनों गुलाबों के उस बगीचे में पहुँचीं, जहाँ फूल कभी मुर्झाते नहीं थे। हमेशा ही सुर्ख और ताजा रहते। यह वही बगीचा था, जहाँ औरत ने पहली बार वसन्तसेना को देखा था और उसे अप्सरा समझ बैठी थी। औरत ने पाया कि वसन्तसेना की दुनिया

बहुत छोटी-सी है। उसकी सीमाएँ कुछ ही कदमों में नाप ली जा सकती हैं। पहली बार औरत के मन में सपने के इस देश के प्रति संशय जागा। कैसे रहा जा सकता है इसमें, सदा के लिए! कैसे रह लेती है वसन्तसेना, सिर्फ फूलों को प्यार करते हुए! कैसे अपने एकान्त को सिर्फ सोने और हीरे-मोतियों से सजाकर रख पाती है! औरत के मन में पलभर को विचार आया कि सपने के इस देश को खारिज कर दे। लेकिन यह सम्भव नहीं था क्योंकि यह वसन्तसेना के सपने का देश था। ...और औरत वसन्तसेना के सपने के देश में थी।

"तुम जो सोच रही हो, वह मैं समझ रही हूँ..." फूलों को प्यार करती हुई वसन्तसेना की आवाज थी यह।

मारे आश्चर्य के, औरत जहाँ थी वहीं जड़ हो गयी।

छवि का छल

दिन तो गुजर गया। झूला झूलने में। रस्सी कूदने में। बत्तखों को दाना चुगाने में। कमल के फूल चुनकर कमरे सजाने में। रंगोली बनाने में। मेहँदी रचाने में। वेणियाँ गूँथने में। गीत और कविताएँ गुनगुनाने में। हँसी-ठिठोली करते हुए...। पता ही नहीं चला समय का। औरत को अपनी खबर तक नहीं रह गयी। वह भूल चुकी थी कि यह वसन्तसेना के सपने का देश है...। साँझ जब ढल जाने को हो गयी, तो वसन्तसेना औरत को लेकर अपने श्रृंगार कक्ष में पहुँची।

अलौकिक था सब कुछ... औरत ने देखा।

चारों ओर दीवारें आईनों की बनी थीं। जगह-जगह रंग-बिरंगे जवाहरात जड़े थे। वहाँ जल रहे सैकड़ों दीपकों की छवि आईनों पर पड़ रही थी और संख्या में बढ़कर दीपक हजार तक हो रहे थे। रंग-बिरंगे जवाहरातों से फूटती किरणों के कारण कमरे की रोशनी सतरंगी हो रही थी। आँखों और मन को सुख पहुँचाने वाला ऐसा प्रकाश औरत ने पहले कभी नहीं देखा था। लेकिन यह तो शुरुआत मात्र थी। वसन्तसेना ने जब अपने जेवरों और जवाहरातों के भंडार खोले, तो औरत ने महसूस किया कि इससे अधिक वह और कुछ बर्दाश्त नहीं कर पाएगी। ...और तभी वसन्तसेना ने कहा, "यह मेरी पीड़ा... मेरे दुःख का कक्ष है सखी..."

सुनकर औरत ठगी-सी रह गयी। उसे अपने कानों पर विश्वास नहीं हुआ। उसने हैरत से वसन्तसेना को देखा। सपने के इस देश में उसने पहली बार दुःख की छाया देखी। वह भी वसन्तसेना के सबसे भव्य, सबसे सुन्दर, सबसे मोहक और सबसे आकर्षक कक्ष में! वसन्तसेना की बात पर कैसे विश्वास हो सकता था किसी को भी! लेकिन क्या वसन्तसेना झूठ बोलेगी?

वसन्तसेना आईने के सामने चौकी पर बैठकर अपना श्रृंगार कर रही थी।

उँगलियों में अँगूठियाँ, गले में हार, माथे पर बिंदिया, बाँहों में बाजूबन्द, कमर में करधनी, पाँवों में पायल, नाक में नथ, कानों में झुमके, बालों में मोतियों की वेणी...। संसार के कीमती से कीमती नगीने इन जेवरों में जड़े थे। यह है वसन्तसेना का दुःख? औरत हैरान थी। वसन्तसेना से उसे ईर्ष्या होने लगी। उसे लगा कि इस दुःख के लिए जीवन के सारे सुख त्याग सकती है वह। वसन्तसेना झूठी है!

झूठी है वसन्तसेना... औरत के मन ने कहा।

"हर रात सपने के इस देश से निकलकर मैं सच की दुनिया में जाती हूँ... वहीं नगरसेठ मेरी प्रतीक्षा करते हैं..., नहीं, वे मुझसे प्रेम नहीं करते... मुझे छलते हैं... प्रेम का अभिनय मात्र करते हैं... उनके लिए मैं वसन्तसेना हूँ... सिर्फ वसन्तसेना..." वसन्तसेना आईने में एकटक देखते हुए कहे जा रही थी, "... हर साँझ शृंगार करके मैं अपने को हजारों छवियों में बाँटती हूँ... और इन्हीं आईनों के रास्ते अपने सपने के देश से बाहर निकल जाती हूँ..."

औरत ने सिर उठाकर देखा, तो चारों ओर की दीवारों के आईनों में वसन्तसेना ही दिख रही थी। वसन्तसेना की हजारों छवियाँ!! औरत अपनी जगह पर घूम-घूमकर चारों ओर निहारने लगी। उस सतरंगी रोशनी में असली वसन्तसेना कौन-सी है, पहचानना मुश्किल होता जा रहा था। तभी धीरे-धीरे औरत ने महसूस किया कि वहाँ वसन्तसेना है ही नहीं! आईनों में औरत की छवि थी!! वसन्तसेना की ही तरह सजी हुई...!!! इससे ज्यादा कभी नहीं चौंकी थी औरत। वह अकेली थी उस कक्ष में अपनी हजारों छवियों के साथ, वसन्तसेना के वेश में। साँझ ढल चुकी थी और आईनों के पार से हँसी-ठहाकों से भरी, नशीली और कामुक आवाजें आ रही थीं, 'वसन्तसेना... ओ... वसन्तसेना...'

आईनों के पार से आती आवाजें औरत के वस्त्रों और आभूषणों को पार करती, उसकी देह में चुभ रही थीं। आईनों में कैद औरत की छवियाँ, उसकी ओर अपनी बाँहें फैलाये अपने को बचा लेने की गुहार कर रही थीं। आईनों के पार सैकड़ों-हजारों हाथ मिलकर उन्हें पूरे जोर से खींचे जा रहे थे। छवियाँ चीख रही थीं। रो रही थीं। ...तभी औरत ने अपने पैरों के पास रखी चौकी उठायी और सामने लगे आईने पर खींचकर दे मारी।

झन्न... की आवाज के साथ वह आईना टूटकर बिखर गया। उस आईने के टूटते ही बाकी आईने भी बिखरकर चूर हो गये क्योंकि एक ही आईने में बाकी आईनों की छवियाँ थीं।

चलो इक बार फिर से...

मर्द के होठों की गर्मी से पिघलती जा रही औरत पसीने से तर-ब-तर थी।

सपने के देश में आईनों के पीछे से आती कामुक आवाजें उसके कानों में अब भी गूँज रही थीं। मारे शर्म के उसने अपना मुँह मर्द की छाती में छुपा लिया। कमरे के बाहर हो रही बरसात से उसका चेहरा अब भी भीगता जा रहा था। उसकी साँसें तेज-तेज चल रही थीं। उसने हौले-हौले आँखें खोलीं, तो धुँधली रोशनी में नहाया अपना कमरा दिखाई पड़ा। वह सुरक्षित थी। उसमें हिम्मत लौटी। उसने मर्द के जिस्म की गर्मी को महसूस किया। इस ताप की आँच उसके मन तक जा रही थी। बहुत संकोच और लज्जा के साथ उसने अपना चेहरा उठाया। मर्द ने उसकी ठोड़ी को अपनी उँगली से जरा ऊँचे किया। दोनों का चेहरा एक-दूसरे को लगभग छूते हुए फासले पर था। मर्द के होठों पर पहले मुस्कान आयी और फिर आँखों में चमक। वह बुदबुदाया, 'वसन्तसेना...'

औरत के जिस्म में, सिर से पाँव तक मानो बिजली उतर गयी। इस कदर उसे झटका लगा। वह कँपकँपाने लगी। मर्द ने उसे मजबूती से थाम लिया। औरत उसकी पकड़ से छूटने के लिए छटपटाने लगी। आखिर में पूरी ताकत लगाकर वह आजाद हुई। भागकर आईने के सामने पहुँची। अपना चेहरा गौर से निहारने लगी। फिर पलटकर बोली, "झूठ... मैं वसन्तसेना नहीं हूँ..." उसकी आवाज में तड़प थी।

मर्द ने ठहाका लगाया। औरत को लगा कि सपने के देश वाले आईने फिर जी उठे हैं। उसने अपने कानों पर हाथ रख लिये। उसके करीब आकर मर्द कान के पास अपने होठ लाया। बोला, "इनकार मत करो... आज तुम बिल्कुल वसन्तसेना लग रही हो... मेरे इस भ्रम को मत तोड़ो... आओ... मेरे पास आओ... मेरी बाँहों में... वसन्तसेना..."

औरत दुबककर वहीं बैठ गयी, जहाँ थी। फिर बोली, "झूठ है..."

मर्द ने इसरार किया, "झूठ है, तो झूठ सही... थोड़ी देर को तुम भूल जाओ कि हम कौन हैं... मैं भूल जाता हूँ... हम अजनबी हैं, बस... एक-दूसरे के लिए... जैसे पहले थे कभी... आज तुम वसन्तसेना बन जाओ... मैं तुम्हारा प्रेमी..."

"वसन्तसेना से कोई प्रेम नहीं करता..." औरत ने दृढ़ आवाज में कहा।

"तब भी वह सबके दिलों पर राज करती है... सबके सपनों पर उसका ही अधिकार रहता है... अपना सब कुछ लुटा देते हैं लोग उस पर... आओ... आज मैं भी लुटा दूँ अपना सब कुछ तुम पर... वसन्तसेना..." मर्द ने फिर निमन्त्रण दिया।

औरत खामोश बैठी रही। मर्द उससे सटकर बैठ गया। उसने औरत का हाथ अपने हाथों में लिया। उसकी उँगलियों से खेलने लगा। कभी उन्हें चूमता। कभी चटकाता। कभी उन्हें अपनी पलकों से छुआता। जब उसे औरत पत्थर-सी होती जान पड़ी, तो उसने औरत की उँगलियों को दाँतों से चबा दिया। हल्की-सी

चीत्कार के साथ औरत तड़प गयी। उसकी आँखों में आँसू आ गये। मर्द वो आँसू पी गया। उसे औरत और भी खूबसूरत लगने लगी। मर्द को उसके अपनी बाँहों में आने का इन्तजार था।

"जो तुमको यह याद रह गया कि मैं कभी वसन्तसेना बनी थी, तो..." औरत ने थरथराती हुई, सन्देह से भरी आवाज में सवाल किया।

"तो...!" मर्द सोच में पड़ गया।

फिर अचानकर उछलकर बोला, "...लो, मैं भी वह नहीं रहता जो हूँ। अब तुम भी तुम नहीं और मैं भी मैं नहीं...। तुम वसन्तसेना और मैं...!"

औरत ने आँखें गड़ाकर मर्द को देखा, जैसे पहली बार देख रही हो या फिर इसके बाद वह उसे कभी नहीं देख पाएगी।

मर्द को इतना उत्तप्त और उत्साहित उसने पहले कभी नहीं देखा था। वह मर्द की बाँहों में चली गयी। मर्द ने उसे भरपूर नजरों से देखा और पूरी ताकत से सीने से लगा लिया।

"वसन्तसेना..." औरत ने आवाज सुनी।

बाहर ठंडी हवाओं के बीच हल्की रिमझिम अब भी हो रही थी। खिड़की के काँच से पार सब साफ दिख रहा था। हर चीज एक-दूसरे में दुबकी हुई थी। लेकिन कमरे में अँगीठी अब भी दहक रही थी।

मर्द की बातों का जादू औरत पर चल गया था। मर्द की खुशी के लिए उसने विश्वास कर लिया कि वह वसन्तसेना है। मर्द ने भरोसा दिलाया कि अब वह कमरे में उसके साथ पहले से बैठा हुआ मर्द नहीं रह गया है। वह बदल चुका है। वह वसन्तसेना का प्रेमी है। मर्द के इतना कहते ही अँगीठी से चिनगारियाँ छूटीं और फूल बनकर बिखर गयीं। उन फूलों की सुगन्ध का पीछा करते हुए ढेर सारी रंग-बिरंगी तितलियों के झुंड खिड़की के काँच को पार करके कमरे में आ गये। कमरे का मौसम सुगन्ध और रंग से भर गया। तितलियों ने मर्द और औरत को अपने नाजुक पंखों पर बैठाया और सपने के देश की ओर उड़ने को थीं...। तभी मर्द ने जाने से इनकार कर दिया। उसने कहा कि सपने के देश में सिर्फ छल होता है। एक पल में वहाँ सब कुछ हाथ से फिसल जाता है। वहाँ जाने वाला हमेशा निराश होकर लौटता है...।

मर्द की इन बातों से औरत हैरान रह गयी। मर्द उसका हाथ पकड़कर तितलियों के नाजुक पंखों से नीचे उतर आया। उसने औरत का चेहरा प्रेम से अपनी हथेलियों में सँभाला और उसके माथे का चुम्बन लिया।

"...आओ वसन्तसेना मेरे झूठ की दुनिया में। जो सच की इस दुनिया से कहीं सुन्दर है और सपने के उस देश से ज्यादा भरोसेमन्द..." यह कहते हुए मर्द ने

औरत की कमर में हाथ डाला और उसे कसकर अपने से चिपका लिया। फिर वह उस इमारत की दसवीं मंजिल से नीचे कूद पड़ा, जहाँ दोनों का यह कमरा था।

झूठ की पीठ

ऊँचाई से गिरने में इतना आनन्द हो सकता है, औरत ने कभी कल्पना तक नहीं की थी। गिरते हुए, औरत के साथ जो सबसे आश्चर्यजनक और महत्त्वपूर्ण बात हुई, वह यह कि वह सचमुच वसन्तसेना में तब्दील हो गयी। वही रूप, वही रंग, वही अदाएँ। औरत को अपनी स्मृति नहीं रह गयी। अब वह सिर्फ वसन्तसेना थी। वसन्तसेना... जो हर साँझ ढले अपनी पीड़ा और दु:ख के कक्ष में लगे आईनों को पार करके...

मर्द के साथ वसन्तसेना अब ऐसे शहर में थी, जो झूठ की पीठ पर बसा हुआ था। सच की दुनिया के किसी भी बड़े और भव्य शहर से यह कम नहीं था। उतना ही आबाद। उतना ही रंगीन। उतना ही जीवन्त। तमाम सुविधाओं से सम्पन्न। वसन्तसेना चकित थी। वह या तो सच की दुनिया से परिचित थी या फिर सपने के देश से। झूठ की पीठ पर बसे शहर के बारे में उसने न सुना था, न कभी जाना था। जबकि मर्द ने इस शहर में भी अपना एक आलीशान मकान बना रखा था। वसन्तसेना को वह वहीं ले गया। मर्द बेहद खुश था क्योंकि पहली बार वसन्तसेना उसके साथ थी। मर्द वसन्तसेना से बताता रहा कि किस तरह वह उसके सपने देखता रहता था। उसने वसन्तसेना को लेकर देखे सपनों के बारे में विस्तार से उसे बताया। वसन्तसेना बगैर कोई प्रतिक्रिया किये सुनती रही। मर्द ने महसूस किया कि वह उसमें दिलचस्पी नहीं ले रही है। पहले तो उसे थोड़ा दु:ख हुआ, फिर क्रोध आने लगा। लेकिन वह क्रोध को काबू में किये रहा। उसने वसन्तसेना को वे कविताएँ सुनायीं, जो उसकी कल्पना करते हुए रची थीं। अपनी कल्पना से बनाये वसन्तसेना के चित्र भी उसने दिखाये, जो कि बहुत सुन्दर थे। तब भी वसन्तसेना के चेहरे पर ऐसा कोई भाव नहीं आया, जो मर्द की प्रशंसा में हो। मर्द निराश हो उठा। अचानक उसे लगा कि औरत उसके धैर्य की बेहद कठिन परीक्षा ले रही है। वह खीझ पड़ा। उसने सारी कविताएँ और चित्र उठाकर कूड़ेदान में डाल दिये। इस पर वसन्तसेना ने कहा कि वह उसे औरत मानकर कोई व्यवहार न करे। साथ ही चेतावनी दी कि फिर से ऐसा कुछ होने पर वह लौट जाएगी।

मर्द को अपने व्यवहार पर पश्चाताप हुआ। उसने वसन्तसेना से माफी माँगी। मर्द ने पाया कि वह अपने को वसन्तसेना के प्रेमी में तब्दील नहीं कर सका है। वह अब भी औरत को सिर्फ औरत समझने वाला मर्द है और कहने भर को वसन्तसेना का प्रेमी!

उसने वसन्तसेना से कहा कि यदि एतराज न हो, तो वह अपना चेहरा बदलना चाहता है। इस पुराने चेहरे के साथ उसे प्रेम कर पाने में मुश्किल हो रही है। वसन्तसेना को मर्द के चेहरा बदलने पर कोई एतराज नहीं था। तब मर्द ने कमरे की अलमारी खोली। उसमें अलग-अलग प्रकार के कई चेहरे रखे थे। वसन्तसेना की मदद से मर्द ने सबसे हँसमुख और मसखरा चेहरा पसन्द किया। आईने के सामने आकर मर्द ने एक बार गौर से अपना चेहरा देखा और उस पर वह हँसमुख और मसखरा चेहरा लगा लिया। देखते ही देखते मर्द लगभग जोकर में बदल गया। उसे देखकर वसन्तसेना हँस पड़ी। वसन्तसेना को इस तरह खुलते देखकर मर्द को अच्छा लगा। उसने यह भी गौर किया कि अब वसन्तसेना का पूरा ध्यान उसी पर केन्द्रित है। उसने खुश होकर सचमुच के जोकर की तरह वसन्तसेना को कुछ करतब दिखाये और ऐसे-ऐसे चुटकुले सुनाये कि वसन्तसेना पेट पकड़कर हँसने लगी।

इन तमाम करतबों और चुटकुलों के बदले वसन्तसेना ने मर्द के चेहरे पर चुम्बनों की झड़ी लगा दी। उसने मर्द से कहा कि एक अर्से बाद वह इतना हँसी है और वह सचमुच उससे प्यार करने लगी है।

''वसन्तसेना भी कभी मुझसे प्यार करेगी...!'' मर्द ने सोचा ही नहीं था। इस खुशी में उसने बाहर जाने का फैसला किया। वसन्तसेना को लेकर वह कई एक सितारा होटल में गया। दोनों ने थोड़ी शराब पी, नाचे और खाना खाया। रात जब बीतने के करीब पहुँचने लगी, तो दोनों वापस मर्द के उस आलीशान मकान के सबसे शानदार कमरे में पहुँचे। जो किसी जोड़े की पहली रात के लिए सजाया गया मालूम पड़ रहा था।

स्वप्न में दुःस्वप्न

वसन्तसेना इतनी खुश थी कि मर्द को बार-बार उसे सँभालना पड़ रहा था। उस पर हल्का-हल्का नशा भी छाया था। इससे मर्द को मुश्किल हो रही थी। वह जानता था कि रात बीतते ही वसन्तसेना लौट जाएगी। उसने वसन्तसेना को बाँहों में भरा और गुलाब की पंखुड़ियों से सजी सुगन्धित सेज पर ले गया।

वसन्तसेना अब सँभल चुकी थी। सेज पर लेटते हुए उसने मर्द की आँखों पर चुम्बन दिये और कहा, ''तुम्हारी आँखों ने मेरा सबसे सुन्दर सपना देखा... मैं इन आँखों को जिन्दगी भर नहीं भूल पाऊँगी...''

रात बीतने के करीब पहुँच चुकी थी। मर्द किसी भी तरह और भावुक होना नहीं चाहता था। उसने एक-एक कर वसन्तसेना को वस्त्रों से मुक्त किया। वसन्तसेना के अंग-अंग से मादक सुगन्ध उठ रही थी। मर्द ने इससे पहले कभी किसी और

देह में इतना आकर्षण नहीं पाया था। उसे लगा कि सिर्फ इस आकर्षण में बँधे हुए पूरी उम्र गुजारी जा सकती है। तभी मर्द ने देखा कि वसन्तसेना की देह से एक तितली पैदा हुई... और आकर उसकी हथेली पर बैठ गयी। मर्द उस सुन्दर तितली को निहारता रहा, फिर उसे पकड़ने के लिए उँगलियाँ बढ़ायीं...। तितली उड़कर वसन्तसेना की बाँह पर जा बैठी...। तब तो जैसे खेल चल पड़ा। मर्द तितली को पकड़ने की कोशिश करता, वह उड़कर वसन्तसेना के दूसरे अंग पर जा बैठती। इस तरह मर्द को पता ही नहीं चला कि वह तितली से खेल रहा या वसन्तसेना के अंगों से! जब उसे इस खेल में आनन्द आने लगा और वसन्तसेना भी इसमें शामिल हो गयी, तो मर्द ने तय किया कि वह अपने होठों से तितली को पकड़ेगा क्योंकि तितली का रंग वसन्तसेना के होठों की तरह गुलाबी है!

...आखिर में मर्द तितली को पकड़ने में कामयाब हो ही गया। तितली का खयाल था कि यदि वह वसन्तसेना के होठों पर बैठेगी, तो होठों का रंग उसे छुपा लेगा। परन्तु ऐसा नहीं हुआ। मर्द ने जब वसन्तसेना के गुलाबी होठों पर बैठी गुलाबी तितली को अपने होठों से पकड़ा, तो वसन्तसेना के होठ तितली की तरह फड़फड़ाने लगे...!!

मर्द को महसूस हुआ कि वसन्तसेना की पूरी देह में हजारों-हजार तितलियाँ हैं। वे सब की सब एक साथ कँपकँपा रही हैं। जिससे संगीत पैदा हो रहा है। संगीत की लहरियों में वसन्तसेना की निर्वस्त्र देह उठ और गिर रही है। यही संगीत मर्द ने अपनी देह में भी जागा हुआ पाया। इससे पहले कि वह संगीत डूब जाए, मर्द ने वसन्तसेना के होठों को अपने होठों से अलगाया और अपनी देह के वस्त्रों को हटाने लगा। वसन्तसेना, देह में गूँज रहे संगीत से एकाकार हो चुकी थी। मर्द ने उसे देखा। उसका सपना उसकी आँखों के आगे साकार था...! क्या समय को यहीं नहीं ठहर जाना चाहिए...!!!

मर्द अपने वस्त्र हटाकर वसन्तसेना की ओर मुड़ा ही था कि उसकी नजरें सेज के करीब सजे आदमकद आईने पर जा टिकीं। आईने में वह और वसन्तसेना। दोनों निर्वस्त्र...! आईने की चमक में वसन्तसेना की देह का आकर्षण दोगुना हो रहा था। मर्द तेजी से वसन्तसेना के करीब जा पहुँचा। वसन्तसेना अपनी देह में उठ रही संगीत की लहरियों में खोयी थी। वसन्तसेना के स्पर्श से मर्द ने अपनी देह में तरंगित संगीत को पहचाना।

लेकिन मर्द की आँखों में रह-रह कर वसन्तसेना की वह छवि तैर रही थी, जो उसने अभी-अभी आईने में देखी थी। उसने कनखियों से एक बार फिर आईने में वसन्तसेना को देखा। वसन्तसेना की बाँहें उसे कस रही थीं। वह आईने की छवि से बँधा जा रहा था। ...और तभी उसने देखा कि आईने की वसन्तसेना, औरत में

तब्दील हो रही है...!! मर्द को लगा उसका सपना दरक रहा है। वह बच्चे की तरह मचलकर वसन्तसेना की देह से चिपक गया। वह चीखना चाह रहा था... रोना चाह रहा था...। उसने वसन्तसेना को कसकर अपनी बाँहों में जकड़ लिया। लेकिन अपनी पूरी ताकत लगाकर भी वसन्तसेना को औरत में तब्दील होने से नहीं रोक पाया।

वसन्तसेना जा चुकी थी। मर्द ने जिसे अपनी देह से कसकर लगा रखा था, वह औरत थी...।

लेकिन इससे भी भयानक अभी कुछ बाकी था। आईने में दिख रही निर्वस्त्र औरत किसी गैर मर्द के साथ थी! मर्द ने देखा कि औरत के साथ वही मर्द था, जिसका चेहरा लगाकर उसने वसन्तसेना को खूब हँसाया था। उसका प्यार पाया था। मर्द की आँखों के सामने औरत उसी गैर मर्द के प्यार में डूब-उतर रही थी...। आईने में सब कुछ साफ दिख रहा था।

मर्द ने औरत को उस गैर मर्द के साथ प्यार करने से रोकना चाहा, लेकिन आईने के उस पार उसकी आवाज नहीं जा पा रही थी। मर्द ने अपने चेहरे को आईने में गौर से देखा। उसका पुराना चेहरा लौट आया था। इसके बाद तो मर्द के लिए अपने को काबू में रख पाना नामुमकिन हो गया। वह आईने के सामने जोर-जोर से चीख रहा था। औरत को पुकार रहा था... लेकिन औरत न तो उसकी ओर देख रही थी, न उसकी आवाज सुन रही थी। वह अपने जीवन के सबसे आनन्द भरे क्षणों को जी रही थी। उस हँसमुख और मसखरे चेहरे वाले के साथ। जो लगभग जोकर था!! यह सब देखकर मर्द के भीतर एक तूफान पैदा हो गया। उसने आव देखा न ताव, आईने को उठाया और दरवाजे से बाहर फेंक दिया। हवा में लहराता आईना, एक पत्थर पर गिरा और झन्न... की आवाज के साथ चूर-चूर हो गया...।

आईने की आवाज से चौंककर जागी औरत कुछ समझ पाती कि मर्द ने उसके मुँह पर जोर का थप्पड़ लगाया। झन्नाते हुए गाल को लेकर औरत सँभल पाती, इससे पहले ही मर्द ने दूसरा थप्पड़ लगाया... और जोर से चीखा, "कुतिया... सपना देखती है... गैर मर्द का..."

किस्सा स्थगित

रसभंग की इस गुस्ताखी के लिए पाठक क्षमा करें। औरत और मर्द के बारे में अब कुछ भी कहना बेकार है। वे सदा से ऐसे ही रहे हैं। ...और हैं। हकीकत से मुँह मोड़कर सपनों में जीने वाले, साथ रहकर भी एक-दूसरे के सुख से ईर्ष्या करते हुए, अपने स्वार्थ में अन्धे...। आप देख ही चुके हैं कि उन्होंने आईने के साथ क्या बर्ताव किया! उनके सपनों को झटका लगा, एक-दूसरे को सुख देने की कसौटी पर

असफल वे हुए, सिर्फ अपना सुख पाने की कोशिश में ठोकर उन्होंने खायी, लेकिन कीमत चुकानी पड़ी आईने को!!!

ऐसे दुर्व्यवहार से दुखी आईने के दुःख में शामिल होते हुए इस किस्से को एक पैराग्राफ के लिए स्थगित किया जा रहा है। किस्से की जगह दिया जा रहा है 'स्थगित पैराग्राफ'।

स्थगित पैराग्राफ : औरत और मर्द की बदसलूकी के बाद दुनिया के तमाम आईने बेजुबान और मुर्दा हो गये। इनसान ने अपना सच्चा और बेशकीमती दोस्त खो दिया। जिनकी आँखें नहीं होतीं, उन्हें कोई राह दिखाने वाला नहीं रहा। ''अन्धों के शहर में आईने बेचने वाली बात'' पैदा हुई और तंज बन गयी। इसके बावजूद इनसान के मन से यह विश्वास खत्म नहीं हुआ और पीढ़ी-दर-पीढ़ी हम तक चला आया कि आईना कभी झूठ नहीं बोलता! लेकिन सच्चाई यह है कि हमारी जानी सारी सदियों में किसी ने आईने को बोलते हुए न देखा और न सुना। लोगों ने आईने की चुप्पी तोड़ने की लाख कोशिश की, परन्तु आईने ने कभी नहीं बताया कि आखिर उसे हुआ क्या है???

बात अभी बाकी है

जब आईने ने बताया ही नहीं, तो यह किस्सा मेरे पास कहाँ से आया? इससे पहले कि आप सवाल उठाएँ, मैं खुद ही साफ कर दूँ कि किस्सा मेरी कल्पना की उड़ान नहीं है। आईनों के सौदागर, एक बुजुर्गवार ने मुझे यह किस्सा सुनाया और इसे कागज पर उतारने को प्रेरित किया।

हुआ यह कि बीती सर्दियों की एक खुशनुमा सुबह जब मैं और मेरी पत्नी जागे, तो हमारे कमरे में लगा हुआ आईना गायब था! एक आदमकद आईना आखिर रातोंरात जा कहाँ सकता था? कमरे में वह कहीं नहीं था। बाहर भी कहीं नहीं। जब मैंने गैलरी से नीचे झाँका, तो आईना टुकड़े-टुकड़े हुए बिखरा था। यह कैसे हुआ? आज तक रहस्य है।

जब नया आईना खरीदने मैं एक दुकान पर पहुँचा, तो एक बुजुर्ग मिले। दुकान में प्रवेश करते ही उन्होंने गर्मजोशी से मेरा स्वागत किया। उनकी शरारती आँखों में ऐसे भाव थे कि जैसे मैं पुराना परिचित हूँ। मैं चौंक गया। ऐसे स्वागत के लिए मैं तैयार नहीं था। उन्होंने मुस्कुराकर मुझसे पूछा कि क्या मैं वह शख्स हूँ, जिसे आज सुबह घर का आदमकद आइना चूर-चूर मिला...। जब मैंने हैरानी से हाँ कहा, तो मेरे कन्धे थपथपाते हुए बोले, ''कल रात मैंने तुम्हें सपने में देखा था...। तुम आने वाले हो...''

हैरत के भँवर में फँसाकर बुजुर्ग मुझे अपनी दुकान के तहखाने में ले गये। एक पुराने, मगर मजबूत बक्स को खोला। उसमें से एक आईना निकाला। बेहद पुराना। जिसमें कुछ भी देख पाना लगभग असम्भव था। लेकिन फ्रेम बहुत सुन्दर था। जिसे देखकर लगता था कि यह आईना किसी साधारण व्यक्ति का नहीं रहा होगा। मेरा अनुमान ठीक निकला।

बुजुर्ग बोले, ''यह वसन्तसेना का आईना है...''

सुनते ही आईना मेरे हाथों से छूटते-छूटते बचा।

फिर बुजुर्ग ने मेरे प्रति सच्चा स्नेह व्यक्त करते हुए कहा कि यह अमूल्य आईना वह मुझे दे सकते हैं। मगर एक शर्त है...

वह क्या?

गंजे सिर और झक्क सफेद दाढ़ी वाले ये बुजुर्ग इस बात से बड़े दुखी थे कि पूरी जिन्दगी उन्हें आईनों का कारोबार करते हुए गुजर गयी, लेकिन कभी आईने पर मुकम्मल किस्सा नहीं पढ़ा। वह चाहते थे कि आईने का यह किस्सा लिखा जाए।

वसन्तसेना का आईना पाने के लिए मुझे उनकी शर्त मंजूर थी। एक सुने हुए किस्से को सावधानी और कुशलता से लिखने में जितना वक्त लगना चाहिए, बस उतने ही दिन मैं उन बुजुर्गवार से नहीं मिला। वह कीमती आईना हासिल करने का लालच करते हुए भी मैंने किस्सा लिखने में न कोई हड़बड़ी दिखाई और न किसी तरह की जल्दबाजी। किस्से ने पूरा होने में अपना समय लिया।

किस्सा पूरा होने पर मैं बुजुर्गवार के पास ले गया, तो पता चला कि वह अब इस दुनिया में नहीं रहे। मुझे धक्का लगा। वसन्तसेना के आईने के बारे में सोचकर मेरा दुःख बढ़ गया। मैंने बुजुर्गवार के बेटे से उस आईने के बारे में पूछा, तो उसने बताया कि तहखाने का पूरा सामान वह कबाड़ियों को बेच चुका है और वहाँ आईने बनाने का कारखाना खोल दिया है। फिर मैंने इस किस्से के बारे में बात की, तो वह हँसने लगा। उसने बताया कि वसन्तसेना का वह आईना असल में वसन्तसेना का है ही नहीं। बुजुर्गवार ने अपनी जवानी के दिनों में जब यह कारोबार शुरू किया था, तो जाने किस घड़ी वह सुन्दर आईना एक हसीन लड़की को भा गया। वह बहुत देर तक अपने हुस्न को आईने में तौलती रही और झटके से पलटकर उनसे बोली कि यह आईना बेचना नहीं। वह अभी लौटकर खरीदेगी। ... और फिर वह कभी नहीं लौटी।

यह सुनते ही मेरे सामने बुजुर्गवार की शरारती आँखें घूम गयीं, जिन्होंने पहली मुलाकात में मुझे चौंकाया था। सच्चाई जानकर मेरी हालत क्या हुई होगी, आप सहज ही अनुमान लगा सकते हैं। खैर।

...तो इस तरह, प्रिय पाठक अब न वो आईना बचा है। न वह हसीन लड़की।

न ही वह बुजुर्गवार रहे। रह गया है यह एक किस्सा। सो, वह भी मेरा नहीं। मैंने बस उनकी इच्छा के मुताबिक, इसे आपके लिए लिख दिया है। इसे पढ़कर उन बुर्जगवार की आत्मा के लिए दुआ जरूर करें क्योंकि एक बेहतरीन किस्सागो, इस किस्से को पढ़ने की तमन्ना मन में लिये ही हमारे बीच से चला गया है।

□□□